收获·科幻故事空间站丛书

孤独心理师

陈东旭　著

上海科学技术文献出版社
Shanghai Scientific and Technological Literature Press

图书在版编目（CIP）数据

孤独心理师 / 陈东旭著．—上海：上海科学技术文献出版社，2017

（收获·科幻故事空间站丛书．第一辑）

ISBN 978-7-5439-7457-9

Ⅰ．①孤…　Ⅱ．①陈…　Ⅲ．①科学幻想小说—中国—当代　Ⅳ．①I247.5

中国版本图书馆 CIP 数据核字 (2017) 第 129338 号

责任编辑：张　树　王倍倍
助理编辑：杨怡君
封面设计：李沫霖
美术编辑：徐　利

丛书名：收获·科幻故事空间站丛书
书　名：孤独心理师
陈东旭　著
出版发行：上海科学技术文献出版社
地　　址：上海市长乐路 746 号
邮政编码：200040
经　　销：全国新华书店
印　　刷：常熟市文化印刷有限公司
开　　本：889×1194　1/32
印　　张：12.125
字　　数：244 000
版　　次：2017 年 7 月第 1 版　2017 年 7 月第 1 次印刷
书　　号：ISBN 978-7-5439-7457-9
定　　价：25.00 元
http://www.sstlp.com

孤独心理师

目录

第一部
天才在左　疯子在右

没有疯狂性格的人，绝没有庞大的天才。

——亚里士多德

第一章　闹市怪室

1

程学南拿着刚写好的论文，怀着激动的心情，向着导师的办公室走去。

作为打小就志在成为一名心理学专家的人，在那篇论文里，他有一个十分大胆的观点：历史上，所有那些越是想去探究人心奥秘，越是能够直观人心奥秘的家伙，越是下场不大乐观。他据此提出假设，人心是无法直观的，因为一旦人类打开那个观测的阀门，将会有不计其数的信息涌向我们的大脑，致使大脑崩溃。

头顶上的星光闪烁，好像是来自星空深处的猎人们，拿着一支支手电筒在这个深不见底的宇宙寻找着什么。而月光淡红，照在他锃亮的外套上，竟使他的走动看起来像是黑夜露出它锋利的牙齿，在一张一合。“今晚约了导师，希望他会为我这篇论文感到震撼。”

话虽如此，朦胧的夜色里，他已经勾勒出年纪一大把的导师兴奋不已地拿着他的论文，双手克制不住地颤抖，嘴里连连夸赞的画面。越是想到这一幕，程学南越是觉得自己真是个不可多得的人才，心跟着也飘忽起来，脚下的步伐迈得更快更急了。

孰料，正在他自鸣得意之际，一辆马力十足的越野车猛地从他的身后冲到了正前方。它的速度不慢，一下子恶狠狠地停住，发出刺耳的刹车声，好似一头突然跳出来的拦路虎。他的心一惊，赶紧收住脚步。

“我靠，赶着投胎去?”程学南从自鸣得意中被拉了回来，愤愤地骂了一句，暗道自己这一个不留神就差点撞上去英年早逝。

他怒气冲冲，正要上前理论，只见从那车上窜下来两个人。乍一看，这两人的脸上没有太多的表情，一脸漠然得吓人。他们一言不发快速向他走来，恶意昭彰。到得近旁，他正要分辩，他们却二话不说，直接抬起了他们钢钳一样有力的双手，奋力地卡上他的胳膊。

程学南大感错愕，好不容易反应过来，当即一甩，全力挣脱开一人。可没等回过神，来人中一个动作更加迅猛的，已经拿出一块沾满了药水的布捂上他的口鼻。他们动作娴熟，配合默契，他连叫喊都来不及，一下子就陷入昏迷。

紧接着，他们借助那辆和夜色融为一体的黑色越野车作掩护，迅速抬起已经不省人事的他，干脆利落地上了车，三人扬长而去。夜色茫茫，一切突如其来，路过的学生没有谁来得及留意到这一幕。

直到第二天，程学南才微微睁开眼。他方一醒来，只觉头昏脑涨，更见一道刺眼的光芒通过一处小孔穿射而入，像钉子一样钉在他的双眼之上，叫他无法适应，他想拿手臂遮挡亮光，却发现整条手臂已被固定。再一细瞧，全身上下竟已都被锁住，而那篇自我感觉良好，觉得还是有可能影响到整个心理学发展的重磅论文也下落不明了。

“我在哪里？有人吗?”程学南下意识地张口发问，安静的枷锁里只有自己无助的回声。

竭力让自己平静下来，透过眼睛处的那两方小孔，他惊讶地发现面前是一排排熟悉的衣服，不时地有人打眼前晃悠而过。

忽然，他意识到自己这是身置何方了，头皮立刻好一通发麻，脊梁骨跟着阵阵发凉。

“敢情我是被锁在了服装店的一具衣服模特里？我的天啊！”他的嘴巴微张，瞳孔放大，一副不敢相信的表情。

前头依旧人来人往，偶尔有几个好奇的顾客优哉游哉地路过，那是他唯一可以获得外界信息的地方了。他们不时地拿眼盯住他的眼睛，像在看一双塑料做的眼睛。

粗重的呼吸声加剧着，程学南打起全部的精神，思考着从昨夜遇上那两个怪人开始，到现在陷入这模具枷锁遭遇的种种怪事，暗暗道：“莫非人心果然是无法直观的？并不仅仅是因为疯狂涌入的信息有可能会撑爆有限记忆能力的大脑？莫非，我那篇论文已经无意中窥视到了什么？才需要让人这么大动干戈地来对付我这样一个小人物。还有，这个人体模特的设计者，心思怎竟缜密到这种地步，小孔所用的玻璃充分利用光学原理，使我能清晰地看到外面，外面的世界却对我浑然不觉，真变态啊。”

他们无一例外对他视而不见，最多拉扯几把衣服，紧接着便意兴阑珊地走开，全不顾他在里面如何绝望地挣扎呐喊。

“老板，这件衣服多少？”正当他百思不得其解，视野里突然冒出一张文质彬彬的脸蛋，那上面挂着神秘莫测的笑容。他边说边扯了扯这具枷锁上的衣服，感受了下那上面的质地，却仿佛没有感受到藏身其中的他。

“我看下。”是如清泉般的声音，那么熟悉，那么难忘，程学南一颗热烈的心险些从锁具里蹦出去。

那正是苏雅意的声音，他简直怀疑自己听错了，便又竖起耳朵，只听她继续介绍道：“原价 288 元，打八折的话……”

确认了自己没有听错人，幽静冰冷的枷锁里，往事在一瞬间像决堤的河流涌入程学南的脑海。他清楚地记得，她和他不再理会对方已快有两年，那还是大一暑假即将到来的那个炎热的夏天，他们原来商量好了要一起去旅行。谁曾想暑假一开始，她就提出了分手，并且无论他再怎么挽留，她对他都视而不见，只用一副冷冰冰的态度对付他。这两年，他只以为，她是见惯了大学里的花花世界，心里装上了别人，就都没再有联系，哪里料想得到，她会出现在这里。

“难道是她把我带到这里的？她要做什么？”程学南的心底翻江倒海。

2

苏雅意在店里忙活着，心思却和程学南的截然不同。

两年前，逛完街，她独自乘坐上一辆出租车回校，哪知司机没有向着学校的方向去，而是把车开到了僻静的荒野处。她永远都忘不了当时的情景，还在车上，她就闻到一种发散着强烈刺激性味道的药物，当下惊慌不已。可还没等自己叫喊求救，那种药物的作用就越来越强，它们以迅雷不及掩耳之势让自己浑身乏力起来。紧接着，自己失去了清醒的意识。也是后来，她才知道自己那一次的昏迷竟达整整两周。她不知道在那一段时日里，他们对她做了什么，只是醒来之后，已经莫名其妙地坐在学校里那间明亮宽敞的教室里照常上课了。那时的自己，身体也已经发生了翻天覆地的变化，它依然是自己的，可是，无论再怎么努力，都不听从自己的指挥了。

在一种完全不知情、完全无法抗争的情况下，她加入了这个名为柏拉图协会的神秘组织。

从那时开始，她就无比清楚地意识到，这条命已不再由自己做主了。也是在那时，她和程学南分手了。她就像是坐在电影院里观看着另一个自己在大屏幕上上演着别样的人生。它们的一切故事全部都出自自己的身体力行，却全部都已与自己无关。这两年来，她恐惧过，愤怒过，迷惑过，求解过，然而无济于事。

在这个神秘协会里待的时日越久，她渐渐发现，像她这样经过特殊手术的改造，专门服务于一个机构，和各式各样的男人发生恋情的女生还有不少，她们以各种各样的身份藏匿于这个社会的各个阶层，为了一个连她们自己都不甚明了的目标奋斗着。她们都有自己的想法，有自由的意志，但却都已没有了任何主观行动的能力。

“他们应该是对那些男生在做某种心理层面上的改造，这种改造依赖于女生们和男生们建立起来的情侣关系。”苏雅意从未放弃过求索发生在自个儿身上诡异之事的答案，此时她继续心思细微地思考起这个名为柏拉图协会的组织的来历，以期待有朝一日能够逃离他们的魔爪。就在这时，幕后那双看不见的黑手再一次打断她的纷繁思绪，将她木偶一般提到店里那副金属制造而出的模具枷锁前，让她认认真真地整理起了枷锁上的那件深蓝色 T 恤。

“不买，还拿污手扯衣服，现在的顾客真拿自己当上帝，真以为衣服都是他创造出来的了。”言语间带着几分刻薄的抱怨，完了后，这双无时不在的手又让她含情脉脉地向那件衣服道具的塑料眼睛望了一下。

她不解自己这一行为的意义，她早习惯了自己的所思和所做的不一样，并没有太往心里去。但她没有料到的是，这会儿，自己那双柔情似水的眼睛正对上了模具枷锁之内刚刚冷静下来没多久的程学南的双眼。她没有发现他，他却看到了她。

她的这一望，像极了当年有些腼腆的他绞尽脑汁地去追求她，最终她答应他之后的那一望。这一瞬间，程学南感到自己已经快要无法呼吸，他好不容易才平静下来的各种情感再一次激荡起来，他把全身的肌肉磕得生疼，却徒劳无功，苏雅意浑然不觉。

几乎与此同时，模具枷锁里响起一个金属般冷酷生硬的声音，道："程学南同学，您好。很抱歉把您抓来扣到此处，您大概很想知道我是谁？这一切又究竟是怎么一回事吧？呵呵，我不想故弄玄虚，告诉你也无妨，以便我们把接下来的事儿做好。我呢，是一名心理医生。虽然某种程度上，从头到尾对你做这样的事主要为的是自己的科学研究，但更为重要的却是，我见不得你曾经的心上人苏雅意，她那样一个美丽鲜活的生命香消玉殒，撒手人寰。"

"怎么回事？"程学南心一提，梳理着他的话。

"你可知道，你们两年前为什么会分开？"金属质感的声音没等他作出回答，就径自道："并不是像她一开始说的那样不爱你了，而是她太爱你，爱到不想去拖累你，不想去伤害你，这才离开的。你应该是不知道的，两年多前，苏雅意得了一种十分严重的怪病，是精神方面的，随着逐步的恶化，会进一步影响到身体方面，总的存活期难以超过五年。算下来，她应该还有三年的生命。她不肯拖累你，耽误你一生的幸福，所以就提出和你分手，选择默默离开了。"

程学南担忧着苏雅意，一时之间，对他的话竟然没有太多的怀疑，只听他继续躲于暗处道："不过，虽然她的病比较棘手，你其实也不必太过于担忧，情况还没那么糟糕啦。通过使用一种叫情欲通道的东西探入她的内心世界，她的病，我自有办法根治。把你抓来扣在此处，为的就是如此。”

他振振有词，“心病还需心药医。但，因为这种精神治疗的方法副作用极大，会损及你的生命健康，一直忘不掉你的雅意自然更见不得你为她这样，所以我要偷偷摸摸地进行这样的操作，在你不知情的情况下把你弄到这暗无天日的地方，还让苏雅意到此。我知道自己这样做违法犯罪，不过为科学献身，为一个可爱姑娘的生命铤而走险，我一点都不后悔。”

程学南屏住呼吸倾听，思绪渐渐沉浸到他所编织的童话里，倒并没有太多的怀疑。他于是越发起劲了，话里更是带上了几分哀求，道：“我知道你一定会怪我，未经你同意，擅自把你丢进这房间是我的不对，是我的错，你只管恨我。不过雅意是无辜的，她完全不知情。求求你，帮帮她，她真的快要死了。”

曾经心爱的姑娘得了重病，却眼睁睁看着旁人来向自己苦苦哀求着救她，程学南的自尊心很受打击；曾经的分手，叫他撕心裂肺得一再痛恨这个女人，发誓再也不会和她有半点瓜葛。可当他知道她原来是有苦衷，她生了病，正需要自己，他心中的情感又怎能不被唤醒？

一时之间，他居然已顾不得盘问具体细节以推测真假，也顾不得要付出怎样的代价，慌忙道：“你刚刚说的什么情欲通道？我要怎么做？”

“情欲通道是我自创的一个名词，它指的其实是一小股一小股爱情的思念而已，属于精神范畴的东西，肉眼是看不到的，需要借助另外一种感知能力才能一窥其貌。咱们言归正传吧，想要把情欲通道探入苏雅意的精神世界，其关键之处在于要能直观心灵。我看了下您最近写的那篇论文，您的论据虽然乏力，不过观点却还可圈可点。那种直观心灵的能力，在一些低等动物的身上经常可以找到印证，它们通常由于自身语言器官的缺陷，无法通过声音、姿势、表情等来进行交流，不过却能感知到同类所要表达的一些简单的意思。这是一种尚待人类探索的感知能力，在发生大灾难的地方，如地震、海啸，有许多可信的记载都表明一些动物提前几天会有异常反应，有不少科学家认为正得益于它们这种特殊的感知能力。只是后来自然界生物的这种能力普遍退化了，仅存在于极少数低等动物身上。退化原因，我想，大概就可以用您论文中的部分观点来阐述：一旦可以直观心灵，心灵本身所包含的那些庞杂的信息将会把有限记忆能力的大脑给撑爆。

“六千万年前的恐龙灭绝至今依然是一个谜，而在我看来，非常有可能就是死于它们那种直观心灵的能力。当它们进化得越是高等，心灵自身也就会变得越为丰富了，它们能够直观到的东西因而也就越多，大脑又跟不上，只有灭亡了。当然，六千万年前的事，谁知道呢？这么长久的岁月，地球上有过数次物种大灭绝，生物学上对这些事的解释至今同样众说纷纭，要我说，可能就和物种自身直观精神世界的东西相关。人类的大脑进化到了这种地步，无法直观自身，或他人的精神世界，依我看来，恰恰是对自身的一种保护。不过，衍生而来的问题却是人类对精神世界的极度无知，精神一旦发生疾病，往往就无药可医。”

“我该怎么做？”对方的专业直叫程学南心下暗生佩服，不过，他现在可不大愿意跟他探讨得太过深入，按这心理医生的话，救雅意应当更为紧急。

“你身上与生俱来的会抑制自身直观心灵能力的因素，我有办法帮你暂时消除掉，只是很有可能会失败，到时你会很受苦，成为疯子，更或者丢掉性命，你愿意吗？”金属声音的口吻里竟似有了几分为他着想的担忧，“如果你不愿意，我自然也不会勉强，只是苏雅意的性命可能就要保不住了。”

“你大概还不太了解我对雅意的感情。”程学南轻声慢语，每一个字却又透着不低的力量。

在感情的问题上，他一向认真审慎，一直警惕着自己对一个女生产生感觉，也不会轻易去表达自己的情感，回首刚来大学的那会儿，他甚至想都没想过要在大学校园里找个女友，从小就志在成为一名心理学专家的他，哪怕是来到了大学这种相对宽松的学习环境，也一直告诉自己要以学业为重——刚开学那会儿，他就打算全身心扑在学习上了。直到大概三年前的一个绚丽的早晨，第一眼见到苏雅意，他一下子就被她给吸引住，一下子就打开了心扉，把自己原来制定的各种轰轰烈烈的学习计划统统打了个粉碎。

用心理系做问卷调查这种得天独厚的方式去接近她，认识了以后，又每天冥思苦想着一切能够想得到的恋爱技巧，还不耻下问地前去各种贴吧论坛跟群年纪不大，却已经看破红尘的中小学生拜师学艺。费尽九牛二虎之力，他好不容易才和她走到了一起。这时，他深知打江山难，守江山更难，继续开足马力，终至于在这段感情上越陷越深。可半年以后，就在他们彼此越来越觉得自己就是对方的另一半，就是对方不可分割的一部分时，她却冷不丁地前来提出分手了。他措手不及，不无受伤，极力挽留，却无济于事，便也就守住了男人的最后一点尊严，没有再去求她，而是撂下一句狠话，道："苏雅意，你给我记着，今天是我程学南要跟你分手，不是你要跟我分手，以后别来找我了。"

这两年，他虽然表面上乐观开朗，却已把自己的心紧紧锁起来，他不去接近任何女生，也刻意回避主动靠近自己的每一个女生。他变了，变得对任何有关谈情说爱的事情都一副厌倦疲惫的模样，他觉得自己就像是一匹落了单的受了伤的狼，就要躲到那阴暗潮湿的角落静静舔舐自己身上的伤口，仿佛只有这样才会感觉好点。

这两年，他经常会想起她。尽管，他觉得自己已经看破了红尘。

3

为了这样一个筹备多时的项目，这副模具枷锁由协会专门制造而成，技术格外的先进。这三两个小时之间，和程学南商定完毕，依然躲于暗处的心理医生也不再多言，他说干就干，直接遥控着打开了模具枷锁里靠近程学南嘴巴处的一个精致小巧的盒子，弹出里头的一颗胶囊药丸。而后，他再让这架机器伸出一根汤匙一样的器件，打一点水，和着药灌进他的口中。

忙活半个多小时，吃了那种可以消除对直观心灵因素抑制的药物，程学南立时像是来到了一个全新的世界。他闭上眼，却分明可以感受到自身心灵大概为球体，其表面凹凸不平，沟壑万千，有各种无以名状的东西严丝合缝地构成表层。深入球体内部，乃为中空。而内部表面，不时地总要延伸出三两条纤细的管道，它们不时地产生和消失。

这三两条管道各有差异，粗细，长短尽皆有所不同，表面的沟壑尤其千差万别。

它们朝着他自身精神世界的内部延伸，撑不破自己的内心。于是，随着时间的推移而逐渐损耗，直至消散殆尽，融入这一整个沟壑万千、信息量庞杂的封闭心灵，成为其整体不可分割的一部分。

这些形状纤细的管道，程学南稍加用些心思查探就马上得出，它们有的是亲情里对人的思念，有的则是朋友之间的那种思念，它们随着这会儿他有意无意的想念而出现或者消失。而那条心理医生口中的与众不同的向外延伸的管道，就是爱情方面的思念了，每当他对苏雅意有了思念，它就会出现，根据思念的强弱，它呈现出几何上正相关的强弱变化。

“你所要做的就是，把那条向外延伸的管道探入苏雅意的精神世界，就像用线头穿过针孔。想必你刚刚也感受到了，每个人的心灵表面沟壑万千，它无时无刻不处于极速的变化之中，随着想法、心情的变化而变化。我们的心灵看起来虽是密封而极度排斥外界的东西，但只要我们找到其十分薄弱的一个点，情欲通道再准确地延伸入那个点，即可陷入其中了。然后，我就可以通过这本身也是属于精神范畴的东西来为苏雅意进行精神治疗了。严格说起来，如果没有那种直观心灵的药物，要找到那个点实在是太难了，甚至可以说是一件根本不可能的事，其情形大概如同闭着双眼，还要用弓箭射中十几米开外的一个啤酒瓶盖儿。而这种药物，对于绝大多数人却是致命的毒药，人对它会产生十分严重的过敏反应，不过好比有的人打得了青霉素，有的人则不行，根据我多年来的研究发现，您是非常少见的能够适应这种药物的人。但即便这样，服用它后，对心灵的损伤仍然不小，仍然会让人感到极其的难受，为了苏雅意，您可要撑过去。”

程学南觉得匪夷所思，陡然自问，这不会是个圈套吧？对方难道是打算让自己的情欲通道伸入雅意的精神世界，以此达到某种不可告人的目的？不然他为什么不先来和自己商量，反而要在学校里用那种非法的手段把自己给绑了？而且，他那么厉害，可以让人直观精神世界的存在，在心理学的领域可真算是取得了巨大的研究成果，作为心理学专业的学生，自己怎么从来就没有听说过？好像不怎么科学的样子，难道是自己孤陋寡闻了？但那明显更加的不科学。

他嘀咕之际，苏雅意却已经踱步来到了模具枷锁的身旁。只见她神色有些许苍白，精致打扮的面容略带着几分忧郁，像是个喜欢对着花草诉说心事的容易伤感的小女生，趁着店里四下无人，对着那副模具枷锁喃喃道："我这病啊，看来是好不了了。听说，他们可以帮我找到一个人，让他用一种叫情欲通道的东西深入我的心，但那就得首先吃一种能够打开直观精神世界能力的药物。不过，那种药吃下去后，副作用极大，对人非常的不好，而且那种药打开直观心灵能力的时间非常的有限，也绝不是一下子就能够找到我心灵之上可进入之处的，药不能停，要反复吃。试问，我怎能去祸害那些真正爱我真正会来思念我的男生呢？更何况，我这辈子只会爱学南一个，不会再找其他人来思念我了。"

实际上，她这两年来倒都是在那双手的帮助之下，去找能够探入她自身精神世界的人——先挑逗起他们的爱，再让他们以各种充满着爱情色彩的思念探入自己的心灵世界，他们无一例外都失败了，他们无一例外都像是实验室里的小白鼠，用完即死。程学南早在他们的计划之中，只是他们没有那么快出手而已，他们非常清楚他对她的感情，以及他对那种药物的适应性，深切地了解到他成功的概率更大，所以他们等一切准备就绪，等到了今时今日才真正开始。

说完了这一番话，苏雅意忽然意识到了些什么。立刻，她的眼神里似有一股焦灼不安盯向模具枷锁，心里则在急切地呼喊道："不会的，他不可能在这里面的。"

而置身枷锁之内，正无所适从的程学南听了她哀愁伤感的话，刚刚好不容易才产生的一些疑惑一下子全给打消了，他怎么都料想不到苏雅意的行为实际上已经受到了控制，转而道："她是真的遇到困难了，可笑我刚刚还以为他们是在骗我，也许是我怕那种药物会给我带来极端不好的感受，因而在给自己找借口吧？呵呵，都说真正的爱情，要经受得住考验，雅意当年既然可以为了不连累我而选择离开，我又怎么不能为她忍受哪怕一些苦楚呢？这些都不算什么的。"

自嘲一番，他随即调整好自己，不再有更多的疑虑，专心致志要按那心理医生的话去做了。

4

程学南一整天都在研究怎么把情欲通道探入苏雅意的精神世界，而随着深入去了解这一整桩事，他更发现这个枷锁内大有千秋，它的底下实际上连接着一间设备齐全的单身公寓。只要自己按动枷锁内的一个按钮，就能到那下面去，他倒不用担心自己各方面的生理需求。

苏雅意一边兼职，一边为他揪心不已，同样的心力交瘁。下了班，出了商店的门，马路对面的路灯下，却早有个男生恭候多时了。

这人叫林索夏，他和苏雅意就读于同一所大学，腿长身高，最吸引人的还要数他那一双极富柔情的眼睛，女生们只要经过他深情的一望，内心鲜有不起涟漪的。其人非但又高又帅，家境也是相当殷实，整个儿活脱脱地从黄金档偶像剧里走出来的男主角。

有人说，老天是公平的，给了一个人美貌，就不会再给其智慧，给了一个人财富，就不会再给其健康。林索夏却是个例外，他不但以优异的成绩考进这所名牌大学，在学校各方面的表现同样是出类拔萃。

他偏偏又不是世俗眼中学习成绩好即老实本分的乖乖学生，他的风流成性众所周知。

早在一个月前，初次见到苏雅意，他就为她的样子着迷，当下就向人要到她的一些个人信息，开始了短信、情书和礼物的密集轰炸。

用他的话讲，没有人能够抵挡得住他这些糖衣炮弹的轰击，这所学校，甚至这座城市，没有他林索夏拿不下来的女人，只要他出手，那就像是老鹰捉小鸡般，绝对不会失手，不出一个礼拜，她就会沦陷。不过他失败了，用尽心思投放的糖衣炮弹不是成了哑弹，就是被退了回来。两个星期过去，苏雅意并未把他放在心上，还对他的无礼发火："不要打扰我，请过好你自己的生活。"

他依旧死缠烂打，坚持所爱。可往日所向披靡的这一招，换来的只是苏雅意更加冰冷而犀利的反击。他哪里知道他精心准备的一切甜言蜜语，传达给的是另外一个人，那个驾驭着苏雅意的人。

十几年前，社会上曾经传出各种有关换头术的流言，人们希望通过这样的方式来延长自己的生命。不过，换头术对于那时的人类来说终究只能是奢望。虽然人类在很早之前就已经可以进行心脏的移植手术，但奈何神经系统实在过于复杂，人类在它的面前犹如一岁小孩一样无知。只是，苏雅意自始至终都弄不明白，驾驭着自己的这双幕后黑手，居然可以把她几乎所有的器官组织都像心脏移植一样，一一给移植替换掉，并且他们还可以肆无忌惮地像遥控一个器件一样，遥控这些移植进来的器官组织。

她不知道到底是什么样的科学研究机构，竟取得了这样耸人听闻的科技进步，又有着怎样恐怖的意图，他们搭建那条情欲通道的目的又何在。每天下了班，意识稍微放松了些许，她都会想一想这些注定没有人会来告诉她答案的问题。但她依然喜欢思考它们，依然会找准空闲去琢磨它们，如此时一样。也因为她无比清楚，惟有让自己的脑子里塞满这些怎么去琢磨都琢磨不明白的问题，才不会因为发生在身上的恐怖事情而发疯。

夜色里，路灯下，林索夏开着豪车等候着。这会儿，他见她魂不守舍地走过来，就从一旁叫了她一下。

苏雅意听得他的声音，却继续跟没看见一样，兀自走自己的路。他感到一种被冷落的不快，又赶紧凑了上去，而幕后那双驾驭着她的黑手则继续让她依然没有给出好脸色，尖刻道："请别在我身上浪费时间了，我们不是一路人。"

"呃，怎么不是一路的？我刚好也要去学校，顺路啊，做个朋友，怎么说也是校友啊不是？"

"呵呵，我们不合适。"苏雅意皮笑肉不笑了下，远远地看到前方来了辆出租车，就挥了手把它拦住，搭上车，向着学校的方向去了。靠在车上那张还算柔软的沙发座椅上，她在心底暗暗道："林索夏这个人，必有来头，不然瞧这天天要往火坑里跳的精神，早该中招了吧。"

对于林索夏的殷勤，她只能一笑置之，早在两年多前，她的心里已经装上了程学南，很难再容下其他人，他终究晚了一步。当然，她觉得"自己"还是不要去祸害他的好。

可苏雅意到底还是太小看了他，大概因为从小到大没怎么遭人拒绝过，情场上百战百胜的常胜将军，受到挫折竟反觉新鲜，越挫越勇。这会儿，看着她高傲冷淡离去的模样，他在心底暗暗发誓不叫她喜欢上自己就誓不为人。

“所有的女人到最后都是要身为人母的。苏雅意，你不喜欢我，敢于拒绝我，就好比是一座不可攀登的雪山，但你就是喜马拉雅山，我也得征服你。想来，我林索夏绝对不能够眼睁睁地看着一个我完全不认识的小孩喊你妈。这是这学期的任务了，必须完成，不然就当考试不及格处理自己。”望着心上人搭上了那辆蓝绿色的出租车扬长而去，林索夏平息了再一次被拒绝带来的不快。随即，他在心底给自己下了个死命令，决定继续努力。

5

虽然程学南可以借助柏拉图协会的药物看到苏雅意心灵的大体面貌，却依然无法解读她的心思。只知道形状，可这种形状本身所隐含的意思，他并没能获取对照的模板以进行准确的翻译。

更何况，人心的绝大部分实际上并未向他展露，那双幕后黑手并不敢完完全全地打开他直观精神世界的能力，只是取其所需。否则，即使程学南抗药物过敏的能力强悍，也会因为那些大量信息的疯狂涌入而立即死亡。

逝者如斯，进入此间已有一个月二十多天。程学南历经一次次失败的洗礼，忍受着那一次次药物的使用给心灵带来的诡异体验：它们有时候让他感到极度的悲观，悲观得恨不能立刻去结束自己的生命；有时候却又让他感到极度的快活，快活得直想找堵墙去撞个头破血流，以给自己那些异常舒适的感受找点痛感平衡平衡。

每一天，各种异常的体验都如一阵接着一阵的台风在他的心之大陆上席卷，把他那本来就已经没有多少的肌肉席卷得直掉了四五圈。这短短的一个多月，他瘦了十几斤，连讲话都有些变了腔调。但好歹算是撑了过来，忍受住了一切——每一次，一想到心中的姑娘可以得救，一想到苏雅意的病即将好起来，他和她就此可以幸福地生活下去，他就觉得自己这一切的忍受都是值得的。

今日，一大清早，阳光透着淡红的血色，程学南自我感觉差不多可以了。于是早早地就跟心理医生约好，待会儿，他要用那发自于自己心间的思念，那只有借助于药物才能直观到的情欲通道给苏雅意的心灵来上奋力的一击。

他不乏信心，静静地等候着，想尽量让大脑一片空白，以让自己能够尽量放松心情，却不知为何又想起了往日和苏雅意在学校里，在山顶上，在春游的小溪边，那些在一起的时光。那一点一滴都并不闪耀，它们平凡简单，但再一次回味起来，他仍然有着难以言说的幸福快乐。

一个不经意间，苏雅意推门而入。

程学南方才回过神来，把所有的注意力都转移到她的身上，喜悦中更多带着几分黯然道："要开始了，但愿等下我不会疯掉。"

时间如流沙一样，滚动得悄无声息，等到苏雅意靠近了此处，他铆起股劲儿，让那对她的万千思念如清泉般流淌而去。

这种随时随地调动起自己内心深处去思念一个心上人的做法，对于常人可有着不低的难度，现实生活中，思念不思念一个人并不尽由一个人的主观意志控制。不过，有了这一个多月那手法高明的心理医生的训练，程学南做起这种事来虽还不能到随心所欲得心应手的地步，倒也勉强掌握了一些技巧，能够适时地调动起这种本就会经常在自己心间出现的情感。

情欲通道只会向着思念的目标而去，它沿直线行走，直到碰上苏雅意那对于常人来说毫无踪迹的心灵世界，速度才减到最慢。这时，它既不向左右偏移，看起来也好像不再前进，它几乎停滞了。而程学南跟着停了停，缓了缓，眼睛却依然紧闭着，只是拿起手指去招呼了下心理医生，让他给弹出来颗胶囊药丸。他迅速吃下一颗，接着，就以更为清晰的视角直观起了自己和苏雅意的这一整个精神世界，进行起那更加精确的操作了。

时间一分一秒地流逝而去，心理医生一直都在暗中观察着。他屏住呼吸，抓住每一个稍纵即逝的时机，趁着此时程学南遇到困难之际，推波助澜，更用机器散发出一些药物、声音和图像的信息，在这局促狭窄的模具枷锁里将他逼到那极端孤独的绝境。

极端的孤独感常常可以催生一个人对另外一个人的思念，以此保证情欲通道不至于在空中保持了一阵子便溃散掉，那些源源不断的思念也就大可以维持通道的样貌了。

每一秒钟的过去对程学南都无异于一次崭新的考验，他大有濒临崩溃之感。而苏雅意早就受到控制，要全力配合。这会儿，本就在周围不到两米远的她迈开了脚步，更靠近了枷锁一步。然后，她深情地往那模具枷锁中一望，好似睹物思人，道："这些年来一直都忘不了学南，真希望他此刻也能像这枷锁一样站在我的面前，那该有多好。这些年，雅意真的很想他。"话里虽有矫揉造作之气，到底糅合着真情的流露，充满了对程学南的想念。

这两年，苏雅意置身那令人极端窒息的境地里，对于他的思念，没有哪一天停止过。程学南是她还拥有“自由”的时候，真切地产生过情感的人，她多么希望他能知道这两年来发生在她身上的所有一切。

他听了她的话，看见始于她心间的情欲通道也在朝着自己的心灵而来，知道她的心里也有他，此时此刻也正在思念着他。欣喜之下，更加地奋不顾身了。

他极速地分析着她那瞬息万变的心灵世界，忍受着各种来自灵魂深处的强大不快，长久地搜寻起来。大约一个小时过后，他的眼前忽然一亮，终于发现了那个目标之地——一处相对脆弱的却可以容让情欲通道探入的地方。他大喜过望，更集中起全部的注意力，小心翼翼地操作起情欲通道，让它探进目标的所在。随即，功夫不负有心人，一声极其微弱的人耳听不到的“叨”响起，他的情欲通道终于陷入她的整个精神世界。

“呀，雅意，成功了，我们成功了，”在模具枷锁这暗无天日的五十多天，程学南吃尽苦头。此时，见到自己终于把那条被一直不肯露面的心理医生命名为情欲通道的东西探入苏雅意的内心，高兴得快要叫出声来，“你能得救了，你终于能得救了。雅意，我们以后可以好好在一起了。”

在此刹那间，苏雅意的情欲通道和产自程学南的那条融汇到了一处，它们剧烈地发生着不可思议的反应，两人陡地都有一股异样之感。这种感受越来越强，她终于因为承受不住而昏死过去。

程学南这一下用力太大，刚刚全力进攻，尚未察觉。此时见得成功拯救心爱之人，兴奋过后，便松懈下来，心灵受到的伤害于是不可估量地发作起来，不好的感觉前所未有，他连挣扎都再没有力气，眼泪缓缓流下。

心理医生看出他的难受，操作起机器将他麻醉了。

第二章　天文异士

1

冷汗涔涔地惊醒过来，程学南发现自己回到了之前的租房，离开不过两个月，却恍若隔了数个世纪。身旁是苏雅意，她的气色看起来相比之前好上了不少，秀雅的神态间流转着一种许久不见的活力，光洁的皮肤上流动着干净利落的气质。她正端来一杯水，站在床头，充满关怀地看着他。

“你的病好了？不用什么其他操作了吗？”程学南依然不无担心，但话语里更多的却已经是欢快的气息。

“看来你都已经知道啦。只要心意相通，找到了情欲通道这种心药，然后心病用心药医治，对症下药，剩下的操作就都简单了，已经由那个心理医生办好，在你昏迷的这三天，我的病已经完全好了。”苏雅意背后的人着实不愿再把谎言重复一遍，一句话竟也含糊过去，道：“我是后来才明白你原来就在那副模具枷锁里的，学南，真的要谢谢你啊。”

心爱的女人得了救，程学南好不痛快，不再躺在床上，爬起来，盘着腿，端坐好，畅快道：“你还跟我客气？雅意，你当年离开我，真是不该，生病了，遇到难处了，彼此相爱的人，更要在一起，不然说什么同甘共苦？”

她甜甜地一笑，欣欣然道：“我知道了。以后我再也不会离开你了，学南。”

她低声地说了下他的名字。

驾驭着她的汪雪把她遥控到他的怀里，不知为何，她的心间却竟有一股酸酸的味道。

一直躲在幕后操作的汪雪，此时正在大学城附近的一间外表看来毫不起眼的酒店客房内。这里，整个宽敞的房间都在发着明亮冷峻的光芒，一台台高速运转的机器这会儿正发出嘎吱嘎吱的运作声响。她在团队其他两个人的监督指导之下，聚精会神地操作着苏雅意。

房子是组织为了这个项目的成功而特地建造出来给她使用的，虽处于闹市，但大隐隐于市，极少有人能够发现这其中的奥秘。而在她进行操作的房间周围更还住着组织的不下十个人，他们专门负责着苏雅意，是一整个严密作战的团队。

汪雪从小就在组织的分会内部长大，不能和任何未经组织允许的人进行直接而深入的接触，所以她基本没有同学朋友亲人，更别提什么恋人了。从她九岁进入组织的那年开始，每天就都要在一些专业人士的指导之下，进行各种各样能力和思想的训练，能够简单接触到的几个人通常不是来教授她知识的，就是被要求一起训练的伙伴，他们都按照组织的要求，互相严厉地监督着彼此不去触犯任何的规则，她和他们彼此间没有任何情感可言。而除了对组织的绝对忠诚，他们同样也不被允许再对其他的人和事物有什么太浓厚的感情，说是感情容易坏事。

这一切，却只是为了她，或者如她一样的小伙伴长大后，可以从事像这样驾驭人的奇怪工作。她虽然是正常人类，自小到大，却几乎都在过着与世隔绝的生活。

除去生病，这两年来的每一个日子，她都兢兢业业，认认真真地按照组织的要求精准地操作苏雅意。她不敢去犯任何过错，因为她知道，一旦犯错，受到的惩罚有时候比死还要难受。整个团队，向来就不缺惩罚者，他们同样是从小就被组织用专门方法训练起来的。他们冷酷嗜血理智冰冷，对组织有着绝对的忠诚，最要命的是个个还都能力出众。她深知只要自己敢于违抗组织的命令，犯下大错，他们一定有的是法子让自己生不如死。

打从十三年前加入这个协会，在组织的生活沉闷压抑单调，充满着戒备，难有乐趣可言，而这两年，她被安排来负责苏雅意的衣食住行，生活起居，她却时常感到活着的快乐与充实。通过苏雅意，她方开始感受到自己是真真正正地接触了人类社会，真真正正地体会到了人与人之间那种沟通的美好。同时，也只有在驾驭着苏雅意的时候，她才真切地体会到自己是作为人类的一分子而存在。

“要是我是她，该有多好。”汪雪不无遗憾地在心底重重地叹了一句，她的表情没有任何的变化，是以旁边那两位虎视眈眈的团队成员，没能留意到她此时心底的这一句原则上不被允许的哀叹，他们继续严肃刻板地盯着她的运作。

她的手法是如此的精湛娴熟，以至于就读于心理学专业、非常善于观察行为并推测行为背后心理机制的程学南，也没有注意到其中的猫腻。

2

“那名心理学家太厉害了，他是什么人？去了哪儿？”不到一个月，程学南已问过苏雅意不下十次，每一次都无果，她只简单地回应了说他为人格外低调，一向不喜人打扰，正忙着将自己最后的成果完善，以便去申请诺贝尔生理或医学奖。程学南沉浸在幸福之中，虽然不乏好奇，见她给不出更多的解答，也没再多问。

至于情欲通道，则横亘于他们之间，不像以前一旦产生，到了空中没多久就消散掉。它再没有半分损耗，所有他们产生的有关爱情的思念都融入了这一整个诡异的通道里，乃至于某一瞬间他们各自产生的对他人的极其微弱的爱情方面的思念，也都无一例外融入到了这里头。这条通道就像是个漩涡，吞噬着一切产自他们两人心间的爱情方面的思念，致使它自己旺盛地生长起来。只是失去了药物帮助的程学南，浑然不觉。

他们幸福地感受着生活的美好，但好景不长。

幸福快乐里产生的思念，组织需要的并不是太多，用其内部的话讲，这仅是佐料，应适可而止。按他们的计划，是该着手新的阶段了。

在出了模具枷锁的这半个多月，程学南深知和苏雅意已经失去过彼此一次，不能再失去对方，于是再一次在一起就打算尽一切可能亲密起来了，短短的十几天，他和她从牵手，到接吻，就差直接发生身体关系了。

今夜良辰美景，一同逛完商场，回到苏雅意以生病为名在校外单独租住的寓所。一路上，程学南嘘寒问暖，大包小包统统都包了，殷勤地干起苦力，心底则在反复酝酿着，等下该怎么向她开口才不会显得自己太急切。

一路上，他冥思苦想，心底一个紧接着一个的鬼点子好不容易冒了出来，却又被自己一次次给推翻否定掉了。一直到进了门，他还是找不到合适的理由，脸色微微赤红羞涩起来，自觉脑力和体力透支严重，当下更口干舌燥，暗道等下真要赤膊上阵了，一个不小心早泄，说不定会让苏雅意怀疑自己不行，这可是奇耻大辱，于是就去倒了两杯水，给了苏雅意一杯，自己用右手拿着一杯，和她一道喝了起来。

“电脑有开吗？我查个重要的资料先。”程学南边喝着，边休息起来，也想继续给自己争取些时间，再找机会。

谁曾想，夜一直很平静，人却一点都不安定，他的话音还未定，两口水入口没多会儿，就觉出不对劲，只见自己的眼前意识涣散，好似要昏倒一般。而对面的苏雅意，同样一副将倒未倒的模样，他心中大惊，暗叫不好，但已来不及，伴随着两声“砰”的声响，自己和雅意一同倒地。

一个小时以后，程学南猛地从睡梦中惊醒过来，他不知自己为什么会晕倒，晕倒了多久，自己又怎么会从地板上躺到了床上。左右瞧了瞧床头，苏雅意已经不在。当下，他有一股十分不好的预感，即刻起身打量起卫生间、阳台，却都没有苏雅意的半分踪影。他于是着急地打她的电话，无人接听。紧接着，打开寓所房间的门，来到楼道，他叫了她几声，发现依然没有任何人回应，整个单身公寓的楼道空空如也。他不无惊慌，立刻报了警。

警方办起这种案子来驾轻就熟，方一过来，立刻就调出监控录像，而视频上展示的一幕幕险些惊掉所有人的眼珠子。

只见一个没有手脚的男人，和通常街边被剁了手脚拖着小板车行乞的人一般，虽然没了手脚，但浑身上下可都是劲儿，一张嘴尤其刚强有力，堪称铁齿铜牙。只见他坐在自己那辆乍一看平平无奇的小板车上，却不知用了什么样的方法让那一整辆车离地有两米多，悬浮到空中而又承载着他。至于苏雅意则更是不可思议，她整个儿地被绑到了一条绳索上的一端，再由这个奇怪的人咬住绳索的另一端。他将她放到了空中，带着她徐徐飞驰。

监控室内隐隐约约响着苏雅意晃动的声音，却居然没有那辆小板车行走的声响，它以近乎魔法的方式御空飞行。那时，单身公寓的老板早已熟睡，除了好像没有任何生机的监控器，没有人留意到这一幕。

“雅意，雅意”，由于房间内没有监控，程学南不知这人在自己的租房里都做了些什么，后悔自己今夜怎么睡得跟头死猪一样。这会儿，他嘴唇微微发颤地，眼睛死死地盯着那液晶显示屏幕，嘴里却已经不由自主地念叨起苏雅意的名字，情绪几近崩溃。

视频一分一秒过去，在行将要走出监控的死角时，忽然，这个没手没脚的人竟做出了个出人意表的举动。只见他特地抬了抬他那颗硕大的头颅，朝着监控设备这边瞪了一眼。他的目光恶狠狠地，更像是在向警局的人挑衅，却分明教办案的民警再也坐不住，关掉视频，站立起来。

程学南想继续看下去，民警说这是很重要的证物，不能轻易触碰，只好作罢。然后，穿着方方正正警服的他踱步出去，到了空旷的阳台，要求局里赶紧加派人手。大约十分钟过后，刑警们过来，一群人方才继续查看起监控。

鉴于当夜的视频没有看到那无手无脚之人进入公寓，他们将视频往前倒带，才发现早在两天前，他就已经悄悄潜入，混进了苏雅意租住的房间，藏匿着，为今夜的这一次行动做起了准备。

程学南的心脏狂跳不已，赶紧拿手捂住，生怕它一个不小心跳出来。

3

第二天，苏雅意仍然没有消息，程学南急得像热锅上的蚂蚁。他向警方说出了之前自己被绑架的恐怖经历。

他怀疑雅意的诡异失踪和这桩事脱不了干系，说不定那个无手无脚之人正是一直不肯将自己庐山真面目显露出来的心理科学家。那人不可能平白无故地救下雅意，而是在她的身上另有所图。

听他自述完这段匪夷所思的经历，警方无法相信，当下认真调查起来，得知商场里的那副制造精良的模具已经不见了踪影，老板娘更是用了假名注册，一周前早就已经搬走，销声匿迹。而那一晚，苏雅意和程学南喝的解渴水，原来是能让人意识涣散的药水，由那怪人投入饮水机，除此之外，竟再无线索。

他们初步给他的结论是："有吃了能够直观心灵样貌的药物，早拿去得诺贝尔奖，轰动全球了，怎么可能一点风声都没有呢？之所以你会有一种吃了药物，看到情欲通道的感觉，可能是因为那时候的你恰好处于人身安全极度没有保障的情况，又吃了那种来历不明的致幻药，导致出现各种不正常的心理反应，这阵子回去调养调养相信会恢复过来的。至于苏雅意，之所以我们会看到她在半空中缓缓飘荡着离开，可能是凶手故意使用一种障眼法把她给捉走，并以此来向警方挑衅。这人还真是胆大妄为，真是太猖狂了。而那种'高科技'魔法看起来更像是个魔术师才能干出来的事，这一下子就露出破绽来了。综合起来，这一切背后的可能原因，我们警方目前因为办案需要，暂时还无法说太多，不过你放心吧，我们会沿着这条线索努力查下去的，相信很快就能有结果了。你先回去等消息。”

程学南觉得他们的结论过于草率，有几分搪塞的意味，但盯着刑警那副不容分说不容置疑的模样，知道不好再做辩解，也就带着几分无奈，走出了警局。孰料，他这刚一出来，还没能理清头绪，只见林索夏已经站在了他的豪车旁，以一种悠悠然的姿态向自己这边打量着。

接着，林索夏离开车，匆匆向他走近。他搂上他的肩膀，道：“学南同学，这两天在警局受苦了啊，我是专车来接送你的。”

“呵，劳您大驾，您能有这么好心？”程学南语带几分刻薄，林索夏一直追求苏雅意而不得，他还是略有耳闻。情敌面前，可谓大敌当前，他自是警惕。

不痛不痒地寒暄了几句，他们上了车，林索夏热情十分，方一坐定就喋喋不休起来：“警方不相信你遇到了什么科学研究事件，不相信你和雅意遭遇了什么很厉害的科学家，认为那仅仅是个魔术，这帮人鼠目寸光，办案真是缺乏想象力。我估摸着，如今也只有靠你才能找到雅意了。不知为什么，我有种预感，那个心理医生其实是冲着你来的，雅意不过是因为你才跟着倒霉的，只要那人还没有从你的身上得到想要的，她就应该不会有事。”

"我倒是希望那家伙不是奔着雅意去的，能亲自放马来找我。"

说着，林索夏没有把车开往苏雅意的住处，而是朝着市郊一处刚刚修建起来没多久的独立别墅去了。

"你这是要干嘛呢？车往哪儿开？"程学南见车渐渐远离了目的地，有些不解道。

"为了更快找到雅意，给你介绍个人。"

一路奔驰，林索夏娓娓道来，为他介绍起此行的目的。他说，他要带他去见的人叫罗杰，在天文学上有着非凡的才能，六七年前，因为发现了引力波所包含的关于宇宙起源的一些信息，刚过而立之年，竟已是中美两国科学院的双料院士，主攻天体物理，尤其相信各种外星生命的存在。这个人平生最大的愿望是要从那浩瀚的星海之中发现一颗有生命存在的星球，业余时间多投在各类关于外星文明的资料上，乐此不疲，哪怕它们不少看起来是那样的虚妄。

"你不会是想说，那个掳走雅意的是个外星人？他们就长那样？"程学南有些不淡定了。

"错了，我带你来找这个天文学家，是因为他在科学界有一定人脉，若真有什么人在做类似的心理科学实验，那种可以用情欲通道治疗精神疾病的实验，以及，倘若真的有什么可以在空中缓缓飞行的高科技飞行器被发明了出来，这个人应该知晓一二。然后，我们再据此顺藤摸瓜地去求得苏雅意的可能下落，也就能事半功倍了。更何况，我还大概了解到，这名叫罗杰的天文学家同样也失去了爱人，这么多年来一直都在寻找他下落不明的心上人，应该愿意施以援手。”

“噢？说来听听。”

“我只是简单地听人说了个大概，还挺神奇的，可能和实际情况大相径庭，因为我感觉太不可思议了……”林索夏于是边打着方向盘，边讲述起了他道听途说来的关于罗杰和那名叫琳的姑娘的往事。

林索夏觉得自己所说的多半加入了不少人的瑰丽想象，就像那些民间传说故事一样，和实际情况总有大相径庭的地方。而正夸夸其谈的他却不知，实际情况之不可思议竟然超出了所有道听途说的人们意料的总和——

4

大约十年前，在地处市郊的一座山上，雪花飘扬，遮天蔽日，一个暗淡无光的夜晚。

罗杰，一名刚从大学里出来的实习生，有着清秀的面庞，清瘦的身躯，清澈的眼睛，整个人清净得就如同一张白纸。其时，他正站在高山上的一处简陋的天文研究所里做调研，快被雪花淹没的房屋里，他一个人的身影被灯光拖得颀长。

迎着昏黄的灯光，在屋内怔怔地站了好一会儿，正是孤寂难遣之际，罗杰迈开脚步，重新回到书桌前，拿起纸和笔，奋笔疾书起来。

他分析着那些刚得来的数据，沉浸其中，忘掉了寒冷，也忘记了时间的流逝。直到一个不经意间，一抬眼，却发现从那扇被白炽灯映照得斑驳古旧的窗前，陡地闪过去了一个人影。乍一看，是个人，再一细瞧，他发现倒映在自己书桌上的影子竟然是个女生的倩影，心头顿时有了年轻人惯有的本能一动，好在瞬间就压制住了，警惕道："深更半夜，大雪封天，这山上怎么会有个人，还是个女人？"

尽力让自己冷静下来，他一点都没有要走桃花运的心思，屏住呼吸，但听得那倩影来敲响了门，以一副异常虚弱憔悴的嗓子道："您好，可有人在？能开下门吗？"

这声音悦耳动听，罗杰的顾虑感于是消减过半，"有人在的，稍等一下。”

他着了魔一般，走到门边，二话不说为她打开了门。

伫立门前，他这才详细打量起对方，她没有绝美的面庞，没有婀娜的身姿，没有如一泓清泉的双眼，她全身已被雨水浇得湿透，头发乱糟糟地，眼睛更是大熊猫一样黑着，整个人异乎寻常的虚弱疲惫。

“果然声音越好听，长得越奇特吗？”罗杰暗暗说着，就在这时，她将倒未倒，他赶紧上前一步，将她扶了进来，让她坐到了就近的床沿，倚靠到墙壁上。

一通简单的安顿，罗杰又从工作包里拿出了个卫星电话，在此没有任何信号的地方，打算去请求天文所的总部支援。

琳见他要叫人送自己上医院，大为惊慌起来，坚持不让，只是奇怪地提出希望他为她准备个火炉和一些燃烧使用的木柴。

他以为她是冷怕了，情绪不太稳定，没多想，就立刻去做准备。

所里没有什么燃料，罗杰劈了一块老旧的床板，忙活了老半天才总算是满足了她的请求。

随后，带着一堆木材和衣服，琳把门关上了。紧接着，她在卫生间里点燃了它们，让熊熊燃烧起来的火焰将自己烘烤起来——她好像是在借此获取什么能量，罗杰没有发现她的这一举动，否则，定要以为自己遇上女鬼了。

大概过了半个多小时，稍稍恢复了点儿精神，她走了出来。

她一双杏眼，一头乌黑发亮的头发，一身整洁的衣裳，还带着一脸甜甜的笑容。他一时心旌摇曳，语无伦次，便尽量减少了和她的讲话和对视，佯装平静，简单地问候了下她的身体状况，又问她来自哪里，家在何方，怎么会来到此地。

她客客气气地说了几句感谢的话语，说已经没有大恙，不必为她担心，说自己叫琳，到此处是来旅游了，谁曾想一个人迷了路。然后，她就不再多言，径自去书桌上拿起一本书，到一旁默默阅读去了。看得出来，她并不愿意和他多说话。

罗杰没再追问，带着一颗比往日跳动得更快的心，一头专注地扑在书桌上研究着些什么。一直到了晚上十一点多，这时，见天色差不多了，他就颇有些绅士风度地回过身，朝向她，说她应该也是累了困了，自己的床就留给她好了。她礼貌性地推辞了下，见盛情难却，也就接受了。

一夜无话。

次日，雪下得不轻，琳就决定先在这边住下来，再行筹划。

大雪封山，到了夜里，应她的要求，罗杰依然会为她准备各种木柴，尽管极其好奇她为什么要把各种东西都烧掉。难道是为了取暖？她究竟要做什么？他压制不住内心的好奇，一连问了她数次，但每次问到关键处，她却总会拿起一本书，独自安静地看书去了——大多数时候，她也仅仅是在看书，而他则研究着他的天文数据，他们同处一室，绝大多数时间就这样做着自己喜欢的事，转移着自己的注意力，以驱散此间孤男寡女同处一室的冷清和尴尬。

孤男寡女，共处一室，并没有干柴烈火的故事，彼此间，只是任凭时光孤寂无声地溜走。

一个月后，她看起来好些了，进行了一番简单的告别，匆匆离开。

她走后，罗杰不无失落，脑中都是她的影子，“人生真是太失败了，让一姑娘白吃白喝了一个月，竟然连她从哪里来，连她的手机号、微信号都没要到一个，真是智障。”罗杰愤愤不平，这一个月，他不是没开口向她要过联系方式，只是每次她都缄默不语，或者每次他一问，她就将话题巧妙地转移到别处去，“英雄救美，以身相许等武侠故事果然都是成人童话，而童话都是骗人的，以后不看武侠小说了。”

一整天郁郁寡欢，孰料就在琳离开的第二天，清晨第一缕阳光懒洋洋地照上他的书桌，他洗漱完毕，用完早餐，来到书桌前坐定，照着以往那样，打开抽屉要拿起新的一天用来演算的纸张，却看到她写下的一封书信：它就躺在那古旧的抽屉里一堆洁白的 A4 纸上，散发着温馨典雅的气质。他速速拆开，只见那上面布满了她亲笔写下的一行接着一行的清秀工整的文字，都是她要对他说的心里话。

他按捺不住一颗怦怦而动的心，当即小心翼翼阅读起来。

在散发着清幽墨香的字里行间，他能感受到她心底不时涌动出来的真切爱意。信中，她说了之前她因为难言的原因，不得不对他表现得极为冷淡，甚至连联系方式都没给他一个。事实上，这一个月和他接触下来，她对他已有了心动的感觉，但她却还不太能够明白他的心思。于是，她跟他约定，等她回去处理完手头的一些棘手的事情，做足了准备，一年以后，他们第一次见面的那个日子，她会再一次来到这里找他。如果他对她有意，如果到时他惦记着她，还在这里，她就会将那个她一直顾忌的原因告诉他，到时再看他的想法与取舍了。

可一年之后，两年之后，直到如今的十年之后，琳都没有现身。而罗杰没能忘掉那个她和他约定好的日子，他们初次相遇的那个天气其实并不能算好的日子。每年，他都会如时到达山顶之上，不为赴约，只因难忘。

岁月沧桑，那间简陋的天文观测站如今早已不见了踪影，山顶更是荒废得没有了人迹，惟有开发商在山脚处修建了一排排的别墅出售。而这十年来，罗杰每年都会在那一天前，提早几日赶到此处。这两年，他更是花了重金在这边买下一套房子，想她了，就会去山顶上那间早已不复存在的房间所在坐上一坐。他一直都忘不掉她，期待着她有朝一日能够出现，哪怕这看起来更有点像是她的一个无心的玩笑，自己如此的痴心在外人看来，更显得有一些吃力不讨好了。

5

一路絮絮叨叨，大约半个小时以后，他们来到了罗杰的住处。

此处依山傍水，风景迤逦，虽没有城市的热闹，但也不会有它的喧嚣与嘈杂。程学南病急乱投医，不放过任何一种找到苏雅意的可能途径，当真跟着林索夏来找罗杰。

“警方的人鼠目寸光，说什么魔术师，我觉得你还是有可能遭遇了某个很厉害的科学家，他用刚发明出来的先进飞行器把雅意给掳走了。”林索夏一脸认真道，“他们警局的家伙水平不行，视野太窄，不能理解你。我们要找的是更高层次的人才，罗杰正是那样的人。”

他和罗杰已经约好，带着程学南到达人家的住处，直接进入他的家中，在外大厅一边探讨，一边等候着。

不一会儿，这位科学家出来了。程学南原以为见到的会是类似于爱因斯坦那样满头银发的人，谁知门一开，来人长得大大出乎他的意料。只见他理着个简单却又不失精致的寸头，挺着个啤酒肚，穿着睡袍，乍一看像是刚从洗浴中心消费出来的腐败分子。可再一细瞧，眉宇间还是带着几分智慧博学的气息，脸上更洋溢着饱经岁月沧桑后难能可贵的纯真灵动。他的一双慧眼尤其锐利，但这种锐利本带有容易伤人的锐角，在他身上，却又被长久而浓重的愁绪给磨平了，这反而让他的神态间多出了几分难得的沉稳平和，如一坛久经沉淀的陈年好酒。

“我是罗杰，你好。”他说起话来干净利落，“你是程学南，之前听索夏提起过，听说你是学心理的，心理学和我们天文学倒还有点渊源。记得大哲学家康德曾说：‘有两种东西，我对它们的思考越是深沉和持久，它们在我心灵中唤起的惊奇和敬畏就会日新月异，不断增长，这就是我头上的星空和心中的道德定律。’照他这个说法，星空和人心，我们上辈子估计是同行，哈哈。”

“过誉了，”寥寥数语，程学南便觉此人的健谈与博学，“你们天文学家，那就是天上的文学家，天上的心理学家，知晓天上的文学，望远镜是你们的笔，星星是你们的字。”

“哪里哪里，你们心理学……”

林索夏及时打断道：“两位都是人才，日后一定要好好切磋切磋。奈何此次雅意的消失万分危急，警方到现在都还没有头绪。联系程学南遭遇的神秘事件来看，我觉得她有可能是碰上了某个拥有高科技犯罪能力的家伙，他可能是个飞行方面的专家。那个人你都不知道他有多厉害，他御空缓缓飞行，警方认为那是个魔术，我可不那样认为。甚至，我以为他有可能是什么外星人……”

林索夏滔滔不绝地介绍了一番大致的情况，接着，程学南才接过话头，不紧不慢地谈起这桩事更详细的过程，从他认识苏雅意开始，到两人复合，以及午夜里她的诡异失踪。他抑扬顿挫地说了大概五六分钟，罗杰谨慎地思考了会儿，才道：“你在模具枷锁里的那个情况嘛，若是幻觉，倒是解释得过去。而且你提到自己经常处于极度安静的环境，还服了药，那可能就会对你的精神世界有较大的影响，继而导致你出现各种幻视幻听。而你刚刚提到的人坐在一架凌空的小板车上，把一个成年人缓缓叼着走，这样的科技手段，我想，美国都没发明出来，它看起来更像是个魔术。”

罗杰用严谨的口气，继续道：“上个世纪末，我国曾风行过好一阵子的特异功能，由此发展了各种有关特异功能的机构，不少著名科学家也纷纷投身其中。鉴于当时的情况比较特殊，虽然闹出了一些国际笑话，但还是可以被原谅。这次，依我看来，您就很有可能是被从事类似于这样工作的人当成了个试验品，用以研究心理学。而最后的那个‘魔术’，说不定就正是这个心理实验本身的一部分，对方说不定此刻正在暗中观察着你失去苏雅意后的一系列心理反应呢。”

程学南一下子愕然。

罗杰停了停，礼貌地为他们斟上茶，道：“要知道，心理学可是一门极其高深的学问呐，人类对它的了解和一岁的婴孩看世界没有什么区别。这种悬而未决的东西历来都是发展各种特异功能的温床，比如曾经就有人宣称自己可以读心，更还有人宣称自己能够进入别人的梦境，这种东西当成一般的幻想出现在一些影视剧里还能让人接受，一到现实中还这样宣称，岂不是有点让人摸不着头脑？把你这一整个事儿给琢磨了下来吧，我觉得，苏雅意好像更有可能是这种机构里的一员，配合着他们算计你。”

他的直言不讳叫程学南无法接受。

“他们可能天真地指望从你的身上发展出某种心理异能，而之所以选你做实验，可能是你即将成为一名心理学专家，心灵的某个方面有过人之处吧。从你刚刚的描述来看，他们要想神不知鬼不觉地完成这样的实验，背后肯定需要财团支持。”罗杰越说越兴奋，接着才长长地呼了口气，站立起身，要盖棺定论一样：“当然，这一切统统都是我不负责任的瞎猜，甚至可以说是以小人之心度君子之腹了，你大可以一笑置之。因为，如果我的这个设想成立，那什么苏雅意患病需要你来救治的故事，就基本可以判定是她自己编造出来，只为更好地观测你的心理状态而已。而且，他们没有经过你的同意做这样的实验，是违法的。至于警方找不到他们，可能是办事不力，或者对方隐藏得过于厉害吧。”

他将他的大概判断说了出来，程学南又把那些奇诡的往事回忆了一遍，情感上难以接受苏雅意伙同他人欺骗他，理智上却悄然起了变化。

6

程学南拜访罗杰的十七天后，又到了每年一度，罗杰和琳的约定之日了。他又要到那山顶之上，尽管那心上人已经失约了很多次。

当年的那间房早已没了踪影，周围都是嶙峋的石头峭立，罗杰这会儿坐在其中青色的一块上，出神地看向远方，脑中不时地闪现出和琳在一起的一幕幕。

它们简单得甚至没有一幅画面称得上是亲密的，印象中更多的是她看书时候那一副静美专注的模样。其中，最亲密的几幅画面竟然是有一次，她的手不小心触碰到了自己的手，她随即把手紧张地缩了回去，自己当时也腼腆地保持了沉默，维持住了风度，没有伸手去握住她的手，直接大胆地表白上一番。这些年，每每想起来这一幕幕，罗杰就深感自己当时的麻木，她那一举一动，一颦一态，不正如有个叫塞林格的作家曾在他的《麦田里的守望者》里说的：爱就是把手伸出去，又缩回来。

“年轻人谈恋爱还是要多长个心眼，免得像我事后抱恨，追悔莫及。要说当时我早就应该看出来她的心意了，唉，哪有屡次向她要联系方式她却不予理会的，这明显就是有感觉的一种体现。”他一动不动地坐了老半天，如果不是泪水渐渐模糊了双眼，方才抬手去擦拭了下，他大概会被不时飞过的鸟儿误认为是一块青石。

时至今日，他都不太愿意相信琳会欺骗他——没有什么感情而又写了那样一封情真意切的信，他觉得一个人的眼神可以欺骗人，话语可以欺骗人。然而，饱含深情，力透纸背的文字又怎么可能会骗人？

他唯一能够想到的是她可能出了事，耽搁了。

太阳当空，他拿起那封早已泛黄了的信又看了起来，仍是一通无解的怅然，“琳在信里隐隐晦晦地说，如果有一天我们可以互敬互爱，以后每年我们初识的那一天，还要一起来这最初的相见之地。唉，只可惜伊人不再。不过仔细回想，我年轻的时候，究竟也是浪漫过的，虽然美好的时光并不长久，但那似乎已经可以抵消掉我这些年的遗憾了。记得曾有个叫维克多·雨果的法国文豪在他的《悲惨世界》里说过：‘人生最大的幸福，莫过于确信有人在爱你。’我能确信的就是，琳是爱过我的，在我年轻的时候，虽然我们从未真正在一起。不知道现在的她是否偶尔还会想起我？不知道她能否明白我的心意？如果是的话，如果可以的话，该有多好。”心间的遗憾悠长绵远，只有山间叽叽喳喳地唱着歌儿的小鸟们回应着他的悲哀。

可琳真的不在吗？

7

一个罗杰没能注意到的地方，一个只有手掌大小的人正以三十分之一倍于第一宇宙速度（约 7.9 公里每秒）的速度向他疾驰而来，那个人的样貌赫然就是琳的样貌。小小的人儿，急速地朝着这边飞翔，这一趟，她已经历尽了千辛万苦，为的就是要来到这最初之地再看一眼，或许，还抱有一丁点儿的希望，希望能够在此处再看到那个心上人？尽管理智上，她希望他忘了她，对于一个从根本上不可能的人，何苦去执著？

然而，每年，因为自身金属硬件和燃料的原因，她总在远还未到达之时，就在天空中提前崩碎解体了。今年的这一日晴天碧日，万里无云，极其适合飞行，但她还是没能对得住上天的眷顾，没能到达这应许之地。

一直以来，她都没有告诉罗杰的是，她和他其实根本上并不能算是同一类人。或者更为准确地说，她大概不能称之为人吧。虽然她有着人一样的意识和情感，但她温润如玉的肌肤皮肉之下，实际上是一件老树根一样的金属机器。那也正是当年她顾忌和他在一起，更不惜编造出自己已有心上人的原因。

她的意识栖息在人一样的外表之下，一截金属之上，就像人心栖息于数千万年才得以进化出来的极其精密的身体上一样。按照她所效力的那个组织的一个十分前卫却又不乏其合理性的解释，她知道，人身体上和自己这种金属物质上都有着一种很难被直接探测到的场，可以保证意识的稳定存在。但就像是人老了，人受伤了，意识会逐渐模糊消逝而去，她的意识也会因为自身金属硬件的老化而溃散殆尽。虽然她在这个星球上生活得已经足够久远，但她本人用他们种族平均年龄近千年的时间来计算，实则还算年轻。直到十年前因为执行一项任务，不慎的操作和恶劣的天气导致了她金属硬件能力的退化，于雪夜中走进了罗杰的研究所，才从此走进了各自的心。

当年，辞别罗杰，回到组织总部，经过总部顶级技术人才的一番修理，她的伤势非但不见转好，反而进一步恶化了。而等她再一次清醒过来，才发现自己已经是在北极那方与世隔绝的时间分区里了，她才猛然意识到，原来经过一番大的修整，自己非但没能完全好起来，更只剩下一天的寿命了。

远在北极的时间分区里住的都是那些奄奄一息的金属机器人，组织总会将所剩时日无多，自身损毁得太过厉害的机器人都弄到这里来。他们通常都经过了组织的全力抢救，可惜没能抢救过来，也就彻底失去了利用的价值。组织甚至不想再在这上面多做任何的投入。从此，他们就像是一件不可回收的垃圾被扔进专门的垃圾集中处理地一样，被扔到这个无人问津的时间分区里。

因为这样那样的损毁原因，他们绝大多数难以活过三天就会死去。而这所谓的时间分区，乃是组织根据“不同时空引力不同，时间在具有其他引力的时空看来流速不一样”的基本物理法则建造出来的一个基地。她不知何时被组织放置到了这里，所有和她一样的人，老了后，损坏了后，都要来到这里进行最后的处理。那一年，损毁得十分厉害的她被弃置到了此处，由于引力巨大，在置身外部引力相对较小时空的人看来，这里头的时间流速便显得格外缓慢，一天竟相当于外部世界的十几年。只是对于时间分区里的世界来说，一天仍是一天。这种效应，在人类世界里的一名叫阿尔伯特·爱因斯坦的物理学家的广义相对论中有十分严格的论证，如同把一个时钟放在拥有巨大引力的太阳附近，时钟正常运作，可在引力相对较小的地球上的人看来，时钟将会是走慢了。

组织将已经毫无利用价值的金属机器人们放置于此，并没有过多的深意，只是因为总部的建筑都是类似于这样的时间分区的机构，修建它自然也花费不了太大的力气，集中处理倒更显得方便，好比人们总要将废旧的家具拿到一块去处置。对于这些被处理的机器人，组织通常是不管不问的，只是放置于此。当然，如果还有那么一丁点儿更深层次用意的话，那可能是他们这些废弃的金属机器人于组织还有着一种不痛不痒的功用，亦即，倘若组织在未来的十几年里，偶然间回想起他们这些毫无用处的东西里，某一件可能还会有那么一点回收利用价值的话，说不定还会再回过头去看看。他们给自己留下了一处小小的余地，虽然这种回头的可能性已经微乎其微了。

等到她住进去以后，猛地才想起了雪夜里，高山上的那个叫罗杰的年轻小伙。

她对他确实产生了怦然心动的感觉，这是她作为一个金属机器人从未有过的——他们在诞生之初就尽量模拟了人类的内心世界进行设计，大概是为了那一项隐秘工程的需要，可以更好地和人类进行接触，她潜意识里一直都不觉得自己和人类有着太大的差别，可以有亲情，也可以有爱情。而于此被遗忘的角落处，她想去找他，当他的面对他说一句“罗杰，我喜欢你”，哪怕随后就死去。而不是像当年那样，只在信件里通过无声的文字简单草率地表达了下自己的意思，然后再约定了见面，之后却又失信于他；她还想跟他如实地相告，告诉他自己和他并非同一类人，然后可能就此远离，可能和他从此走到一起，全凭他自己的选择，她绝不勉强。

不过，她最怕的还是，这个小伙子用情太深，会因为她没有赴约而苦等下去，或者以为她是在玩弄他的感情，从此对她，对这个世界印象糟糕。

于是，在自己这所剩无几的一天里，她做好精确的计算，不顾一切地将自己有关于他的部分意识装进了那本属于自身一部分的、那种极其有限的金属里，让这一部分带着自己对他的想念，在每年临近他们相约之日，从这北极的苦寒之地，向着那座山万里迢迢赶去。

她只有不到一天的寿命了，而且随着时间的推移，这一天会越来越少。她希望让自己的这部分再去那个他们最初相见的地方，哪怕仅仅是自己意识的一小部分；哪怕已经过去了十年，她一次都没有成功过；哪怕她理智上很是清楚，到了那里，罗杰非常有可能已经不复存在。

当年为了追求浪漫，她没有要他的联系方式，只是约定了在那间简陋的房子，只是约定了日期，想着要是一年以后，他心底没有想法，自己去的时候，没见到人自然也就不会有什么尴尬了；而要是他如时赶来了，他对自己心意深切，对于他们两个人，那可又该会是怎样的浪漫！哪里料想得到，自己回到组织后竟会遭遇那些变故。所以，在这与世隔绝的时间分区里，在这被组织视为垃圾集中处理场所而不管不顾的地方里，她没能用其他的方式联系他。每一次，当她的一小部分飞行到途中的时候，因为金属硬件的老化和燃料的不足，她的那一部分意识总会溃散掉，既定程序也就立刻启动了自动销毁的程序，把它的一切痕迹都给消除得干干净净，让身处北极的她每一次都不无失落。

今年，她又一次消失在了罗杰于那高高的山岗之上所远望的方向，她的失败又岂止是粉身碎骨。而几乎就在器件损毁的同时——大概间隔着光从这座山到北极的行走时间，琳收到了她的一部分器件销毁的信号，她不无沮丧。但时间不等人，在摆满了各种废弃杂物的房间里，她来不及哀叹就又进入到那种创造“自己”的工作中了。

她不敢让自己一次性出去，因为这并不比把意识分成一小部分一小部分，一小件一小件地出去，离目的地更近。她很清楚，有限的金属具备着有限的场，有限的场维持着有限的意识，如果输送的意识增多，则需要用来维持意识留存的金属也就自然而然地增多，金属也自然就要更为精良。想要一次性输送出去自己绝大部分的意识，以此来抵达目的地，对于绝大多数硬件都已经损毁的自己，简直是一件不可能完成的事。更何况，就那样孤注一掷地出去实在太过冒险了。

她希望自己可以在有限的时间里创造出更加精良的自己，设计出更加方便的路线，以此到达那个应许之地，即便到达的不是完整的自己，即便到达后，剩下的时间也没多少了。

8

直到傍晚，罗杰方才收拾起一身的落寞回到山脚之下。

早在十七天前，他就从另外一个角度向程学南解释了苏雅意的可能下落。虽然程学南难以接受他的观点，短短的一次碰面，他竟和他大有相见恨晚之感，很快就引为知交。

罗杰邀请程学南住进他的家中，说是有什么情况好一同探讨，集思广益，指不定就能有新的发现了。这里离程学南的学校并不太远，他于是欣然应允，大方入住。

这个天文学家一直过着单身的生活，他把大部分的时间和精力都投入到了科学研究之中，并不像林索夏一开始误以为的有多高的科学成就就会有多广阔的人脉一样，因而此处时常冷清，程学南的到来竟使它多出了几分难得的热闹。

眼看着日子一天天流逝而去，三周已经悄然过去，苏雅意失踪案件却依然毫无头绪，越来越悬，很有成为悬案的苗头。这一日的中午，林索夏又来找程学南，说是希望和他一道前去拜访一位颇有名气的魔术师，让他帮忙解答一下是否有什么魔术师可以将苏雅意以那样御空飞行的方式带走。

多了个方向便多出了几分希望，程学南自是应允，又听得林索夏报出那位魔术师的姓名，就有些为他的能耐侧目，他没想到他还能找到那样的知名人士前来帮忙，寻找雅意的事看来更有着落了。当下，两人稍加筹划一番，就决定按照林索夏的提议，即刻动身去往那位魔术师的住处。不料行到中途，林索夏的手机却响了起来。

电话是他父母打来的，说是回家了，要他回去一趟，至于拜访魔术师的事，他父母说可以直接邀请魔术师前来他们家，再一同探讨。

“他还能来咱们家？这样不好吧？我可是好不容易才托人约好去他酒店，万一怠慢了人家可不好？”虽然父母常年在外，一年难得回家几趟，而且每次没待多久就离开，聚少离多，因此他十分珍惜和他们相处的每一寸时光，不过好不容易才约了人家大魔术师见面以求得苏雅意的可能下落，他可不想错过了这样的机会。

“放心吧，他会来的。”林德介自信满满，“我现在就让你妈给他打个电话问问。”

不一会儿，他的母亲和魔术师对起了话——林索夏也不知道他们是哪里得到了人家魔术师的联系方式，这当口没多问，便也就忽略了，只以为他们早就和他认识。不到一分钟，林德介竟就得到了这位魔术师的首肯，同意来他们家。林索夏得了消息，放宽心，把车掉了个头，带着程学南和他一道向着他家速速而去了。

林索夏所在的小区格外高档，在这座国际化的大都市数一数二，业主非富即贵，多为在各行各业攫取了大名利的人。程学南如刘姥姥进大观园，深深体会到富人阶层和普通老百姓的差距，他想自己要不是早点碰上苏雅意，有深厚的感情基础，和这林索夏当情敌，自己这小米加步枪地和他的飞机坦克干上，真正没啥胜算。当然，虽然他自知在物质的层面上有短板，但看到差距，一阵自卑过后，心底却又自信满满起来，一路进去，竟不时地要在心底给自己打气道：“有钱了不起？雅意才不是什么贪钱之人，她图的是我这个人。”

不经意间，门打开了，程学南第一眼看见前来相迎的林索夏父母，心不由自主地“咯噔”一下。随即，他暗笑自己应该是认错了人，这两人可能是他父母的朋友。可紧接着，他又听到林索夏叫了他们一声爸妈。

没错，他们正是他的父母！

程学南怎么都料不到他们竟然如此的貌美年轻，比英俊潇洒的林索夏还要年轻貌美。他们的皮肤看起来是那样的富有弹性且有光泽，举手投足，一声一句，青春洋溢，绝不是靠药物维持不老神话的男女明星能够相提并论的。

他们给他的第一感觉是不真实，他真想拿手去摸摸他们，但理智让他保持住了风度，只道：“叔叔阿姨好，我是索夏的同学程学南。”

他们极尽礼貌地款待了他，他也没再多想，琢磨着自己应该是少见多怪了，富豪，尤其是林索夏父母这种超级富豪，生活根本不是他这种平头百姓所能够了解的。自己要是表现得太过于大惊小怪，岂不是在向人表明自己见识短浅？这对于一向自诩知识广阔、眼界高远的自己难道不是一大打击？

带着几分虚荣，于此宽敞的大厅里，趁着魔术师还没到，程学南将自己最近的遭遇向林索夏的父亲林德介简单介绍起来。林德介听着，对事件本身并不发表太多看法，只是对他的遭遇深表同情，让他相信警方一定可以找到她，大可不必太过忧心，多是一些宽慰的话语。

自始至终，林德介都是一副风度翩翩，看起来极为关心他的模样，却不知为何让程学南感受到了一种教条式的熟悉感，他竟感受不到对方任何一丁点儿的关心。他是学心理学的，心理学的第一任务是要对行为进行精确的观察，并研究行为背后的心理机制和精神功能，他试图根据林德介的行为去推测他背后起作用的那一套心理机制。可仔细一推测，他却发现，见面的时候，他会向自己露出笑脸，伸出手；安慰自己的时候，他又会过来拍拍自己的肩膀，轻声说两句安慰的话语，而他的眼神更是随着他对自己态度的变化而有了恰到好处的精致变化。他隐隐感到他所做的一切好像还挺熟悉，和教科书上头讲的那些几乎一模一样，非常标准。但在他看来，这未免也太程式化，客套化了。

“难道是我的仇富心理在作祟?”程学南自问道，脸上却还表现出一副客人的谦和，而将这些困惑藏得很深，然后兀自在心间叹道：“唉，我这又算什么心理呢，人家如此款待我，我竟然还怀疑人家不是出自真心本意，是在装，心理看来也是够龌龊的。”

就在他不着边际寻思之际，那名曾经在二十多年前因为上了一次春晚表演了一次神奇的近景魔术，从此名满天下的魔术师来到了这处气派的豪宅。

程学南是看着他的魔术长大的，所以很是关注，这位亚洲最具知名度的魔术师还没正式进门，他就不由自主地犯起了职业病，打算等下见了他的面，就捕捉他脸上每一丝每一毫的表情，然后再来给他做做心理分析，看看这名人和自己平头老百姓都有些啥不一样。可是，林德介将门一开，他们身后的程学南第一眼望出去，就看出了异样，他看到已经颇显出几分老态的魔术师，在不经意间以一种很深的畏惧望向了正热情招待着他的林德介，这让程学南一时大感奇怪。

带着几分疑惑，迎了魔术师进入房间。之后，程学南更是留心起来。他进一步发现，无论魔术师表面上再怎么谦和随礼，他一旦看向林德介的时候，都会有意无意地流露出几分恐惧，尽管他将它们藏得深沉，表面上和和气气地。

“最近敏感了，”程学南给自己的观察下了个判断，“失去雅意让我变得敏感了。见到生人都会有一种畏惧，擅长魔术表演的魔术师应当没能例外。”

这位魔术师方一进门，客套了几句，就直接去了林索夏的卧室，认认真真看起电脑上林索夏方才从警局拿到的一段监控视频。魔术师注视着这个带走苏雅意的人在他那一辆小板车上缓缓飞行的模样，不久，他转向程学南，并没有那种看向林德介的藏得格外深沉的畏惧，平静介绍起来：“我想，我是看到了真正的魔法，科技的魔法。从视频上来看，公寓的格局并没有任何着力点可以支撑起这架小板车的飞行，这辆看起来简单朴素的车应该就是御空飞行的，它是靠着自身的科技手段做到了这种地步。而且，我把视频反复放慢来看，如果它真的有其他着力点，是用了什么别的透明材料的话，其实根据光的折射与反射原理，以及魔术师的经验，我想我还是可以分析出来的。但是没有，看不出来什么啊。”

“可是，我的一位研究天体物理的朋友说这样的科技怕是美国都研究不出来。”

“这就不是我的领域了，反正我不认为它是什么魔术。当然，也有可能是我的专业能力有限啦，不然你们再找其他人看看。”魔术师站起身，怀着几分不好意思道：“抱歉了，我帮不上什么忙。该做的我都已经做了，我其实还挺忙，各位，先这样啦。”

“不再坐坐吗？”林德介温和道。

“不了，还有事，我得先走了，再见。”魔术师没有再和林德介对上目光。而后，他头也不回地，大步流星地走出了这一套极显奢华富贵的房子。

程学南见他着急慌忙离去的模样，只以为一个著名魔术师，肯定忙得很，哪有太多时间耗在自己这种事情上，自己难道还真希望他给讲解一大堆魔术的原理？甚或再给自己当场露上一两手，缓解缓解自己失去雅意后的难安心情？

这样想着，随后，本打算再喝两杯茶也就回去的他，架不住林德介的盛情邀请，留了下来和他们一家子用起了晚餐。

一通吃喝完毕，几杯烈酒下肚，程学南竟有些晕乎。林索夏的父母热情不减，留他在他们家过夜。程学南只觉客气了，何况他心中对林索夏尚有芥蒂，但盛情难却，便当真留宿于此豪宅了。

冷清的夜晚，程学南和林索夏吃饱喝足，洗漱一番尽皆酣睡去了。不一会儿，同一屋檐下，林索夏的父母邀约着一道走进卫生间。在那里，他们解去自己的衣裳，向朦胧的夜色呈现出两具温润如玉的胴体。他们秀色可餐，只怕是两千多年前的柳下惠对此都未必能够坐怀不乱。

在静谧的月光下，人世间一对绝美的孤男寡女赤裸裸地面对，似要巫山云雨一番，方不辜负此等良辰美景。孰料，他们解下各自的衣裳后，竟然默默无言。过了好一会儿，他们才慢慢拿起各自锐利的手指，抓向自己的脖子，用力一撕，生生将自己身上一层吹弹可破的肌肤撕将下来，露出里面老树根一样的颜色。紧接着，他们把热水器的温度拧到最大，得有个八九十摄氏度，让能够杀猪的热水冲走自己身上的那些皮肉，冲进这个城市的地下水道。

大约半个小时以后，两个鲜活的人间尤物变成了两具老得不成样的木乃伊。

每当这时候就是他们夫妻俩最为快乐的时光了，他们相视一笑，从墙上原本用来放置衣服的包里拿出了两罐白色瓶子。他们打开它们，各自拿起一把刷子，蘸一点瓶子里的液体，互相涂刷到对方的身体之上，巨细无遗，像在涂油漆。

完事后，等了大约二十来分钟，那些单薄的“油漆”竟膨胀成了一层皮肉，如婴儿的肌肤般水嫩光滑。接着，他们才一前一后走出卫生间，像刚洗完澡的潘安和杨贵妃。

他们和琳本就是同一类人。

第三章　数学天才

1

罗杰紧盯着画面中失去了双手双脚的男子，目光越来越幽深。

“怎么，雅意你认识？”程学南没想到罗杰竟然这副神情，本想着拿林索夏最近刚从警局得到的苏雅意失踪当夜的监控视频叫他帮忙分析分析。谁料他看着它，却是一副忆苦思甜的模样，好像想起了什么故人。

“不认识，但我或许认识那个在空中飞驰的人。”好一会儿，罗杰才回过神来，整个身子骨却似已被抽走了最重要的支架，已经快要站立不住。他扶了扶旁边的沙发座把才勉强坐了下来，脸上仍然是一脸的难以置信，嘴里却念念有词：“没想到会是他，他怎么可能是这样的。”

“你居然认识那家伙，那真是太好啦。”程学南一喜，“什么情况？那家伙是个外星人吗？”

罗杰定了定，竭力让自己的语气显得平稳，才说：“如果我没有看错的话，他跟我早年认识的一个人非常相像。不过，我现在还不能完全确定是不是他，只能说是八九不离十吧。”情知程学南的迫不及待，罗杰也不再吊他胃口，把手轻轻放到茶几之上，手指下意识地抬起又放下，一副谨慎、欲言又止的模样，说：“我所知道的那人是个数学天才，曾就读于北大数学系。虽然已经过去了十二年，十二年了彼此都没有再联系，但他的姓名，我依然叫得出来——刘庄晨，当时北大校园里的风云人物。”

“十二年了，一个人的容貌应该会有所变化吧？”轮到程学南无法相信了，“还有，这么多年了，你的记忆会不会有误？而且他无手无脚的，北大会招他？他怎么可能又是什么数学天才？数学天才能以障眼法干这种半夜叼人丧尽天良的勾当？”

“当年的刘庄晨，中学的时候曾经代表国家参加过国际数学奥林匹克竞赛，得过第一名。那时候的他也不是如今的此番模样，四肢健全着。再说了，就算残疾，只要有数学才能，北大能不收他？说起来，我跟他还是因为北大青年天文学会认识的，只谈得上泛泛之交。他属于那种虽长得不算英气逼人，却只要看一眼就难以忘记的人，所以我至今对他印象颇深。”

“不过，也很有可能只是长得差不多的两个人而已，一个数学骄子，怎么可能变成那样？”

“我也希望如此。”罗杰的脸上不乏遗憾之色。陡地，把手一抬，像是回忆起了什么可怕的过往，不由自主地将腰板一下子挺起，利落道：“对了，当年青年天文学会是合过影的，能够拿出照片来对比分析下应该可以判断得更加准确了。”

于是接下来的一个小时里，罗杰在家一通翻箱倒柜，程学南则帮衬着用一些软件对从视频上截取下来的图片进行清晰度的处理。之后，两人又是拿着刘庄晨的照片，又是拿着那无手无脚之人的照片反反复复地对比审视。结果都倾向于除非他们是双胞胎兄弟，否则，绝无可能两个半点关系都没有的人，居然相似到了这种地步。

“看来真是同一个人了。唉，太让人惋惜了，那样的一个数学才子竟成了这副模样。不过，我尤其想不通的是为什么他会沦落至此，为什么他会以那样奇怪的方式带走苏雅意，这真的太让人不解了。”罗杰无法想象昔年意气风发的同窗竟然会沦落到这种地步，语气中似已带上了几分悲怆，说：“他的四肢怎么没的？是发生了什么意外，还是什么人取走的？”

程学南和他不熟，更为关心的是他把苏雅意带向了何方，语带几分憧憬说道：“之前警方因为无法得知那人的具体身份，所以案件迟迟没有进展。现在锁定他了，我想，只要我们能够将他这些年的履历调查个清楚，相信很快就能有结果了，雅意也应该很快就能找到了。”

“也许吧。以我对他这个人的粗浅了解，他心气极高，一直独来独往，和当年的我倒还略微有点像，所以我跟他交流不多，大概也是天才相轻吧。你都不知道，有时候我觉得自己和他连泛泛之交都算不上。只知道，身为北大风云人物的他，当年毕业后好像是去了国外的一所名牌大学深造，那以后就再也没有他的任何消息了。”罗杰眉头紧锁，一副若有所思的神情说着，“要不然，我先联系一下当初和他一起出国留学的几位同学，看能否找到什么线索，也好更进一步了解下他这些年都遭遇了什么。”

“也好。”程学南乌云密布的眉宇间慢慢冒出了几分在这段时间里难有的神采。这阵子，他自己都快要被苏雅意的诡异失踪折磨疯，他无时无刻不在担忧着她，想念着她，看到点希望，便如那溺水的人抓到了几根救命的稻草。

2

苏雅意的失踪除了让程学南揪心不已，林索夏的心也跟着悬了起来。他所在的学校有个颇负盛名的大讲堂，时常会有一些名人学者、政商两界的大腕到此讲学。这个讲堂建造得富丽堂皇，大气华贵，却又不乏学术气息，它能够容纳下大约两千名观众。林索夏此时正坐在一排一排的老师同学中，面向那位受到学校热情邀请，前来作学术演讲的女学者孙敏，他的情绪复杂。

只见她笔直地站在讲堂的中央，把手放到那块专门用来演讲的长方桌上，声情并茂地说道："我们要想造出有自我意识的人工智能，首先就必须了解人类大脑的运作模式、机理。但现在人们对大脑运作的了解和认识，却还处于非常原始的状态。以前人们想当然地认为，大脑是由 1 000 亿个具有简单计算能力的神经元互联产生的意识。可早在二十六七年前就有一个发现让脑科学家们彻底绝望了——之前人们认为一个神经元就是一个简单的电路，结果却发现并非那么回事，同样的输入，不同的神经元的输出根本上不一样。这说明神经元极其复杂，不但数量有 1 000 亿个，非常有可能每个神经元都相当于一个大脑。还有，人们之前认为，计算机的计算速度达到人脑的计算速度，就可以产生智能。不过，三十多年前这样的计算机在安徽的中国科技大学就已经有了，可它有智能吗？没有，因为智能要靠软件来实现，软件能编出来吗？那是个极其复杂的问题。软件在这个方面的技术能否突破，值得深思……”

孙敏的精彩演讲把听众的注意力牢牢抓住，既因为内容本身，也受到她良好外在形象的吸引。她的端庄秀雅，落落大方无不像一双双轻灵飘逸的翅膀，将她每一句分量十足的话语都带到了与座老师同学的内心深处。

她已年近四十，岁月这把世间最无情的刻刀却无法在她身上留下它最残忍的一面，反而像是艺术家手中雕刻的刀，越雕越显出她的风味来。

从傍晚开始，讲座持续了大约一个半小时，像以往所做的每一次演讲一样，孙敏从始至终都能不时地赢得雷鸣般的掌声。只是，她的精彩演说并没能驱散掉林索夏失去苏雅意以来的恐慌与焦虑，反而，让他那脸上不时翻涌上来的阴霾越来越重。

她显然没有注意到人群中有个男生那样不满自己，接下来是同学自由提问的时间，依然顺风顺水进行着。不过，在开始了大概七八分钟后，表情一直很复杂的林索夏忽然从那座席中丝毫不客气地站起来，他的手一摆，向维持现场秩序的管理员要过话筒，那样子显得分外粗鲁。

管理的老师神情错愕，好不容易反应过来，打算制止他的莽撞行为，而孙敏则自信满满地示意老师让他提问下去。

林索夏来势汹汹，并没有因为她的温和友好而有丝毫的收敛，他目光冷峻，语气严正，中气十足道：“孙敏教授，您刚刚说的绝大多数东西我无疑是认同的，但我对您之前在媒体上发表的一些观点不怎么苟同。我觉得吧，您身为一名脑科学与认知科学方面的权威专家，不应该发表那样的言论，为那些早就已经证明了是伪科学的东西撑腰站台。那些东西，祸害社会，流毒无穷，应该人人得而诛之，而不是反过来同流合污，沆瀣一气。”

直截了当的一番话说得与会人士目瞪口呆，几名老师同学暗暗为孙敏和林索夏捏了把汗，更多的老师同学却非常乐意看到这样一场高规格的演讲出现点意外，不希望它像过去其他学者的演讲一样循规蹈矩地开始和结束，正是看热闹的人不怕事大。

听了他的话，作风一向严肃的院领导再也忍受不住，上前想要一把夺过他的话筒，孙敏却自信大方地说：“老师先不忙，让这位同学把话说完吧，请问同学刚刚您说的是哪篇文章呢，我们不妨在此公开探讨一下。”

“就是那篇关于记忆遗传的文章，说是人可以把记忆遗传给下一代。那种东西，早被现代遗传学证伪，怎么可能。要是在 19、20 世纪兴许还有些许研究的价值，现在根本不值一提。您却在文章里言之凿凿地说记忆是可以遗传的，请问您凭什么这么以为呢？”

这阵子，林索夏迟迟得不到苏雅意的下落，他整个人变得异常烦躁，越来越容易动怒，对于看不惯的东西，一点就着。而他当年高考报考的虽为计算机专业，来了大学，修的却是双学位，另外一个专业正是和孙敏一样的脑科学专业。尽管他知道，在他还没开始学习生物学的时候，她就已经取得了世界名牌院校的生物与化学博士学位，无论从哪一个方面来看，在她面前，自己都乳臭未干。但他一向自认为逻辑缜密，喜欢挑战权威，这会儿，正想牛刀小试。

他不知道，他的狂妄让孙敏想起了一位亲密无间的故人，只是她不知道他如今又身在何方。

“这位同学，还不知道您贵姓？”

“林索夏。”

“好，林同学，非常感谢您指出了这个问题。您刚才提到的这个属于记忆遗传假说的范畴，它最早由心理学家荣格提出，主要认为通过集体潜意识可以把记忆、感情和想法遗传给后代。它的意思并不是说记忆、情感等可以直接遗传给后代，注意了，它是通过集体潜意识。所谓集体潜意识，是荣格心理学理论中最大胆、最神秘，并引起最大争议的概念，它非常有意思。我想，在回答林同学的疑问之前，有必要首先在此提下，不知林同学和与座的同学有兴趣听一下吗？”

“有。”学生的兴致高涨，连刚刚气焰有些旺盛的林索夏都止不住地动了下嘴唇轻声应和。

“好的。”孙敏呷了口清茶，意味深长地扫了扫全场，缓了缓，方才从容道：“首先，荣格主张把人格分成三层，分别为意识、个人潜意识、集体潜意识。这三个概念，简略来讲就是，第一层，意识为人能够自我觉知到的部分；个人潜意识为人格结构的第二层，包括一切被遗忘的记忆、知觉和被压抑的经验等，它可以左右人的行为，却不为人所意识，好比一些人被某种强烈的心理问题所困扰，自己却觉察不到；第三层就是集体潜意识，是人格结构最底层的无意识，包括祖先在内的世世代代的活动方式和经验库存在人脑中的遗传痕迹。这三者的关系，卡尔·荣格曾用岛来做了一个十分形象又恰当的比喻，就是露出水面的岛正好对应着人能够感知到的第一层意识；而由于潮水的涨退而不时露出水面的岛的部分是个人的潜意识；岛的最底层作为基地的整个庞大的海床而存在，那部分正好对应着我们的集体潜意识。”

台下心理学专业的学生显然更能明白这个理论，他们也多听说过它，不过并没有急躁地将自己在这方面的优越感表现出来。显然，孙敏尚有更加不凡的东西要谈。

她不做停顿，把话锋一转，又道：“其次，针对林同学刚刚的问题，我们可以更进一步地去了解一下人类科技目前的发展现状。对于心灵、我们的精神世界究竟是由什么样的粒子构成，物理学界至今无法给出任何合适的解答，甚至就连它是不是由粒子构成，连它是不是存在都无法完全确定。说来，如今科学界对于心灵的研究呈现出一个十分有趣的现象，生物学家们努力地想要把心灵的研究排除出生物学的研究领域范围，认为它是虚无的，而物理学家们则极力地想要把那些看起来似乎有些虚无缥缈的心灵引入物理学的研究范畴，觉得它是真正存在的。物理学家们认为观察者的意识会参与到各种物理规律物理现象里，它极为重要。综合以上几点，再回到我们刚刚讨论的问题上，心灵内的情感、记忆等，是否可以通过遗传物质遗传给下一代，更会因为人类自身对于心灵本身是什么的不够了解而变得扑朔迷离。刚刚林同学说现代遗传学已经证明记忆遗传的不可能，其实现代遗传学只是通过一些简单的表象观测，就断定上一代的记忆、感情和想法不能遗传给下一代，在我看来为时尚早了。客观地讲，最起码也得等到我们弄明白人心、意识是怎么一回事才能下此论断吧？而事实上，目前生物学家们就连最基本最基础的记忆如何消失遗忘都还搞不太明白，更何况是遗传，是不是？”

林索夏一向自负逻辑缜密，却没料到这个细节，当下羞得无地自容，一张本来大义凛然的脸涨得通红，好在孙敏及时肯定了下他的勇于质疑，给他找了个台阶下。

他忽然有些佩服起这个他之前所轻视的女人了，不由自主地，一股崇敬和羞愧在同一时间袭上心头，又想起一直在追求的苏雅意，都还没有去打开她的心扉，她就以那样不可思议的方式消失，至今全无踪迹，内心更是五味杂陈。

孙敏就是具有那样的魅力，总可以将人生途中碰上的各种各样的绊脚石变成向上的阶梯。而像她这样的女人，男人似乎没有理由不喜欢，从座席上不少老师同学对她可能伴侣不由自主的大规模的猜测，便已足见一斑了。他们想当然地认为对方必定优秀俊朗、人格高尚，否则肯定又是一桩一朵鲜花插在了牛粪上的人间惨剧。

孙敏从那些闪躲的目光里读出了自身的魅力。她从不向外人提及自己的感情状况，任何试图接近她，了解她生活的人，都免不了白费力气。不熟悉她的人会认为像她这样的学者型女性，应当是把所有的时间都投入到了科学研究之中，势必过得枯燥单调，正是所谓板凳坐得十年冷。不过，要是有谁能够窥视到她个人在学术之外的履历，必定会瞬间擦亮自己的双眼，看看自己是不是看错了。

她的社会阅历之丰富只怕与座人士无人能出其右，只是她绝不会拿出来炫耀，甚至她自己一度花了好大力气去隐瞒这一点。

接下来的提问都是学术问题的交流，这帮对她的感情状况甚是关心的人大多还是一帮斯文人，孙敏的讲座总算是在一派赞赏中圆满落幕。接着她参加了学校专门为她安排的晚宴，觥筹交错之间，手机却响了。一看来电显示，她没承想居然是他打来的，心随之一提，匆匆离开晚宴大厅。

“你不要总把时间花费在这些太无聊的问题上，一直打电话发短信个没停，你累不累?”接了电话，她直接怒气冲冲地回了一句。

她已有多年没有见过他，诡异的是这三两年来倒一直都和他保持着联系，只是都不是面对面地交谈，只简单地以声音交流。

她没有说出口的一句话其实是：“要不我们找个地方见个面吧。”

他总说自己没有时间来见她，而她知道他定另有隐情。

这会儿，她早已厌倦了这种神龙见首不见尾的联系，发了怒是希望自己能够和他当面谈谈，却一如既往地得到他沉默的回应。她终于粗暴地压低声音吼了一声，说："你不累？我累！"然后，她迅速将电话狠狠地摁掉。

她要电话另一头的他知道她的愤怒。

电话的另一头，男人用下巴将手机缓慢合上。他的手脚处空空荡荡的，什么也没有，好像被那无处不在的漆黑幽静的夜给吞噬掉了。

3

孙敏没有再回到晚宴上，而是循着校园踱步追忆起自己那似水年华。

她的本科并非在此完成，但这所全国赫赫有名的理工科院校，骨子里处处透出来工科氛围，不时让她联想到自己在国外知名理工院校麻省理工学院求学任教的经历。尤其是在那儿，她碰到了刚刚和她通电话的刘庄晨。

那时在异国他乡，她孤身一人，举目无亲，遇见他，是在一次留学生的聚会上。她当时一看到他的侧影，就被吸引住了。他的样子和一般审美中的英俊潇洒不大相同，但他天生的思想者的气质却非常引人注目。

不过，他最吸引她的并不是他身上的气质。

即便他是个再普通不过的人，她也绝对不可能对他视而不见。

还是在很小的时候，她就老是会重复做一个梦，梦中总有一名男子，安静地坐在河边思索，一动不动地。而等到稍微长大后，这个河边的人居然有了动静，尽管只是轻轻地抬了抬头，却和她四目相对了。之后的许多年里，他都能在梦中注视着她。

她从一开始的惊恐，又哭又闹，去医院检查而无济于事，到习以为常，乃至于后来竟然对那个梦中人逐渐产生了喜欢的感觉，并且这种感觉经年累月地增加着，直到最终的无可救药。

就是这么一个让人无法捉摸的人，现实中居然出现了和他长得格外相像的人。当她第一次在留学生的聚会上看到刘庄晨，几乎觉得是在做梦，几乎当场就要失了风度前去和他谈个恋爱。

她无法说清，在异国他乡的土地上，碰到这样一个自小到大就魂牵梦绕的人，给自己带来了多大的心灵冲击，只是在接下来的数十个日子里，她不断地想要去认识他接触他。认识了，触碰后不久，她又费尽心机，终于让他做了自己的男朋友。

她知道他和自己梦中的那个人并非同一个，他只不过是长得像的替代品——每一次的共处，她仍会将他当成那梦中人儿对待。她一直向他隐瞒了这一点，直到如今，她都以为他什么都不知道。

“不知道他是不是明白了真相，不然为什么要离开我?”她声音小到自己都听不见，生怕被谁给听了去，即使，是在这只有自己一个人的境地里。“唉，说起来我爱的人并不是他，我的心已经牢牢被那个梦中人给占据住了。而且为了那个人，我势必要一次又一次地进入各种危险的绝境，必然又会连累到他，加上过去没有完全处理掉的麻烦也有可能卷土重来，如此一来，让他离开了也好，何苦耽误人家终生呢?好歹也算是相识一场啦，岂能因为我的自私自利就害了他，毁了他的青春?走了好!走的好!”

孙敏的哀叹，刘庄晨是听不见的。他在伸手不见五指的房间里睁着他明亮有神的双眼，旁边摆放着早年他在国内求学时买下的一个颜色古旧，据说早就已经被淘汰了许多年，早就已经绝迹了的诺基亚手机，它正播放着早年他们在一起的时候，她向他说的绵绵情话。

“曾经繁荣的诺基亚帝国如今已经不见了踪影，恰似我和她曾经的幸福快乐，如今也是损耗殆尽。”他非常清楚手机里传出来的那些能够醉死人的话语，严格意义上，并不能算是孙敏讲给自己听的，而是讲给她脑中格外根深蒂固的一个人听。

于此寂静的夜色里，闭着眼睛，刘庄晨任凭往事一幕幕浮现到眼前。

大概在六年前，他就已经发现了这一点。

那还是他开始和她同居后的第四个年头，她经常会在夜深人静酣睡的时候，突然焦躁不安地念叨起某个男性化的名字。起初，他仅仅以为那个人是她的前任，一直琢磨着安慰自己：“谁没有个过去呢？想必随着我和她进一步的交往，她必定能忘掉他了，她必定能把心都转到我这正牌男友身上来了。”可是，很快就表明这只是他的一厢情愿，她愈演愈烈了。

他于是不动声色地观察起来，以其数学高手逻辑思维的严谨细致、沉着冷静，费时半年，倒是无意中发现了她的一个微博。在这里，她既不关注别人，也不让任何人关注自己，总是自顾自地说一些根本不想让任何人知晓的心事，类似于一个私人日记。

悄悄关注，而后刘庄晨带着手机，拖着沉重的步伐，一个人缓缓走到了出租房楼顶四下无人的天台之上，打算给自己有更安静的时间和更充沛的精力好好品味它们。那一晚，面朝着璀璨美丽的星空，他首先竭力让自己平静下来，然后，在那简陋的天台上，他小心翼翼地打开那个头娇小的诺基亚手机。他仔细地端详起来，他把她的微博按照时间顺序，一条一条地咀嚼，他知道了她无比疯狂地爱恋着的那名男子叫百里笙，也洞悉了这个男子的所有秘密。也是在那个他后来一想起就会心碎不已的夜晚，他意识到自己仅仅是这个人的仿照品，孙敏无可救药地恋着的，竟然是其他人。

一瞬间，他的精神世界崩塌。

好在，越是深入研究她的微博，他越是感到宽慰，因为百里笙这个人并不存在，他竟然完全由孙敏凭空虚构。“呵呵，我跟一个虚无缥缈的人吃醋个什么劲儿？实在有失体面，实在是失了一个麻省理工天之骄子的脸面。说不定连我本科时期的母校北京大学也都跟着城门失火，殃及池鱼了呢。”他放下手机，风度翩翩地对着头上美国又圆又大的月亮笑了笑。

可正当他多少有些释然，一段该死的字又跳入他的眼帘：

不知怎么回事，每次我置身危险境地，百里笙的面目就会更加清晰起来，他的动作和话语也会增多。越是危险越是如此，实在诡异！难道我要将自己放到那危险之中？Oh，My God！

这条微博后，她的心境有了明显的变化，很长一段时间里，微博上的文字没有了那种轻快明朗的感觉，变得阴郁沉重。而详细内容更教他大吃一惊。

当她意识到各种危险的体验有利于百里笙的形象在自己脑中完善后，她便有意识地将自己推到那一切险恶的环境之中。早在她尚未出国时，她就已经开始了这种危险的计划。当时，她参加了一个极限游戏小组，老是去挑战一些高难度高风险的动作，经常弄得遍体鳞伤，只是为了多看那梦中人一眼。

可那些相似的危险方式不久就失去了一开始的效力。接下来的几年中，她尝试了其他各种类型的危险，比如置身穷凶极恶之徒的身旁，卷入商业犯罪漩涡的中心，它们都能把百里笙的音容笑貌延展得更久更长。

无论她的文字是欢快或悲伤，是平和或惊险，刘庄晨都能从她的字里行间里感受出她对百里笙至死不渝的爱，那种甚至可以说是与生俱来不可改变不容挑战的爱。

“她竟为了他不顾一切地冒险？”短短两个小时的阅读，他吃下了这世间最烈的醋，垂下了他一向高昂着的头颅，他在心底一次次地呼喊，要离开这个实际上对自己根本没有什么感情的女人。

但那时他已离不开她了，和孙敏在一起的每一天，都是他生命中不能割舍的美好，他不能设想，没有她的日子里，自己又该怎么活下去。

他自然不希望她去追逐那个叫百里笙的人。但他更无法见到的是她在那一次次的危险之中丢掉自己的性命。他首先想到的就是以自己的三寸不烂之舌，去劝服她放弃追逐这样一个虚无缥缈的人，但随即就放弃了。眼睛死死地盯着那些触目惊心的文字，他深切地知道这会有多难，这只会让她更加迅速地离开自己，而不是离开百里笙。劝她离开他，无异于是在劝自己离开她。

“我应该把她的心争取到我这边来，让她真真切切地喜欢上我。然后再去劝说，这样会好一点。”

他的沉着冷静有口皆碑，尽管心底极端不是滋味，流了一会儿眼泪后，他就迅速克制住情绪，一下子找到了问题的症结所在。“百里笙毕竟不存在，她的问题看起来又不像是一种精神疾病，因为判断一个人是否有病，更主要的还是要看这个人是否会因为那种病症而感受到痛苦，判断一个人有无精神方面的疾病，同样应当如此，而百里笙并没有给她带去任何精神上的痛苦与折磨。更何况，她小时候曾多次求医而无济于事，她自己又是脑科学方面的专家，想必即使我尽最大的努力以最巧妙的方式去劝她接受治疗，现代医学也定是束手无策，到最后她也还是要去做那些危险的事。因此，我所能做的一切就是，”顿了顿，他把凌乱的思绪理清，“让她不顾一切地疯狂地恋上我，就像对待她心目中的那个人一样。噢，不，应该是更加无可救药地恋上我才对，这样她就会自然而然地放弃百里笙——那个虚无缥缈的人了。不过，这需要时间，需要先保住她的命。必要的时候，我甚至还可以想个法子让她误以为自己是在历险，实则一切根本都没有发生，先拖住她再说。她不是喜欢危险吗？呵呵，一场设计得足够厉害的危险，相信可以拖住她个三五年，我大可以在这段时间里获取她的心意，击败那个叫百里笙的家伙，然后再去劝说她彻底放弃他。不，甚至连劝都不用了，她会为我保重她自己的。”

在朗月繁星之下，刘庄晨虽然刚刚历经一场难以忍受的煎熬，却很快找出了解决问题的最佳办法。他隐隐有些兴奋，他一向都是个不畏惧任何挑战的人，一旦认准了，就不会去惧怕挑战途中所遭遇到的各种艰难险阻，一定要竭力达到目标。这会儿，放下手机，他抬眼望着美国那一方又圆又大的月亮，语气里不乏坚定和自信道：“如果我连一个不具体存在于这一方时空的人都搞不定，连一个影子镜像都搞不定，那才是真真正正丢了一个麻省理工天之骄子的脸，那也才是让我本科时期的母校跟着城门失火，殃及池鱼了呢。再说了，欲戴王冠，必承其重，如果不能打败百里笙，我又怎么好意思配得上孙敏的爱？我又怎么好意思谈得上是深爱着她？真正爱一个人，就要让这个人也能爱上你，而不是冒着把她推进火坑的风险推给别人。毕竟，她有可能跟了一个不爱她的人。”

4

程学南没能搜寻到更多关于刘庄晨的信息，这个人留给他的信息竟比苏雅意留给他的还要少，他在国内的求学生涯尚有记录，有关他在国外的一切则一片空白。

想通过刘庄晨找到苏雅意的美梦破碎了，而苏雅意失踪时方临暑假，如今暑假已过，又是一个开学季，她仍然不知所踪。

此时，慵懒的阳光把罗杰和程学南的脸映红，两人戴着墨镜，悠闲品茗。

程学南首先打破沉默道："我可能是被关在那副模具枷锁里太久，出现了各种幻视幻听，精神状态不稳定。根本就没有什么情欲通道、心灵世界，这些超脱现如今科技的东西全部都是我的胡思乱想，咱就别瞎倒腾那副模具枷锁了。我也打算回去上课，再等警方的消息了。"

在所有可能的线索都一一断掉的情况下，整个暑假，罗杰拉着他重新建构出了一副几乎一样的模具枷锁，试图根据他的回忆重建当时情景，推演犯罪者心理；又是在苏雅意失踪的宾馆里努力想要还原出那种"魔术"。可有模有样地搞了两个多月，投入大把的时间和精力，结果却是画虎不成反类犬，他们始终都想不出对方究竟怎么做到的那一切。

"说的什么客气话，我可从来没觉得有啥麻烦的。苏雅意这事，你可不能中途撂摊子留我一个人扛，咱得并肩作战把真相找出来。”罗杰十分上心，说得程学南格外不好意思，雅意可是自己女友，自己竟然看起来还没有其他人关心。

见他仍然沮丧如一头斗败的公牛，罗杰适时鼓励道：“小程啊，在挫折面前，你可要向我们搞科研的学习，科学上的研究发现，绝大多数都必须忍受一次次的挫败，越挫越勇。我们寻找苏雅意才碰到多少困难，你可不能泄了气。”

“可我们现在连方向都找不着，雅意好像真的已经，唉，我都不敢说下去了。”程学南垂头丧气，“想我，也真是够可笑的，一开始居然会认为有可能是什么外星人绑架了她，虽然说那刘庄晨长得确实够奇特够像外星人的，但怎么说好歹都是人类。现在想来，真心觉得当时脑子可能真的进水了，呵呵，太可笑了。”

罗杰起身，集中全部注意力看向他，看得他将目光都放到自己身上，才严肃地说道：“你不必这么说自己的。一开始不了解你，我觉得你可能是出现了幻觉幻听，苏雅意则是被什么魔术师给带走，并以此来挑衅。但通过这些天和你相处下来，我反倒不再那样认为了。试想一下，如果是你的心理问题，或者是一般药物导致的幻觉，它必定是不连贯而缺乏逻辑的，你看到的必然会是极其随机的幻觉现象，但你遭遇的却并非那样。那个心理医生明显早就知道你吃了那种药后会出现什么样的幻象。还有，那种御空飞行的小板车，真叫人不可思议，难以想象。正所谓一切先进的科技，在最初看起来都与魔法无异。我觉得，你相当有可能遭遇了领先于我们这个时代力量的科技。现在看来，很有可能是某个，甚至还不止一个极其厉害的、经过长时间潜滋暗长之后才横空出世的科学家抓走了苏雅意。”罗杰缓了缓，把双手举到下巴处，揉了揉，一副老谋深算的样子，继续道：“一直以来，我们所做的一切努力，都是要证明你记忆的问题，你在枷锁里所看到的一切都是假象，都是一般致幻药物的作用；都旨在证明那辆在空中缓缓飞行的小板车仅仅是个极其厉害的魔术师，用我们所不能知道的手法变出来的。倘若换个角度，认为你的所见所闻确实存在，确实有人可以打开你直观心灵的能力，确实有那种超乎了我们这个时代科技的小板车被发明了出来，朝着这个方向努力，我相信我们还是能取得一些成果的。”

罗杰认真补充道：“我们要大胆猜想，小心求证，这叫科学精神。现在，希望你能再好好想想，仔细想想，包括当初你在模具枷锁里直观心灵的时候，包括你出了枷锁和苏雅意生活在一起的那段时间，有什么奇怪的地方没有。”

被罗杰这样紧盯着，程学南萎靡不振的精神抖擞了起来。他的眉头紧锁，集中起全部的注意力，陷入了沉思。

此刻，静寂的夏日尾巴里，知了在拼命歌唱，不时地，还有几丝凉爽的风钻进背脊，异常舒爽。极力搜寻，大约过了三四分钟，程学南记忆深处中隐隐约约闪现出了一幅画面：苏雅意曾经简略提过情欲通道，她说情欲通道已经把他们两个人的心灵连接成整体的一块，不可分割。她当时语焉不详，而自己也正忙着给她煲汤，没太在意，所以忽略了。而那时，没等他回过神，她就把话题迅速地牵扯到别处去了。这会儿，经得罗杰指向明确的提醒，记忆深处这隐隐约约的一幕受到牵引似的出现了。

他决定也来次大胆猜想，小心求证。

“我可能需要你的帮助。”和苏雅意在一起，成天被甜蜜的温柔包裹着，失去她，又惶惶不可终日，难得静下心来，程学南决定一试。

和煦的阳光下，他将心中计划一一道出，罗杰欣然应允。

第四章　心理诡局

1

宽阔的马路上，一辆奔驰开足马力快速奔行。

驾驶座上的罗杰表情轻松自然，副驾驶座上的程学南则阴晴不定。

车子短时间内开出长长的距离，随着车的急驰，在晃动的作用下，程学南产生了种种混杂着空虚、寂寞、悲伤、绝望等难以说清的情绪。

他根本无力遏制它们的出现，好在罗杰把车停下了，这种负面情绪才没有继续加剧。

已有数月无法借助药物直观情欲通道的存在，通过新方法，程学南冉一次确定了它的存在。

“应该是这样的，情欲通道已把我和雅意的精神世界联结成一块，无法靠外力断开。相距较远，情欲通道橡皮筋一样被绷紧、拉开，拉细，但终究无法被扯断。相距较近，情欲通道半径较大，因而心灵一点都没有被牵拉撕扯的感受。这一次，和你快速驱车远离城市，通道对心灵形成拉扯，带来各种难受，也不知我们再驰骋下去，是情欲通道断裂，还是我，或雅意的精神世界被整个儿地从身体这棵树上给摘下来。”程学南回想刚刚的心灵创伤，心有余悸。

说话间，罗杰已把车往回开，来到一处幽静无人的公园。

在公园正中间的一棵大榕树下，罗杰道："经过此次实验，显然，我们可以通过那条情欲通道对心灵的拉扯来判断你和雅意大概相距多远。就目前情况来看，情欲通道带给你的不好体验，也会造成她的不舒服。如果她是自己躲起来了，只要我们加大测试的力度，把车开得更快更急，她的心灵自然难以忍受通道的拉扯，自然也就会来找你了；如果她为人所控，控制她的人又另有企图，想必也不会坐视她受到伤害而置之不理。"

程学南虽然觉得可行，却也不乏顾虑："可那样做有可能给雅意的心灵造成无法挽回的损伤？"

"只要我们掌握好量度，相信可以把副作用降到最低，在可承受的范围以内。再有，根据牛顿第三定律，一切力的作用都是相互的，彼此作用的两个物体，受到的作用力的值其实是相等的。我想，这条情欲通道所起的作用力一定也是严格遵循牛三的，除非它不是我们这个宇宙的东西。只要你能承受得住，我相信她应当也没有问题。再说舍不得孩子套不着狼，为了见到苏雅意，这点险怎么也得冒啊不是。"

纠结一番，程学南终于不再犹豫："那行，晚一时不如早一时，我们即刻行动，把车开起来吧。"

车全力加速，不好的感觉纷沓而至。只是没过多久，便又恢复正常。

如是反复数次。而后，无论罗杰把车开得多快，情欲通道竟都不再给程学南带来各种牵拉撕扯的感受，那是苏雅意已和他靠得太近的缘故。

“她一定落了难，有苦衷，期待见我而不得。”通过这样的试验，程学南能够发现对方在和自己不断靠近，他兀自勾勒出一幅苏雅意人身自由被限制的画面，恨不能化身超人前去营救。

作为逆境中的朋友、孤独中的伙伴，罗杰在程学南失去苏雅意，犹如行尸走肉过活的这些时日，充当了他的第二大脑。此时，他继续发挥脑袋的作用，说道：“根据你们俩的心灵特点，我们现在有一个绝佳的方法找出她来，我们可以深入人迹罕至，而惟有一条道路进出的大山，命人潜伏在道路两旁观察，怎么都能逮中目标的。”

程学南认为可行，不过眼见暮色将至，决定先和罗杰回去谋划谋划，第二天再来操办。

华灯初上，于家中，两人筹划着明日的行动，他们却迎来了新的客人。

这人身高体长，长相俊美，赫然就是程学南那日在林索夏家中见到的林德介，他驾着一辆汽车，不请自到。程学南一时也没太往心里去，只以为是寻常做客，他根本没有料到，林德介居然是为了苏雅意的事，风尘仆仆前来。

2

对方举止优雅，颇有几分绅士风度，目光又剑芒一般锐利，稍微一望，仿佛已能把人心看穿。坐到客厅沙发上，他不紧不慢道："罗杰您好，听闻过您的大名，极为优秀的天体物理学家。我叫林德介。程学南，我们见过一面的，两三个月以前，就在我家，还记得吗？最近安好？"

"还不错，不知您为什么突然拜访？"程学南有些不解。

"呃，我这个人比较直接，就不拐弯抹角了，两位最近非常勤快，无非想要得到苏雅意的下落，她的确在我们手上。"林德介开门见山，轻描淡写。程学南一听，怀疑自己听错了，疑窦顿生，便顺着他的话追问道："您的意思是指，雅意是您让人给带走的？"

"也可以这么说吧。"林德介一点都不像开玩笑的样子。

程学南确信没有听错，立时把眼珠子瞪得滚圆。多日以来，他对苏雅意的种种忧心忡忡的思念在这一瞬间都转化成了一腔火爆脾气，它们一时间全部爆发了出来，致使他猛烈地站立而起，愤而道："人面兽心的家伙，原来是你，原来是你，你还敢来。我早就该想到了是你，我早就该料到林索夏一直对雅意那么殷勤，定然没安好心，你们究竟把她怎么了？她现在人在哪里？"

强烈的愤怒让程学南几乎失去理智，他捋了捋衣袖，一副打算和林德介轰轰烈烈干上一仗的架势。

“您别激动，有话好好说，声明一句，我不是来和您争吵的。还有，我需要纠正你一点的是，雅意的事和索夏没有丝毫关系，那是我和我所属的组织做的。在此，我要向您好好道歉，说声‘对不起’。但这一切都是有原因的，您听我详细说明，苏雅意安然无恙。”

“你三言两语说得倒是轻巧了。”罗杰为程学南壮起声势，他掰了掰手指，发出清脆的响声。

房间里一股强盛的战斗味道弥漫起来。

“罗先生先别着急，我理解您一颗帮助朋友的赤诚之心。我这趟来找你们，也没打算再隐瞒下去。程学南当初在商店里遇到的那名心理医生，严格来讲呢，其实不是个人，而是个团队，是个组织。至于苏雅意得了不治之症要通过程学南充满爱情的思念来拯救，全是组织为实验之要，编造出来要程学南配合的，她本来就是我们组织的一员。”林德介两句话就把程学南长久以来魂牵梦绕的一段美好感情定性为充斥着谎言的恋爱，可谓当头重击。顿了顿，转向程学南，他又说道：“我们把你弄进那副模具枷锁，再故意让苏雅意到那家店里卖衣服，无非是这个伟大心理实验的需要，希望您能理解。”

程学南怒目圆瞪：“我理解个毛线，雅意怎么可能是你们的一员？你骗小孩呢？还有，退一万步说，就算雅意真的是你们组织的一员，你们怎能不经过我的同意，就做那样的心理实验？是谁给你们权力这样做？”

“所以我才要再一次跟您表示一声抱歉。”

罗杰眼中的火焰也越冒越盛，说道：“道歉有用，那我先给你道个歉，再把你扔进那副模具枷锁里做实验好了。要知道以人为对象的研究实验，可有着极其严格的规定，其中最为关键的是要尊重实验对象的主观意愿。你们这样做违法犯罪，你现在是来自投罗网吗？还有，那个无手无脚的人究竟是怎么一回事？我的同学刘庄晨，你们把他怎么了？”

“罗先生还挺有法律意识的。不过说实在的，我们所做的一切不违法不犯罪，不然我也不会这么光明磊落地前来找你了，再不信的话，你们现在就大可以报警看看我说的是否属实。还有，非常时期，我们这个伟大的心理实验，自然就得用非常的手段，因而看起来显得违法了。”林德介挤出浅浅的一笑，以显得气氛不是那样剑拔弩张：“我受雇于组织，只来说组织要我说的。今天来是想来争取你们的谅解。至于你说的刘庄晨，也是我们组织的一员，一道参与做实验。”

“就算这事真的是个极其重要的心理实验，也不可能就这么算了的。说说，你们是什么人，如若不是你们胁迫雅意，你们为什么要以那样的方式把她带走？”程学南心底热烈期盼着这个人说的全部都是谎言，他这样来找自己其实别有目的。

“我们真的没有任何胁迫。说了，她和我一样，都隶属于同一个组织。我们在搞的是一个有关心理学的伟大实验，这个实验非同凡响，世界上科研实力还过得去的国家都参与了，其中自然包括咱们泱泱华夏。而为了防止受实验者在有心理准备的情况下接受实验，影响实验效果，我们在初期选择对实验对象保密，所以把您糊涂至今。至于选择以那样的方式带走苏雅意，同样也是这一整个心理实验的一部分，您一直都参与在内。因为这个实验本身所具备的伟大意义而让我们不得不这样做，但说到底还是给您造成了非常重大的损失，我们将因此支付您一笔不菲的赔偿金。”说着，林德介优雅轻缓地从兜里掏出一张支票，递向程学南。

程学南扫了一眼那上面的数字，暗道这笔不下七位数的钱财足够自己发家致富了。不过，虽然金钱诱惑得他心旌摇曳，他到底没有迷失了方向，一副视金钱有如粪土的样子道：“人命关天，这绝对不是钱的事。还有，我要强调一句的是，我看起来像是个那么好收买的人？雅意呢，她要是少了半根头发，再多钱也没有用，再伟大的心理实验也一点用都没有。”

哪怕来人口口声声说苏雅意欺骗了他，程学南就是不愿意相信他和她的爱情就是个骗局，更不愿意相信她重新回来找自己，就仅仅只是为了她所效力的组织的一个心理实验。

他必须找她当面问个清楚。

“没问题，我这就带你去见她。”说着，林德介温文尔雅地从沙发上立起身，不知为何，他那看起来并不强壮的身躯，此时却散发出一种气息，一种让人一眼看去，就能够嗅出来危险的气息，叫人不敢轻易去冒犯，“我们马上动身吧，不然我说什么你们都疑神疑鬼的。”

“你不会是想要什么阴谋诡计吧，打算把程学南也骗去，然后再把他给绑了？”罗杰警惕道。

“说了，你们现在就可以打个电话去警局问问，看看我是不是什么犯罪分子，看看我的话值不值得相信。”他一本正经道。

罗杰于是拿起手机打了市公安局局长的电话，对方肯定的回答消除了他的疑虑。这件事从头到尾确如林德介所说，就是个重要到不惜要严重侵犯人权的心理实验。上头非但不让他们警方再去插手这桩事，而且要求保密，不做任何宣传。

“让学南落到那种地步的，究竟会是个什么样的实验，重要到要如此无视人权？刘庄晨，那样的一个数学奇才究竟又遭遇了什么样恐怖的事，他怎么会加入那样一个组织？那又是一个什么样的组织？听得出来，他们上头对它很是忌惮。”摁掉电话，罗杰百思不得其解，一时惶恐起来。

“怎么样？罗先生。”林德介脸上带着几分得意之色。

“的确如此。”罗杰无可奈何，“不过我想问的是，你们这个心理实验的具体目的究竟又是什么？刘庄晨怎么也会卷了进去？”

“抱歉，相信您和我简单交流下来，已经能够感受到它的重要性了。重要的东西呢，一般都要求保密，这个也不例外，它是国家的一个绝密实验。我不能向您透露太多。我想，我现在还是先带程学南去找苏雅意当面谈谈要紧，先这样了。”

罗杰生怕程学南会有什么不测，就跟着去了。

3

霓虹灯闪烁的喧嚣都市，林德介搭载着他们奔行。车大概行了半个多小时，才慢下来。

看着车窗外朦胧路灯下的景物，程学南发现竟然是自己就读的学校。还在车上，他就按捺不住一腔的疑虑，说：“你是想说雅意就在学校里？”

“没错。”

程学南想过许多苏雅意可能藏身的地方，却万万没有料到她会在自己上课的地方。而这会儿，苏雅意也是刚回的学校，仿佛正是为了今夜见程学南这一面才专门回来的。在这消失的两个多月里，程学南的思念疯长，她又何尝不是？这回校的第一个晚上，此时，她的腰间夹着两本课本，正独自行走在校园的林荫大道上，看起来像是要去上晚自习。

程学南不愿意林德介和罗杰看着自己和苏雅意的见面，他怕自己等一下会过于失态，于是三言两语要他们暂避。等到交代完毕，自己才从车上走了下来。在不远处，他瞧见她形单影只的背影，他的心底冒出了一股股怜惜与不舍，一时竟已忘记了她可能欺骗他，此行他是要来找她质询的事。

缓了缓，让心情平复了下来，程学南才重拾此行的真正目的。他的整个身子微微地颤动，径直走向她。不知为何，这会儿，他感到举步维艰。

“雅意，你回来了？”他在她身后一米开外处站定，叫住了她。她回过身，正面朝向他。

夜色里，程学南的脸上露出十分牵强的笑容，说道：“你回来了，真好，怎么都没联系我，是不是太忙了？”他一字一顿。

“是的。”她的表情冷漠，就是脸色有些许苍白。

“噢，我想问你的是，”话到嘴边，程学南竟又不想问下去了，他突然发现自己害怕知道真相了，他怎能忍受她伙同他人把自己当成了冰冷的实验对象，于是转而问道：“你最近还好吗？”

“挺好的。”定了定，冷风中一阵说不清道不明的沉默过后，她继续道：“学南，看得出来，你刚才还有话要问的。有什么话，你尽管说吧？”她十分干脆，好像已经看透了他的心思。

程学南没有回答，木然地站立着。

“你今晚来找我是不是想问，我这阵子到底去了哪儿？是不是在拿你做心理实验？”她直接说道，他还是没有动静，整个人似乎已快要僵化，没等他回应，她继续说道：“说来，毕竟相识一场啊，学南，我不想再对你隐瞒下去了。想必林德介已找上你说了一些情况，他说得没错，我们的爱情就是一场心理实验，是我所属的组织让人把你弄到了那副模具枷锁里的。只是我原来并不知道你会在那里面，我只是按照他们的要求说了几句话。一开始要知道你就在那里头，我是不会让你那样受苦的，哪怕是为了再多的钱。当然，你出了枷锁，和你在一起的那段日子，我还是骗了你。学南，真的很抱歉，拿人手短，替人办事，你也可以像我一样找他们要赔偿金的。”

程学南盯着她，一时间，整个人显现出了一种超乎寻常的冷静，连刚刚冷风中轻微的颤动也全部消失了。而她则继续什么事都没有地，惟恐他听不明白地，专注地介绍起来：“学南，你是不知道啊，我们这个实验意义非凡的，不但拿钱，参与实验，还是在为科学的发展做贡献呢。记得你曾经跟我说过，你小时候的梦想就是长大后可以成为一名心理学科学家，为心理科学做贡献。太好了，现在好像都实现了。”

迎着幽冷的夜色，她媚俗地一笑，程学南简直怀疑自己看错了人。他没想到心目中一直清雅脱俗的苏雅意居然还会有这么庸俗轻佻的一面，但他依然没有回应，他已不知该怎么去回应。只听得她继续一副“那只不过是个实验”的神情道：“唉，说来我们真的不合适，我们的爱情充满着谎言，不管是有意的还是无意的，我其实对你已没有了任何感情，我们的爱情说到底就是个实验的需要。而现在这个实验结束了，以后我们就不要再见面了，我不想再伤害你，真的。”

面向程学南，苏雅意盯着地面，如释重负地。

“你怎么可以这样，”程学南终于动了动嘴唇，他好像根本没有听懂她的意思一样，又说道：“不过，雅意，其实如果真的是什么影响到整个人类的伟大心理实验，你有苦衷，骗了我，让我受了那些罪，我程学南也并不是个喜欢计较，对人类那么抠门的人，还是可以原谅你们的。只要我们心里还有着彼此，前阵子你我为科学做贡献就贡献吧，并无损于我们的爱情，雅意，一切就让它过去，我们重新开始吧。”

爱情要么像是个火炉，会迅速让人讨厌一个人，选择远离，最好这辈子都别再靠近那个人；要么就像个沼泽地，会让人陷得越来越深，虽然每天只一点一点地，悄无声息地沉浸其中，但终究有一天会不得自拔。程学南对于苏雅意的感情就属于后一种，他并不会因为苏雅意说的话离开，反而靠近她，牵起她的手，他还在做着最后的努力。

她向外移了一步，走开了，说：“真的，我们不合适，以后不要再见面了，那只会给你带去更大的伤害。学南，对于你，我真的感到非常抱歉，重新回来找你竟然为了那样的一场心理实验。我想，你可以好好地去找他们要赔偿的，我只希望，你能原谅我。当然，两年多前我们的那一段感情不是实验，那一场是真的。只是既然我已不再对你有感觉，那我们就到此为止吧。”

“你是不是有什么苦衷？你是不是受到了……”

“你真的想多了，我只是不想再伤害你而已。”苏雅意的声音好似一把露着寒光的刀，干脆利落地砍断他的话，“我很抱歉一直在拿你当个试验品，就这样吧，程学南，我早已不喜欢你了，我很快就会再去找别人，开始另外的一场实验了。学南，你以后要照顾好自己。”

冷风如刀，说出这句话，苏雅意的身子骨轻轻地颤抖起来，她的眼睛在发涩，像是在做某种无力的抗争——她的眼泪，也被抑制住了，那句语气十分冷漠的“你以后要照顾好自己”更是她好不容易才说出来的。

另一边，某个程学南意想不到的角落里，柏拉图协会的人正手忙脚乱——他们也意识到了眼睛处和发音系统上的漏洞，己方技术的不成熟，导致苏雅意有可能强行来个泪流满面破坏计划，他们打算叫她赶紧离开。

“总之，程学南，今天我来是想告诉你，以后我的所有状态，不会再因你而起，我的生活里，不会再有你。你也尽早忘掉我，不要花费心神再来打扰我了，请过好你自己的生活。最后，再说一声对不起。然后，我们的关系就先这样了，希望我们以后还有可能做朋友。”

苏雅意把话说完，转身离去，泪水夺眶而出。

程学南看着周围被灯光染红的模糊的空气，看着那个转身离去，渐行渐远的憔悴虚弱的身影，默然无言。他的脑子一片空白，久久地，才回过神来。

“爱本不需要理由，不爱就更不需要了。”轻声细语，程学南强忍住心中的激荡。而后，他一个人踱步到校园旁边的一个清新幽静的湖泊，循着湖边的小道默默地走了起来。他在心底，一遍一遍地向自己发誓，绝对不要再去找这个女人，绝对不要再去思念她。

可这又怎么可能？他对她的思念，又怎能如此时此地在心里说断就断？相反，在感情的天地里，当越是竭尽所能地想要去忘掉一个人，只会让自己更加忘不掉这个人，更加去想念这个人。这种现象，在心理学上，也有专门的研究，那就是，当你不去记忆一个人，实际上，这个人已经发生在你不去记忆这个人的行为的本身里了。

柏拉图协会热烈地盼望着这一切的发生。

4

苏雅意用尽全力低声地说出了那句“学南，你以后要照顾好自己”，紧接着，她终于再也控制不住自己，控制不住让自己不要去对程学南有任何的思念了。她无法做到不让那条该死的情欲通道旺盛地生长，就像一个人无法抓着自己的头发，让自己离开地面。她任悲伤逆流成河，思念泛滥成灾。

她无与伦比地想要让自己停下这种思念，然而竟无济于事，思念不思念一个人，并不尽由自己主观的意志掌控。而更加无可救药的是，她极其清楚，这将极有可能给自己和程学南带来无可估量的伤害。

加入协会的这两年多，耳闻目睹，她知道，对一个人的思念，带着友情、兄弟情、亲情等这些情感色彩的，都是向着心灵世界内部发展，形成以后，不久即溃散，融入精神世界本身，成为其整体不可分割的一块，不会造成什么额外的负担；可伸向外部的充斥着爱情色彩的思念就不一样了，它原本在空中会随着时间的推移而溃散，但经由协会的操作，它变成了一个异常稳固的严密的系统，程学南和她彼此不断暴涨着的思念只会累积起来，继而给两人的心灵造成负担，最终又带来伤害。

而心灵的负重能力，承受伤害的能力是十分有限的，在内心世界无法承受住这些负担伤害之时，正常的心灵通常会启动一套自我保护机制，使其本体的心理活动放缓，进入长久的深度睡眠。很像是常见的一些人受到打击之后，就会陷入昏迷，实则是一种自我保护自我调节。这套保护的机制更深层次的原理就连协会内部的人员也不甚清楚，他们只大概明白，应该是心灵保持清醒的能力被自身挪去，以增加抗压的能力。

所以，苏雅意明白，不断暴涨的思念即将带来的后果就是：程学南和自己都会在不远的未来，因为心灵负担的急剧增加，进入到无法感知这个世界的深度睡眠。一个月，或者是半年，他们就将进入如同植物人一样的深度昏迷，以去抗击不断生长的情欲通道带来的心灵负担。

她只恨自己无法自已地要去想念他，因为每多一份思念，对彼此就多出了一份伤害，自己和他离进入植物人一样的昏迷状态也就更近了一步，几乎要疯狂。而更为讽刺的是，在这种越是疯狂的境地里，她就越是不可遏制地要去想念他。

“最让人无法忍受的是，我这所有的一切竟都无法通过正常的行为表现出来，我的悲伤与压抑只有我自己最清楚，没有人能够倾听，没有人能够理解。”在幽静的房间里，她无声地恐惧地说道。

今夜，她眼神流露出的漏洞，使得汪雪所在的团队即刻把她召回了大学城附近的那一方隐秘的酒店住所，他们让她躺了下去。而后，整个团队都去做准备了，他们打算再对她的眼睛和发音系统做更加精细的改造。

自打两年前，汪雪的每一次操作都至少要在两个人的严厉监督之下，那两个人既是在监督着她，同时也会给她出谋划策，以让她更加合理地去调整苏雅意的一言一行。这会儿，团队上下都去忙开，她因此得到了一个无人监督的机会。

汪雪扫了扫空空荡荡的四周，确认除了她，真的已经一个人都没有了。于是，她停住了手中的操作，看着四下无人的房间，喃喃自问道："这种机会可太来之不易了，我是不是应该抓住？"

她在脑中快速地分析起来，她在犹豫要不要那样做，要不要把那个已经在心中反复酝酿多时的计划实施下去。她很清楚时间不等人，自己得抓紧，早点做出决定。

于是，在这孤身一人的房间里，她权衡着，大气都不敢出一口，生怕就连那一下一下呼吸的声响也会将团队的其他成员给重新吸引回来。

"结果都不太好啊。"她急速地把自己这样做可能导致的各种各样的后果在大脑中快速地过了一遍，叹道："都说千古艰难惟一死，伤心岂独息夫人？而自古以来，人最难面对的岂不就正是一个'死'字吗？"

时间一分一秒地流逝过去，在一番痛苦的纠结之后，她终于还是迈开了双脚，向着苏雅意所在的房间快速走去。

苏雅意此时正在焦躁难遣悲哀无尽地挂念程学南，门忽然打开了，利用眼角的余光，她注意到来人是汪雪，这个一直在驾驭着她的人。

汪雪轻步走到她的床前，缓缓站定。这会儿，她的眼睛里闪烁着无可奈何的悲哀的神采，她的这一种悲哀和苏雅意的完全不同，苏雅意的是无法自拔的痛苦的悲哀，而她的悲哀居然隐隐地包藏着一种“欣欣然”的情愫。

她轻轻地注视着她，任凭万千如蚕丝般细密结实，又如雨丝般清新空灵的思绪在一瞬间覆盖上自己的心头。

这两年多，她驾驭着苏雅意，曾一度把自己代入到她的身上。她曾一度以为自己就是她，通过她，自己才能算是一个人，一个活在人类社会里的人，一个真正能够了解感受这个世界的人。可现在，她就要让这个人再也感受不到这个世界了。

好一会儿，心中那个危险的决定才将她的思绪重新抓了回来，让她的意识落到床前。迎着明亮皎洁的月光，她轻轻地抬了抬脚，静静地坐到她的床前。她以一种悲凉无尽却又无可奈何的口吻道：“苏雅意，你其实一直都不知道，因为我从未向任何人透露过，实际上，我不想看见他受到伤害。所以现在，我想给你打一种药，让你进入那种永久性的深度睡眠的状态，这样你就永远不会想念他，也不会再想念任何其他人。这样，他就不会很快陷入那种植物人一样的长久睡眠。可我并不知道，你愿不愿意接受这样的药物，如果你不愿意的话，我将会因为这样自私的做法感到无比自责愧疚。我更不想剥夺你的生命，虽然那样看起来好像更为干脆。我希望你能活下去，哪怕是失去了清醒的意识。我希望会有奇迹的那一天，等到协会已经不复存在的那一天，你就可以清醒过来再和他好好地生活下去。那样一来，也算是代替我和他好好地活下去了，因为我早就已经把自己当成你了。”

说完，她就不再有多余动作，稳稳当当地从兜里拿出那根早在之前就已经准备好的针筒，推挤掉其中的气泡。而后，一气呵成地给苏雅意的静脉血管里注射进了一种黄色液体。

她是背着组织的原则这样干的，她无比清楚自己这样做，绝不能看到明日的太阳，但她还是选择了这样做。因为她觉得自己这样做，一生已无可憾。

从两年多前开始，那些程学南说给苏雅意的话，她一向都把它们当成是他说给自己听的。这两年多来，包括一开始程学南和苏雅意的分手，她都参与在内，她自问世上已没有第二个女人比自己更加了解他。

她从很小的时候就加入了柏拉图协会，过着寂寥的压抑的生活，他的话，给她寂寥的压抑的青春带来了一抹盎然生机。她用这样的方式来表达自己对一个男生的，对这个世界的热爱，她感到无怨无悔，只是会给苏雅意带去伤害，剥夺她再一次睁开双眼看这个世界的权利，未免自责。

注射完之后，她一动不动地继续注视着苏雅意的脸庞，她居然注意到了，当药打进她的身体，她的眼里竟然已有了泪花。她也知道，这会儿，没有人在驾驭她。

这竟是苏雅意这两年来仅有的两次流泪！

她是用了怎样的努力才流下这一滴眼泪？

随后，汪雪的脸上泛起欣慰而凄然的复杂笑容，在接下来的一分钟，她向那个她一向十分忌惮的组织报告了自己的胆大妄为。

5

“难道就不能放她一马？”刘庄晨的嘴唇微微发颤，“她并不是什么坏人。”

“不行，”林德介拿着手机的手纹丝不动，语气阴郁，“组织的规定你又不是不知道，她一个人，就因为她一个人，我们这么多人，这么多年的努力就险些毁于一旦。”

“可是，她什么都不知道，我不知道杀了她，对我们现在做的事有什么好处，如果想要以儆效尤，我们完全可以对外宣称杀了她，我们甚至可以当众杀了她，只是让所有人看起来我们真的杀了她，却根本没有，然后以儆效尤，以我们的技术，完全没有问题。”刘庄晨激动起来。

“还是不行。庄晨，我劝你不要把时间浪费在这种毫无意义的问题上，你的任务远比这个重要得多。我当初本不想让你插手这个项目，你非说要出来散散心，接接地气，找找灵感，如今看来，你插手得太多了，这会让你分心。”林德介的话里带着几丝火气，说完，径自摁掉电话。

刘庄晨还想再多说几句，毕竟那是一条年轻鲜活的生命，于是又拨起对方的号码，却已是无人接听。

夜色里，他躺在专门为他制作的椅子上，静静地看着窗外的星空，眼睛渐渐染上了几分红色。

“虽然那些金属机器人无比强大，但一定有办法搞垮它们的，它们使用的金属依靠程序运行，那些程序又需要通过一些数学方程式来实现。只要能够让它们注入的方程式出问题，定可以导致它们的毁灭。”久久地，刘庄晨暗暗对自己说了一声，“问题就在怎么找到那些貌似于它们非常有利，它们很愿意输入己身，其实对它们却是致命的方程式。”

没有人回答他，汪雪注定看不到明日的太阳，而刘庄晨的心就像这夜色一般，越冰冷越黑暗了。

第二部

情人的数学游戏

多了年纪，也多了智慧，还有重逢的喜悦。

——《星际穿越》

第五章　记忆遗传的一种可能

1

汪雪走了，和萧索寂静的秋天一道离开这个世界，只是来年，她不会像秋天一样，再来到这个世上。倏忽一下，在人们不经意间，十二月的严寒却又像一把冒着寒光的匕首，陡然刺进了这个世界，然后再一下一下地，冷酷地要将秋天留下来的一切痕迹一一剜掉。

寒冷的季节来临，早在半年多前，将苏雅意以那样的方式带走的刘庄晨，依然喜欢躲在暗处，不动声色地观看着，以他冷酷的头脑，剖析着这个熙熙攘攘的世界。而他早年的恋人孙敏，此时正兴致勃勃地盯着网上十分火热的一则报道，内容是人工智能阿尔法狗三世完胜围棋世界冠军柯净。

围棋的每一个落子都会或轻或重地影响到周围棋子的布局，恰如物理世界里，每一个简单的粒子都或多或少地会因为距离的远近而以各种不同的作用力影响到靠近它的粒子，后者以那样看似简洁的方式构建出了这个异常庞杂，难以预测的物理世界。人们因此也就认为，围棋的世界和这个极度复杂的物理世界其实是相通的。如今，靠软件设计却无任何自我意识的人工智能可以在围棋赛场上所向披靡，是不是也就意味着，它们应该也可以在我们这个由各种基本粒子构建出来的物理世界里纵横？

想当初，阿尔法狗一世刚刚诞生的 2016 年的春天，人工智能就曾以雷霆之势击败过围棋高手李世石，引起了轩然大波，不过那时的李世石棋力下降得非常厉害，早就已经不能代表人类世界棋手的真正水平。可现如今，人工智能阿尔法狗三世就如同法国的路易十一世般残暴，残暴地横扫了整个人类世界的围棋高手，人类竟然再也找不出能在百局里赢得了它一局的围棋高手。甚至，即使聚合人类世界所有围棋界的高手，连续和它下上个三五个月，都再不能赢它一局，不得不让人重视。

这一周来，网上轮番掀起各种关于人工智能的讨论，有的非常乐观，认为阿尔法狗三世只是计算效率还不算赖的软件，配合上每秒计算次数还凑合的计算机而已，那也就是程序的厉害，并没有什么根本性的改变，所以它依然没有自我意识，对于人类依然不足为惧；有的相对中立，认为人工智能并不需要意识，只要能够通过图灵测试——素有计算机科学之父的阿兰·图灵于1950年提出的一个用以判断机器是否能够思考的著名试验，即便只有程序，即便只靠计算，也足以对整个人类世界构成重大威胁；有的就偏于悲观了，干脆说人类也是没有自我意识的，没有自由意志的，他们只是空有一些感觉而已。讨论到最后，竟然演变成了讨论意识究竟是什么，意识存不存在这种物理学家、哲学家、心理学家、生物学家一直都在争相谈论，却至今谈论不清的问题上去。

孙敏是脑科学方面的专家，总是热衷于和大脑意识研究有关的一切，于是其乐融融地搜罗着各类关于这件事的新闻，无意中倒是进入了本市的一个论坛。这里活跃的主要是这座城市的各个领域的科学技术爱好者，那上头有着方方面面的最前沿的科学知识的科普，以及对于各种悬而未决的科学问题的讨论。同样地，论坛上有近期关于人工智能讨论的一个板块，其上的帖子有不少都将争论的焦点放到了人工智能是否具备，甚或超越人类智力的问题上。

网友的发言非常踊跃，论点更是良莠不齐，有不少观点更是令人啼笑皆非，纯属娱乐，孙敏倒是不大在意，抱着开拓思维的态度一段段看下来。正是无所事事，看完第一页，她就打算点开第二页继续瞧下去，却在第一页的最后一层不小心瞄到了一张图片，顿时，她的双眼再也挪移不开了。

那是两个多月前在市区的各大论坛上颇为流行的一张照片，照片原来是警方用来通缉一名犯人使用的，由于内容过于吊诡——男主角的样貌极具思想气质，而目光又深邃有力，如一泓不可见底的深潭，至于女主角则清雅脱俗，一副与世无争的温婉女孩模样，让人大感奇怪怎么会和这样的事扯上关系，这张图片因而被到处转发，或被用作一些账号的头像，正如此时她盯着看的这个账号的头像。

画面的正中央是那一夜刘庄晨恶狠狠地看向摄像头的那一幕，孙敏刚扫到还以为是自己看错了，完全无法置信。而后，她以最快的速度将这张账号图片拷到看图软件上放大，不放过任何一处细节，孜孜以求地打量起来。

她注意到，这名“犯罪分子”的面容和印象中的刘庄晨一模一样，甚至一些他独有的，也只有她才会留意到的面部特征。她一下子被震慑，怎么都无法将这个行为诡异的人和多年未见的刘庄晨联系起来，更不愿意相信六年未见的刘庄晨会变成这副模样。

“这就是他一直不肯来见我的原因吗？”孙敏的嘴唇上下打颤，她压制不住心中的声音，感到已经快要失声尖叫出来。

2

在卧室那台台式机前，孙敏又花了一个小时反反复复研究各种关于刘庄晨半夜带走苏雅意的新闻。她整个人如遭重击，怔怔地坐在电脑前，发了许久的呆。半晌，她才起身到旁边的饮水机前给自己倒了杯水。

她竭力想平复心情，怎料无济于事。双脚不受控制地走到窗边，缓缓站定，对着外面清澈的蓝天，她拨通了刘庄晨的手机。

“你发生了什么？你的双手双脚怎么了？”电话接通，说起话来，却是不紧不慢，孙敏不知道自己的语气为何能在这一刻克制得如此冷静。

“没什么。”刘庄晨感到自己长久以来一直坚守着的一个秘密正在一点一点地被瓦解，他既害怕，又隐隐有几丝被理解的高兴。

“你去了幢单身公寓，带走了一个人？”孙敏小心翼翼地探问着，“你是怎么做到的，那样的方式太神奇，太不可思议了，你怎么可能以那样近乎魔法的方式带走那名学生？告诉我，那个人不是你，对吗？”

她还是抱着希望，希望那个人不是他。

“你错了，那个人就是我。”刘庄晨从未考虑过这样的情形，但他的反应一向不慢，早已在瞬间想好了托词，说道：“不过那和你并没有什么关系。我手脚的问题，也并不是因为你，是自己在车祸中不小心失去的。”

“当初，你是因为这个才和我分开，并且不再和我见面的吗?”一直以来，她都告诉自己，刘庄晨只不过是她心目中真正爱人的一个仿照品，但真正失去他后，这些年，她却总有些心酸失落，每逢佳节都不由自主地要悲伤一会儿。

“算一个重要原因吧。”他不知该怎么更好地向她继续隐瞒下去了，事实上，他恨不能将自己这些年的遭遇都向她好好倾诉一番，但他又想继续隐瞒着她，继续把自己的所有悲楚都藏在心灵花园的最深处，仿佛只有那样，自己才找不着，也就意识不到那些痛楚了。他努力把话题一转，带着几分释然道：“总之，我们虽然不是男女朋友了，但还是朋友。先这样啦，以后我还会经常问好你的，以朋友的名义。”

说完，他径自挂掉了电话。

孙敏来不及进一步询问，整颗心好似空中一块无所附依的玻璃“哗”的一声掉落到地上，碎得一片片的，仿佛一个不小心就会刺进她此时已经失魂落魄，犹如行尸走肉的身体。

3

整个下午，孙敏丢了魂一样静躺着。

她想不通为何在看到多年不见的刘庄晨变成那番模样，自己会心碎了一般，难道，自己对他竟有了真切的爱？或者更为准确地说，自己本来就是对他有着格外深切的爱，只是自己从未去体察品味，甚至有意要将其忽略掉？

她不敢轻易下结论，从小到大，她一直要弄明白百里笙的来历，他在自己脑中形成的原理，他是否确实存在。小的时候只能胡思乱想，稍加懂事以后，她选了脑科学方向作为自己毕生的努力领域——中学毕业后，她的志愿填写了国内有名的脑科学研究方向，为的就是有朝一日可以求得这个问题的答案。

可直到她孜孜不倦地学完所有本专业的课程，对于脑中不时出现的诡异的百里笙，她仍然找不到一丝一毫令自己满意的解答。更早的变故却是在大二，那时，她得到了令百里笙更进一步活动的方法，自此把自己推入各种险恶的绝境之中。

然后，她就有意识地让百里笙在自己的心底再现，让他一点一滴介绍起自己。

就是那个大二结束的暑假，她听到他完整地说出了自己的姓名——百里笙。

而后的这些年，随着她进入各种各样程度不一的危险境地，一次次地去获取各种各样危险的感受，脑中的百里笙更是用他那种半文半白的语言详尽地介绍起了他所生存过的年代。其时华夏大地烽烟四起，不同学派的主张纷纷涌现，各种思想的碰撞愈演愈烈，有无为而治的老子，有周游列国的儒家至圣孔丘，有兵家的鼻祖孙武子，等等。虽没指明年月，但她知道那正是历史上的百家争鸣时期，距今已有两千多年。

在最近五年统共六次比较大的历险中，他又陆陆续续告诉她他的形成原理。此刻再回想起来，其精巧程度足叫她这个两千多年后的世界级脑科学家深深为其折服。

他首先指出记忆是可以遗传给下一代的。为此，他举了个例子，说生活中，人经常会把本来就已经记住的东西给遗忘掉，但碰到一些似曾相识，甚或完全不相干的东西的刺激，则能重新回忆再现起来。这是因为，人身体上的每一处细微的“肌肤”都像一面镜子，虽不能直接参与想法、情绪的表达，却可以将大脑的所思所想所感一一照摄刻录。因而，这些所思所想所感哪怕转瞬即逝却也无伤大雅，因为，人自身精妙无比的每一处极其细微的部分都可以根据这些刻录下来的痕迹模型，再经由一些特殊的条件还原生产而出。

遗传的过程，正类似于一个记忆严重损耗的过程，人自身的那些极其细微的“肌肤”摄录下的模板会在遗传的过程中，随着遗传物质留存到后代的身上。而借助于类似将遗忘掉的东西回想起来的方法，我们就大可以将这个模板上的信息复原而出。记忆、想法于是可以以这种方式一代一代地遗传下去。难点只在于对还原的方法要求极高，好比一个人要还原自己一岁以前的记忆，难如登天，但只要找到合适的方法，并非不可能。

人类一直都是善于发现某种规律，并对此种规律加以运用的物种。百里笙基于这样的原理，更经由一些不可思议的心理调节的手法，把自己的形象刻录到了某个人的记忆之中，并将遭遇一次次的危险作为还原、再现的手段，以此来摆脱无情的岁月，以此要来告诉后人一个秘密，一个关于人类心理演化的最大秘密。而之所以要通过这种历经危险的方式来激活那些记忆，因为这个生于遥远过去的百里笙认为只有在一次次的历险中存活下来，只有具备大智大勇的人，才有资格精确地知道这些信息，否则，反而会坏了事。

这些年，孙敏曾经仔细而深入地思考过这些看起来十分奇诡的信息的真实性，一度以为它们仅仅是自己的臆想。但鉴于其话不乏合理性，鉴于对百里笙牢不可破的深厚情感，她最终选择了宁可信其有，不可信其无。

她甚至还利用自己的专业能力，为这个两千多年前的人的这套严格意义上仅仅能称之为某种“假说”的理论，寻找更加科学时髦的说法，说他比喻的极为细小的肌肤，准确点来讲是那时的他、包括现在的人类都还远未能够研究透彻的无比精巧的细胞；他比喻的镜子则更像是那细胞上的一种有摄像功能的物质，人身体上的每一个细胞无时无刻都在对自我的整个精神世界进行摄像记录。“这个说法如果能够成立的话，倒是一定程度上解开了我从中学时代就有的疑惑，大脑作为精神活动的最主要场所，如果记忆是可以遗传的，遗传物质必定由大脑产生，可生殖细胞的形成，除了和大脑的荷尔蒙分泌有些许关联之外，并没有其他更为明显的关联了。但这个理论是说人身上的所有细胞，自然也包括生殖细胞，它们都在参与对人自身心灵世界的刻录、压缩，这就不难理解了。”

百里笙的“细胞摄像理论”让她意识到了记忆遗传的另外一种可能。而人脑经常可以借助外力回忆起诸多已经遗忘掉的东西，似乎也在为这个新颖的“细胞摄像理论”的假说提供某种能够自洽的证据；更有甚者，早已有生物学家发现，通过电流的刺激，可以找回人丢失掉的一些怎么都无法回想起来的记忆，电流的作用似乎是在让大脑根据细胞中原有的那种模板，获得之前那些被遗忘掉的独特的记忆体验。这些活生生的现实例子，无不在为这个假说的可能提供某种佐证。

“细胞就好比是一台电脑，它贮存着一个人所有精神方面的镜像文件。而这些镜像这些压缩文件，恰好可以通过某种手法解压而出。人，经常可以在某种外力的作用之下，重新获得之前已经遗忘掉的一些记忆一些体验，说明了确实非常有可能存在这样的模板。综合起来看，百里笙的话好像还不无道理。”她侧了个身，让自己面朝窗外的蓝天白云，思绪竟也如云卷云舒一般。

斟酌着，不一会儿，她给自己下了个结论，心道："真如百里笙所言的话，他是非常久远的人了，他竟然是真实存在过的。虽然他和我不曾生存于同一个时空里，虽然他具体不知是用了怎样奇妙的手法才把自己给刻录到了我某个不知名而又十分遥远的祖先的细胞里；虽然我害怕，甚至憎恨过这个人，但事到如今，我却是打心眼里装着这个人的。而刘庄晨，只不过是和他长得十分相像的一个人而已，我这次看到他这个样子，如此悲楚，如此无法接受，想必是因为我愧疚于曾经拿他当成了百里笙的替代品，这也是人之常情吧。"

她仍然关心他，但她自认为那只是一种对熟人的关心。

她一直都暗示自己，要那样以为。

直到第二天，孙敏都没有踏出过房间一步。她什么都不想做，心情极为低落。

她觉得要是再这样躺下去，很有可能会变成一具僵尸。可无论她用了什么样的方法宽慰自己，就是做不到。那些以前十分有效，自己也经常向人推荐的心理调节的方法统统失去了它们应有的效力。短短一天不到，已经不知有多少次，她掏出手机想要再一次拨通刘庄晨的电话，却总是在要按下最后一个键时，失掉全部的勇气。

她不知道自己究竟在害怕些什么。

反反复复数次，如此折磨自己，直到第二天的中午时分，她都没有再从自己的卧室里踏出过一步。她睡不着，更滴水未进。

她索性把手机扔到了一旁，仰躺在床上，盯起那雪白的天花板。

这会儿，她的身体很疲倦，精神却又不无亢奋，她无比希望自己能沉睡过去，忘掉一切，却怎么都睡不着。于是，她再一次强行让自己的注意力转移到了百里笙的身上——这位无论何时都能给自己带来非凡体验的极具个人魅力的人，如今好像也只有靠他才能转移自己的注意力了。

回想过去的一两年，百里笙已经向她透露了不少内容，不可思议的程度经常让早已见怪不怪的她阵阵吃惊。

一步一步地，百里笙端坐在河边那块灰褐色的石头上风度翩翩地介绍起来。他说，他要告诉她的是一段往事。那时候，先秦诸子百家争鸣，如儒家、道家、墨家、兵家、阴阳家、纵横家等，无不使出浑身解数要一窥心灵的本来面目，他们中有一些，就曾靠着自身对于那种可以直观心灵药物的适应性，靠着绝大多数人都已经消失殆尽的对于人心的极其敏锐的洞察力——那并不是一种对于人的精神世界似是而非的感知，好比盲人不是靠触摸就能简单大概地确定大象的样貌，而是真真切切地可以看到大象的大小，颜色，图案，刮痕等，那是两个不一样的世界。然后，他们再经由那一双连他们自己也都未能确切察觉到，却几乎无所不在的手的影响，对自我心灵各处进行了最是细致入微的审视，他们“看”到了自己的心。紧接着，他们再根据那双手的要求，绘制出了人心的一整个样貌。

在一年前的一场她以经济敲诈犯的身份去历险的实验中，从百里笙的口中，她进一步得知，这双看不见的手时至今日，有可能还留存于世，这个诡秘的组织有可能正是悬在人类头上的一柄达摩克利斯之剑，会一直悬挂于某个即使人类抬眼去搜寻，也难以看见的角落。除非，它自己愿意露出它的锋芒。

百里笙的这一段波澜不惊的讲述让孙敏觉得惊心动魄，这一两年来，她更想去探究他的所有一切——那已不单单只是因为她从小到大对他的迷恋，她已迫切地想要知道这个人更为详细更为完整的信息。因此她让自己进入各式各样危险的绝境。甚至中毒越来越深，为了追求效果，以前她总会站在正义的一方，哪怕置身邪恶之地，历险到最后无非也是为了自己心中的道义，或间谍，或卧底，可现在，她竟已不惜以身试法，背离一些她以前所绝对不会去冒犯的良知。

可她若知道，刘庄晨把她的纠结与欢乐、痛苦与期待都看在眼里，她一直以为自己大智大勇，如猫般有九条命，如电视剧中的女主角般总能在千钧一发之际转危为安、反败为胜，实际不过是因为有个人，一个失去了双手双脚的人，用他自己的天赋、出类拔萃的智慧，孜孜以求的努力，一直保护着她，不知又会作何感受?

怕自己又从百里笙想到刘庄晨，孙敏翻了个身，闭上眼，整个人却还是睡不着——累，却又浑身充满力量。她终于决定起身，下床，走出卧室，来到书房，将近日购到的关于两千多年前的百家争鸣的各类书籍迅速翻开。

“儒家看到了心之仁如山，道家看到了心之柔如水，法家看到了心之恶如刃，兵家看到了心之险如渊，阴阳家看到了心之稳健如昼夜更替有律可循，纵横家则看到了心之善变反复无常。”孙敏念念有词，把目光停留到这段文字上，没有再离开，她反复审阅着，不解道：“难道真的有那样一双手在操纵历史上的百家争鸣？可单凭这些资料，怎么都无法推测出在遥远的过去，古圣先贤们是否真如百里笙所说的那样，曾经参与了那样一场审视心灵的运动。不过，要真有那样一双手，它要想在滚滚的历史长河之中掩盖点什么，倒也有可能办得到，就不说几千年前的事了，就是现如今发生在身边的一些大事都往往众说纷纭，若有刻意掩盖真相的掌权者，以当今信息的发达都有可能掩盖事实，更遑论远古消息闭塞。只是这样做必定要冒着风险费上好一番周折，同时也会留下一些似是而非的痕迹。”

毫无头绪，从各种百家争鸣的资料，完全找不到更加说得过去的蛛丝马迹来和百里笙的那些似是而非的讲述互为映照，她于是放下书，拖着疲惫沉重的脚步走到书房正中的一个书架前——这一整个书架上放着数十本古希腊哲学家的经典著作，它们无一例外都是大部头，充满着哲人的智慧。她拿起其中一本大概介绍了整个古希腊文明的学术研究著作，将目光投放到了那些与诸子百家争鸣同一时期的世界历史大事件上。

那时，地中海中部这个地方出现了灿若繁星的至今为人津津乐道的人物，如苏格拉底、柏拉图、亚里士多德、欧几里得、毕达哥拉斯、阿基米德、伊索、荷马等。她快速审视起来，对比着公元前 770 年到公元前 221 年的百家争鸣时期，只觉得从兴起到覆灭的时间，从对哲学文学到对自然科学的研究，古希腊文明和百家争鸣的各种情况的撞车好像都未免太巧合了些。

“如果没有古希腊文明和百家争鸣，人类文明岂不是失去半壁江山？”她不无谨慎地轻声自语道：“百里笙所说的那个组织不会同时在国外也开展了这样一场审视心灵的文化运动吧？古希腊文明的代表性人物——因为被法庭判处侮辱雅典神和腐蚀雅典青年思想的罪名，有逃亡机会却仍然选择饮下毒酒的大名鼎鼎的苏格拉底曾大言不惭道：‘未经审视的人生不值得一过。’这和唯一将孔子学问传承下来的曾参那句著名的‘吾日三省吾身’差不多一个意思，竟然是互为映照。审视人生，这些古人要审视的究竟又是什么？不会就是人的心吧？著有《三体》系列，年逾古稀的科幻作家刘慈欣曾经放言，当我们尽情畅想宇宙的种种可能性时，关于人类自身，我们却依然所知甚少。隐藏在我们人类历史里的，难道真的仅仅是我们在教科书上看到的那些残缺不全的黑白分明的东西而已？被美国政府誉为大自然的奇迹的艾萨克·阿西莫夫更是曾经比喻道，如果人类是某种培养液里的一群细菌，而培养它们的主人想要给这些细菌施加一些影响的话，所用的方式必然会是这些细菌本身无法意识警觉到的，例如人类给他们所培养的细菌打抗生素，细菌本身只会被抗生素影响，却无法理解抗生素来源，因为他们和打抗生素的人之间无法交流；现代的心理学更是脱胎于两千多年前的哲学，难道，真有一双看不见的手在左右着人心的演化？”

放下书，怔怔地站了好一会儿。而后，孙敏回过神来，倒抽了口冷气，她把思维的焦点转移到了自己生物学的专业领域上，以更加细微缜密的心思推测起人心这道进化树上最无解的题。

“迄今为止，生物学上关于进化有几个悬而未决的问题，其中最为有名的当数人类智力数次短期内的爆发，如三百万年前的猿猴突然从树上走了下来；又如五万年前，突然出现了现代智人，我们和当时智力较为初级原始的尼安德特人彻底地分化，彻底地走上了不一样的道路，进而使得人类一下子能够创造出各种复杂的工具、运用各种丰富的语言，并最终形成了现在能够发明创造出各种现代化高科技的物种。这种在一个短期时间点的智力急剧爆炸，看起来并不依靠于缓慢的自然选择的进化，而是有什么东西在有针对性地精准地影响人类的心理演化，相当的奇怪。有足够可靠的资料显示，人类非常有可能是一下子变得极其聪明的，人类的智力非常有可能是在极为短暂的时间里一下子就有了质的跃升。这就好比，达尔文曾经指出过，人眼睛的精巧是不可思议地，如果靠自然选择进化的话，相当于把一堆砖头扔上了天，落下来的时候，却正好成为一座房子，得要怎样不可思议的条件凑巧到一起才能发生这种事？更像是人为创造出来的。不过，在眼睛的问题上，达尔文没多久就找到了证据。他发现，在许多低等动物的身上，眼睛都或多或少地有所缺陷，如扇贝的眼睛只能区分白天与黑夜，文昌鱼的眼睛主要是用来判断方向，如果我们可以把地球现有动物的各种各样的眼睛从简单到复杂排列在一起，那么，我们就可以清楚地推导出复杂的眼睛是如何一步步地进化出来的，人类精巧的眼睛并非一蹴而就。

“不过，古生物学上，关于人类智力这种比眼睛更加不可思议的东西的短暂跃升问题，生物学家们时至今日却依然十分困惑，仅仅是基因突变？可得要怎样的复杂变化凑巧在一起才能完成这样的蜕变？困难程度已远远超越了达尔文的比喻，因为人类哪怕是去和最有智力的黑猩猩比智力，也不知要高明出多少倍，有非常根本性的不同，这是一条很深很深的鸿沟，中间竟然找不到任何过渡的物种。还是，真如百里笙所言，真有什么东西在有针对性地尤其精准地左右着人类的精神世界，从而最终导致了我们在智力的演化上少走了许多的弯路，一下子变得如此聪明？难道我们并非完全通过缓慢的自然选择才获得了这样高的智力？再进一步去看，三千年前的人类，除了各方面的资讯比我们现代人类少，其整体智力真的比我们现代人差吗？智力的出现都要依赖这种短期内的骤然爆发，而不是缓慢增长形成？更或者，只是因为生物学家们还没能找到更多的化石来表明人类的智力实际上并非陡然的跃升？还是回到刚刚眼睛的例子好了，在犬类中就有不少是色盲，视力较弱，但和我们的视力已经非常接近了。而智力上和我们接近的物种，翻遍整个地球近千万种生命，却根本就找不到，太让人不可思议，也太让人害怕了。”

她倒抽了口冷气，书房门突然被“咔”一声拧开了。身后赫然出现一个短小精悍的黝黑人物，理着寸头，细长眼，全身上下透着一股狠辣歹毒的劲儿。

“我实在弄不明白，你竟敢把我留在身边？现在满大街都是警察，你就不怕他们冲进来抓个正着？到时你可就是窝藏罪了。”这个悄然走进书房的人打断了孙敏这种难有结果的沉思，而他没有直言的其实是：“难道你就不怕我这穷凶极恶之徒把你给先奸后杀了？反正我手上已经沾有五条人命了。”

“我都不怕，难道你还怕？”

孙敏收留了这个最近在市区内闹得沸沸扬扬的持枪抢劫罪犯，因为她知道，他能给她带来新的危险，自己接下去的几个晚上势必又能有好梦了。当然，目前她所要做的就是先从目睹了刘庄晨失去了双手双脚的各种激荡复杂的情感里抽身出来，安稳地进入睡眠。

第六章　最重要的数学问题

1

冬季里难得的暖阳就像夏日里的空调，平衡着这个偏爱于走向冷热极端的世界。庭前的柳树迎风招展，婀娜多姿，草地上，斗胆跑出来的几只蚂蚁静悄悄地在觅食。此时，在熙熙攘攘的城市一角，刘庄晨坐在专门为他制作的轮椅上，正冥思苦想地计算着什么。

“相比昨天的酷寒，今天的天气要好得多。不过，相比今天，昨天却更让人回味。”昨日，刘庄晨接了孙敏的电话，从她竭力克制的语气里，感受到了她的关心。因此一整天，他做起数学的演算，浑身都是劲儿。“今天的工作量比昨天的还要重，组织看来要有更大的动作了。”

他所从事的工作能为所爱之人一次次带去死里逃生的机会，势必不简单，这也绝不仅仅是靠驾驶着组织内一辆科技含量高超的小板车，去随便叼个人就可以的，这和他的数学才能不无关系，整个柏拉图协会，在处理各种复杂到令人头皮发胀的数学问题上，根本就没有人能够及得上他。

这些年，他的工作有两大重心，一是为像林德介那样的金属机器人提供更为优化的方程式或公式，让它们可以运行得更为智能，性能更加优越一些；二是帮柏拉图协会求得一些数学公式，再用它们对一些罕见的数学问题加以运算，用以预测人类的未来，后者在林德介等看来更为重要。

众所周知，量子力学早已揭示了，单个粒子的运行轨迹是没法预知的，它们无时不刻在做毫无规则的运动，不过当粒子的数目足够多的时候，它们作为一个整体的运行轨迹就可以被精确地预测。同样，某个人的未来是无法准确地被预知的，但当参与的人数量足够多，这一整个群体的未来走向就可以被预测了。现代的人类社会学大多数情况下研究的也是类似的东西——发现人类社会运行的某种规律，只不过柏拉图协会的研究走得还要更为深远一些。

他的工作就是得到全体人类运作的公式，使得柏拉图协会足以靠那些公式准确地掌握整个人类社会的具体走向，并适时地根据自身意愿对人类社会结构做出精准的调整。

“他们是什么人？怎么会有这样的势力？”刘庄晨是个明白人，近来社会上的许多大事件都作为非常重要的变量引入计算，但他们并没有完完全全告之于他，这些怪事所发生背后的每一个精准的原因。

半年多来，他的演算没有丝毫的进展，而协会总部的人又急着要一套新的方程式以来应对如今这外表虽然看似平静，实则底下已经暗流汹涌的危机四伏的人类社会，催得十分紧促。

他不无焦虑，这些年，通过自己的数学才能去为他们工作，从而获得巨额的金钱回报。然后，他自己再通过钱，这种在这个一切都讲究经济的社会的通行证，设计出足够厉害的危险方式，让它们去和孙敏进行一场又一场的危险游戏。可现在自己的工作毫无进展，他怕再这样下去，自己会失业。

“钱自然是越多越好的，这样我设下的童话世界，也能更好地让她冒险了。当然，钱也并不是万能的，孙敏的历险，更有一部分是在我的意料之外。好在听她脑中那该死的百里笙说，他要讲述的那段让人真假难辨的历史就要结束了，它们并非遥遥无期。我想，再有个两三场应该就可以完全搞定，真的太好了。只要这个百里笙讲述完毕，我也就能功成身退了。”暗暗对自己说着，于这冬日难得的温暖时光，刘庄晨把头转向了轮椅上那台在和煦的阳光下熠熠生辉的液晶显示器，一动不动地盯着那上面异常繁复庞杂的公式和数字。

他在心中快速地推演计算起来，假肢则借助一个专门制造的手套快速地在轮椅的写字板上书写比划着什么，那摩擦发出的声音急促，激情洋溢。

大约过了十来分钟，画面毫无预兆地切换成了一张人脸，俊俏到有些不大真实的人脸。那是协会的负责人林德介，他又来询问最新的进展了。

“可能要过阵子了，不过我会抓紧的。”他回道，林德介一听，神情僵硬了一下，稍显沉重，但也不再追问，体谅地说道：“好吧，确实应该抓紧了。”

林德介说完旋即消失，显示器上的画面重回那些外人看来有如天书的密密麻麻的数字，刘庄晨的心却再怎么都安定不下来了。

他想到自己上次之所以去叼走苏雅意，为的不就是在自己的数学研究迟迟都没有进展的情况下，能够靠自己的诡异之举，为柏拉图协会多尽点绵薄之力，以求得个心安？他怕他们以为他已经江郎才尽，从此断了他的财路。要知道，这五六年来，自己从协会得到的钱财物资虽然不少，但孙敏的几次历险已经都花得差不多了。每一次，他要设计出一场足够厉害足够真实的危险，让这场危险看起来没有任何猫腻，让她能够在这场游戏里待上个一两年，其方方面面的花销经常不亚于拍了一部影院大片。

“卡梅隆的电影感动了万千少男少女，《泰坦尼克号》和《阿凡达》都还挺好的。作为一个擅长进行各种假设，擅长搭建各种数学模型的人，我觉得我拍得也还不算赖。虽然只有她一个人看，也一直都没有票房，但等到她将来可以走出百里笙的困局了，说不定我能成为一名好导演，去拍一部和她一起走进电影院看的电影。”他望向天边两朵缠在一起的白云，遐思纷繁。

加入柏拉图协会的这六七年，在核心部门为协会的数学问题提供各种支持，刘庄晨于是经常可以接触到好些别人接触不到的数据和信息，他因而比绝大多数人都清楚程学南和苏雅意的重要性，他深知协会希望横亘于程学南和苏雅意之间的那条情欲通道稳固地成长起来。所以，前阵子他自告奋勇地前去帮协会策划了那场叼走苏雅意的举动。

他很清楚，当程学南看到苏雅意被带走的那奇诡的一幕，他的各种思念就很难不雨后春笋般地旺盛起来。而协会建设情欲通道，需要的是他和她各种情境之下的思念：有的是幸福甜蜜的思念，有的是孤独绝望的思念，更有的是忧心忡忡的思念，它们每一种都像性质不同功用不一的溪河汇入汪洋大海一样汇入这条情欲通道的海洋。它们对于一整个情欲通道的贡献，就像是一座高楼里的钢筋水泥，协会有针对性地控制着它们的诞生。

此时，安坐在那张协会专门为自己制造的轮椅上，刘庄晨的脑海里翻滚着前些时日的种种，大约半分钟后，才把目光从不远处收了回来。

他的头一偏，把注意力集中到屏幕上的那些数字，可心却还是怎么都安定不下来，刚刚那位俊俏男人的身影，这会儿竟然不由自主地冒了出来，仿佛已经刻在了那个液晶显示器上，无法消散。

那个叫林德介的男子的年轻自信，着实让他艳羡不已，他忍不住想到自己双手双脚还健在时，也有和他一样的骄傲与自信。可如今的自己却无论如何都不希望让人，尤其是孙敏看到自己的这副模样了。

出神地盯着液晶显示器，久久地，任冬日的暖阳一缕一缕地缠到身上，任凭它们越缠越多，像蜘蛛的细丝，将自己彻底网住。然后，他就像是让蜘蛛网粘住的虫子一般，难以挣扎，无法抗拒地被带回了过去。

十一年前，已经完成了学业的孙敏，由于留校任教，依然在麻省的校园里，从事她所喜欢的脑科学的研究和教学。而一向自命不凡的刘庄晨却由于不羁的灵魂、过于旺盛的精力，以及偏于孤傲的性格，与严格强硬的导师关系不够融洽，无法在研究上得到导师的支持。加上当时他所学的纯数学专业的局限性，在毕业后也没能找到个满意的研究型的工作，毕业等于失业，因而在毕业的那会儿就去了朋友的一家饭店管管账。

饭店小，说是管账，无非是收银。那点收入根本无法确保他和孙敏过上相对体面的生活，好在一向眼界颇高的孙敏对心中百里笙的感情格外深厚，无法将他割舍，反靠自个儿的工资让他跟着过上了丰衣足食的好日子。不过，刘庄晨并不以此为耻，他相信用不了多长时间，自己就能在世界性的数学难题上作出成绩，到了那时，随随便便在一家顶级科学杂志上发表篇论文，好工作自可不必愁，说不定从此一鸣惊人，名利双收。于是满怀憧憬，干脆把饭馆的收银员工作也给辞掉，一心一意做起自己的数学研究。

辞职那一天的午后，刘庄晨带着一副破釜沉舟的神情回到家中，打开卧室的门，叫住正在书桌前备课的孙敏，不无牛气地说道："敏，你的另一半现在正阔步走在通往数学圣殿的康庄大道上，你高兴吗？"

"高兴是高兴，但我就怕你会走丢了。说说，将来你走进圣殿里了，不会得意得走不回来，把我给忘了吧？"

"一切问题都是概率问题，难说噢。不过，万一将来有一天我真的走丢了，你就再去把我找回来吧，毕竟那是你的另一半，产权归你所有，谁都做不了主的。”

就这样地，那个飒爽的秋天里，数不清的秋叶晃晃悠悠地落到大地之上，刘庄晨意气风发，自信潇洒地，只准备了一支笔，一堆纸，一台电脑，一屋子的书，就激情澎湃地干开了。

2

但踌躇满志的刘庄晨到底还是低估了那些世界性数学问题的难度，它们都曾经拦下过不可计数的杰出英才的探索脚步，曾经有许许多多像他一样不知天高地厚的数学才子，都曾在它们身上辛苦耕耘数十载，却往往没能取得哪怕一丝一毫的进展。

而本科毕业于北大数学系，于麻省理工学院留学的刘庄晨比他们所有人都更加狂妄，他抡开胳膊，说干就干，方一上来，瞄准的是一道叫黎曼猜想的数学问题，那是伟大的数学天才德国数学家波恩哈德·黎曼于公元 1859 年提出的。黎曼二十岁因听了一场数学讲座从神学和哲学转到数学研究，只活到四十岁，一生数学成就却丝毫不逊色于史上任何一位数学家。这道题至今悬而未决，也是世界七大数学难题中，数学界认为最重要、最希望解决的问题。它的表述对于非数学专业的学生有些不知所云，为：黎曼 ζ 函数的所有非平凡零点都位于 critical line（临界线）上。大致方向是关于质数（一个大于 1 的自然数，除了 1 和它本身外，不能被其他自然数整除，如 2、3、5、7）在自然数中出现频率的规律的一个描述。

“这道题不容易，但容易也干不成大业绩。”刚辞了饭馆收银员工作不到一个月的无业男刘庄晨意气风发地觉得，不挑战点难度高的实在体现不出自己的水平，更对不起自己这种连班都不上、赋闲在家的研究数学的精神。“众所周知，质数的出现在自然数中几乎无律可循，它们一个个都像神出鬼没的幽灵，又像那无常的人心，根据黎曼尚未被证明的猜想，揭示了它出现的频率，虽然仅仅是频率和某个函数紧密相关，于整个数学界却无疑是一颗重磅炸弹，若能证明，意义非凡。”

于是在美国那套布局简单平凡的租房里，刘庄晨先勾勒出了好一片光明的前途，然后异常坚定地全身心投入到了此题的研究中。他非常投入，有时候晚上才来灵感，就昼夜颠倒；有时候，被这道题像一条蟒蛇给捆住，迟迟没有任何想法，整个人就异常烦躁，和孙敏之间争吵的次数更是增多了起来，他们就像是针尖和麦芒住到了一起；而在那最疯狂的时候，他就像是武侠小说里练功走火入魔的人，总会在夜深人静的大半夜，做着梦，忽然就没来由地一通叫嚷起来，口里都是那些鬼都听不懂的十分艰奥的数学符号。

逝者如斯夫，不舍昼夜，转眼三年过去，可满怀希望，全力以赴的刘庄晨竟然没有在这道题上取得任何实质性的进展，毕业三年，一事无成。原来他是计划先用个三两年迈出个一小步，先发表篇世界级的研究论文，取得一定的认可，再据此去一所够得上档次的大学找份恰当体面的工作谋生去，但计划全部泡了汤，这道题窃走了他三年的青春，他一无所获。

要是旁人，遇到如此之巨的困难，也该停下这一眼都望不到头的研究了。不过，越是深入去研究这道题，他竟越发相信自己能够解开它了。他自信，再多给自己一些时间，定然可以将它彻彻底底地解开。

他的自信仅仅源于他的直觉。

唯一让他欣慰的是，孙敏对他同样充满着信心。他没有任何经济收入来源，前途未卜，却还脾气不小；更加糟糕的是，他把绝大部分时间和精力都花费到了那道数学题上，对她不再像过去那样温柔热情了。不过，即便如此，孙敏总是能克制住，总是一如既往地鼓励他。多年以后，当刘庄晨回想起那时曾经有个叫孙敏的傻女人在他最孤独无助的时候，死心塌地和他在一起，相信他，鼓励他，他总是要不由自主地在心底感慨一番："人生至此，夫复何求？人生得一知己足矣，古人诚不欺我。"事实上，在全力以赴破解黎曼猜想的第四个年头不到，他就已经看到了她微博上的那些文字，她的另一面。从她那些触目惊心的文字里，他看到了自己的无助，他极为清楚什么都没有的自己根本无力改变她的想法与做法。惟有当自己获得足够的力量，有能力给她他的爱，方能最大程度地保证她把心从那个虚无缥缈的百里笙的身上转移走，也方能保证她不至于在一次次的历险之中丢掉自己的性命。

"有道是一文钱难倒英雄汉，金钱无疑是获取力量的一种捷径，这种力量在如战场一样的情场上同样具有不简单的意义。从物理学的角度来讲，爱情就是个高度逆熵（熵，表示一个孤立系统里各样东西的混乱程度，越混乱，越没有秩序，表示熵值越大。逆熵，即要从无序到有序。）高度耗能的过程。王子和灰姑娘，白雪公主和青蛙，白娘子和许仙，织女和牛郎，无不都是一个高能量转移到低能量的典型过程。我要获得她的心，还要击败百里笙，那就是个更加逆熵更加耗能的过程，任重而道远，需要我无论在精神上还是物质上都具备足够的实力。”

刘庄晨相信以自己的智商和决心，搞定黎曼猜想和百里笙都不是什么太大的问题。可他万万没有料到的是，在得知孙敏心中秘密不到三个月，她才从一次昔日毒贩来找她寻仇的危机中缓过来一年不到，竟然又打算进入一场更加凶险的黑手党家族之间的争权夺利了。为此，早在一周以前，她接受了雇佣，计划去接近黑手党的一位党中元老，运用一些险恶的计谋整垮他，甚或直接结束他的性命，以帮扶那个势力更弱的名义上的继承人掌握大权。

为了这个计划不连累刘庄晨，或是怕他会拖累到她，她竟然毅然决然地跟他说自己要去出差，需要暂时分开一年。

他把她的心思推敲得巨细无遗，并用数学的概率做起了分析，分析如果直接去劝她放弃这次行动，她听从自己的概率；分析当她知道他原来竟私下偷窥了她的微博，她勃然大怒而又不选择离开自己的概率；分析当她明白，他其实已经知道她只是拿他当备胎，她还能和他继续和谐相处下去的概率。

“它们无疑都概率低下，”他制止了让自己直接去劝阻她的一切想法，继续琢磨起了别的方法，“她此去非常有可能十死无生，所以无论如何，我都必须得想个法子把她先拖住。”

不知是孙敏的幸运还是他的不幸，不到两个礼拜，他就得到了那个法子，也就是那个法子，最终导致他失去了自己修长有力的双脚和灵活矫捷的双手。

3

大概六年前的一个夜晚，异国他乡的一条灯火通明的街道上，街灯把高高挂起来的月光掩映得暗淡柔和。这时，一名半夜在酒吧买醉的男士，睁着迷糊的双眼，步履蹒跚地推开酒吧的旋转门，摇摇晃晃地走了出来。

体格健壮的他被酒精麻醉得尤其脆弱，来到自己的车前，他用最后仅存的几丝清醒意识，打开车门，上了车。紧接着，“砰”地一声，他把车门关上，便一头斜倚在前座的沙发座椅上，打起呼噜来。

已是凌晨一两点，大街上人烟稀少，只有淡漠的夜，注视着他的烂醉如泥。过了大约两分钟，一直平稳如死灰的车突然晃了一下，从车后座上小心翼翼地伸出一只洁白干净的纤纤细手，那手上有块布，它迅捷地捂上他的口鼻，他于是睡得更彻底了。

紧接着，白净细手的主人屏住呼吸，用一根早已准备好的棍子，从后座上，异常轻微地、极富耐心地操作着，不一会儿，便用它将前车门重新打开。之后，这个躲藏在黑暗角落的人探头探脑，借着汽车本身的掩护，躲过了公共摄像头的监视，轻手轻脚地从后座上下来，拉开车门，坐到了这辆已经显出古旧之色、行将报废的车的前座。

随即，他将车主人端端正正地移到了副驾驶座上，然后将这辆车按计划开到了一个清幽僻静之处。

四下无人，一阵诡秘的沉默好像死人的脚步，在幽暗的车厢里飘来飘去。紧接着，只听得一阵接着一阵的窸窸窣窣的怪异声响从车中发出，它们富有节律，竟像是一首歌的旋律；大概过了二十来分钟，从车中陆陆续续地飘散出一股接着一股夹杂着血腥味的酒气，像是喝醉了酒的人，把心和肝连同酒精一起呕了出来。然后，在这红与黑的血腥夜色里，一名戴着鸭舌帽的男子打开了车门，他瘦削的脸庞最先探了出来，迅速扫视了四周一遍，确定了没有人留意到这一幕，方才佝偻着身躯不慌不忙地走了出来。

没有活人留意到这一切，只有死人最后的触觉意识到了自己的死亡。浓重的夜色，把一场不动声色的犯罪掩盖得恰到好处。

直到第二天，天蒙蒙亮，有路过的人远远地注意到了车底下地上的那一摊殷红的血迹，察觉到异样，好奇之下蹑手蹑脚地靠近了车身。

这个好奇的路人甲先是离着三四米对着车喊叫几声无人应答，就再迈出几步，轻手慢脚地拉开了车门。

只看了一眼，他就后悔了，眼前的一幕让他把一大清早刚吃下去的早餐全部都给吐了出来。只见一位体格健壮的男子被切割机平整地切开了双手和双脚，受害者的嘴巴堵着一大块白色的布，鲜血涂满了整个汽车的内部车厢，其人已经因为失血过多而死亡多时了。

他当下颤抖不已地拿起手机，紧张异常地报了案。接电话的警察目瞪口呆地听他详细说完车中的情况，他们已经有好长时日没有碰到这么残忍的作案手法了，大批美国警察根据他口中的地址，没多久即呼啸而至。他们方一到此，当即以雷霆手段布置起来，誓要在当天破案。

凶案现场正好离刘庄晨所在地一千米左右，他一整天都在琢磨怎么去阻止孙敏的危险行动，在晚间才得知这个消息。他来了兴致，打探起了各路消息。当夜，他就获悉了当地警方所得到的整个案件的大部分信息：凶手趁被害人在酒吧喝酒，撬开车门，藏身车中，等已经被酒精冲昏了头脑的被害人一进入，再用沾满了乙醚药水的布把他迷昏。接着，凶手借着夜色的掩护，将车开到无人处将其杀害，再行离开。

刘庄晨很清楚这一整桩事和孙敏并无任何关联，但在做了一番详细调查之后，他却打算让她卷进这个案子去了——靠着它来阻止她的危险行径。反正他很清楚，一旦警方深入调查这一整个案件，势必明白非她所为，是有人在故意栽赃陷害。即使到时候这帮家伙没长眼地真认定她有罪了，只要自己去说明事情的原委，孙敏也大可以顺利脱身。无非到时候自己被证明为妨碍公务罪，对她根本上不会造成任何伤害。

而且，她不是喜欢历险吗？自己这等做法，倒是一举两得了。

于是第二天，按照那些早已烂熟于心的策略，天尚未亮，孙敏还在梦乡之中，他就早早起了床，做好准备，带着所有必备工具来到案发现场。

他并不打算直接将那些证据拿去案发现场丢弃——现场已有警方的人专门保护。他不无巧妙地，已于昨夜特地去了趟超市买了个弹弓，再趁着这会儿清晨人生理上最是犯困的一段时间，孤身悄然地潜伏到了那个已经被限制正常出入的案发现场附近。然后，他充分发挥了自己小时候弹弓打鸟的特长，将那些零星的似是而非的“头发证物”远远地弹射到了现场。而孙敏衣服上的一个纽扣则让他给放到了稍微远离现场的地方，毕竟他很是清楚，美国警方必定已经大致搜寻过一遍案发现场了，他们接下来通常会做更为精细的、范围更大的现场搜查，那么显眼的证据自然不能再投射进去。

他不想抹除掉警方最初所做出的判断——凶手是一个瘦弱的男人，而是要让他们进一步地去误认为他们第一天的调查疏忽了。凶手其实应该是有两个人的，一男一女。他的如意算盘打得不错，孙敏果然在第二天就卷进了这个案子中，停下了她本来大约四天后就要去参与的黑手党家族争权夺利的计划。

刘庄晨精于计算，却并没有把凶手的心思计算在内。他本以为自己用这样的方式帮那个人转移警方的注意力，即使他不感恩戴德，也怎么都不会招其所恨的，哪知对方的心思实在他的意料之外。

凶手原是个身材瘦弱的家伙，手短胳膊细，由于小时候经常受一些身强体壮的坏家伙欺负，对那些四肢发达者便心怀恨意。这股恨意随着他年龄的增长而在他的心间潜滋暗长起来，他于是把复仇的手伸向了那些身强体壮者，并试图通过这种方式来向世人证明自己其实并不是个弱者，告诉他们那些轰动一时的案件都是由他这个弱不禁风的人完成的杰作，以此来获得内心的释然。不过，当他从各种渠道得知警方的人瞎了眼，居然正在调查一名叫孙敏的女人，他就偏执地认为这个该死的女人是要来抢走他的荣耀，她是在向他挑衅。

他觉得自己最心爱的东西正在被人一点一点地夺走，如小时候心爱的玩具被那些大孩子给抢走了一般。藏身都市的阴暗一角，在详详细细调查了一番孙敏之后，他没有打算夺去她的性命，因为他发现有比她的生命更加重要、珍贵的东西，那就是刘庄晨的生命。

恰好，刘庄晨身材高大，四肢并没有因为长年累月不知疲倦地扑倒在书桌上而失掉其原有的健壮，他正是自己的理想猎物。

“目前距离酒吧男的案子才一周不到，还不能太声张，得继续在自己这间毫不显眼的地下室里藏身，继续从事那平凡简单，却可以很好掩饰自己身份的街道保洁员工作。只能在暗地里留心刘庄晨，观察他，等逮着了机会，再拿他开刀。记住，冲动是魔鬼，虽然修剪他的手脚，比修剪树枝有趣多了，但也不能冲动。”

而另一边，警方正焦头烂额，他们全力以赴，却大感力不从心。

凶手做下的这个案子轰动一时，他们除了扣住孙敏，把她列为重点嫌疑对象进行排查，竟然再无更多有价值的线索。围绕着和被害人有过瓜葛的人进行调查，围绕着孙敏的方向查，调查的力度越大，他们越是走进了一个望不到头的死胡同。

反观刘庄晨，则为自己的这一手段暗暗窃喜，“敏因此停下疯狂的举动，真是太好了。用不了多久，等我把这道题给彻底论证出来，我就能专心打败百里笙了。”

他自我感觉良好，觉得它基本没什么破绽，在这桩案子上也就没再怎么花心思，而是把自己全部精力都转移到了那道数学难题之上。

凶案发生之后的第四个月，他完成了一整个黎曼猜想的证明，工工整整誊抄后，他欣喜若狂地拿了手稿，亲自到《数学年刊》的社址投稿。

这是一家代表全世界人类数学研究最高成就的杂志，地处美国，有数学界最高刊物的美誉。

刘庄晨十分珍视自己的手稿。在他看来，它具有划时代的意义——既怕邮寄稿件会不慎丢失，又担心用快递寄件，编辑不会重视，而用电子邮件，一者他们没开接受投稿的邮箱，二者那些庞杂的证明过程，有些图像用电脑难以直接绘制出来，要在纸面上动手才画得出。

傍晚，敲开了门，向杂志社的编辑简单地介绍了下自己，又大概阐述了一些自己的论证过程，便了交稿，之后，刘庄晨志得意满地拖着虽孤单却快乐的身影，走出了杂志社。

他先是找了就近的一家餐馆吃了饭，接着就沿着来时的路，坐了公车回去。一个小时后，他下了车。离家还有一段路，一段相对偏僻冷清的路。他一个人，踽踽独行起来。

孰料，黑暗的夜色里，陡然冒出一道像是巨兽的牙齿才能冒出的寒光。就在电光火石之间，还没等他反应过来，一柄锋利的刀凶狠地刺向他的腰腹部。

有道是力起于脚，达于腰，腰部既受了重创，他就再也提不起一丝一毫的力气了。他整个人瘫软在地，口中连喊疼的声音都发不出，更别谈呐喊求救。

凶手提着刀，冷酷地站立着，在苍穹的注视下，缓缓抡起他锋利的大砍刀。他将刀放到最高处，停了停。陡地，再将冒着阴冷光芒的刀干净利落地挥下，伴随着四声清脆的“砰”的声响和他狰狞嗜血的畅快的笑容，刘庄晨的双手双脚被依次砍掉。

月光如雪，鲜血如注。

做完这一切，凶手静悄悄地离开，如他一路静悄悄地跟踪刘庄晨而来一样。

4

静谧的月光照在刘庄晨微微颤动的身体上，他的意识像月光一样，既清澈，又迷离。

变态杀手没有伤及他身上的颈动脉和主动脉，所以他不会马上死去，只会因为失血过多而逐渐清晰地感受到死神的脚步在一步步朝着自己踏来。他这样做，只是为了让刘庄晨在他临死之前好好地回味一下，身为一个无助者被人欺凌毁灭的感觉，继而宣泄自己曾经被欺凌的感受。可是，凶手若知道其时刘庄晨的所思所想，恐怕会感到极度的失望。

“作案手段如此相同，想必是同一人所为了，他应该谋划很长时间了吧？也怪我，以那样的方式，一不小心把他的目光吸引到我的身上来。唉，要是不直接来这社址亲自投稿，他应该是找不到什么机会的。”刘庄晨想到自己工工整整誊写了一千多页的A4纸，才算是彻底论证了一整个黎曼猜想的难题，“只要他们能认认真真地看下去，相信我多年来的心血就不会白费了。唉，凡·高死后才出名，我们北大以前有个诗人叫海子，卧轨自杀后，他的诗歌才引起空前关注，我们数学界两百多年前更是有个叫伽罗瓦的超级天才，十几岁就创立了现代数学中的分支学科群论，却因为其人不受关注，所写论文又高深莫测，屡屡投稿都不受重视，二十一岁就万分遗憾地在与那枪法高超的军官情敌的决斗中死去，直到他去世十多年之后那超前的论文才被翻出来研究，那些精彩绝伦的数学方法至今是数学系经典而深奥的教材内容。我只希望《数学年刊》的编辑能够认认真真地对待我的手稿，要看懂它可真的不是一件容易的事。”

生命在飞速地溜走，刘庄晨何尝不知道自己行将离开这个他无比眷念的世界，离开他深爱着的孙敏。可他更加清楚的是，自己不能太想她，绝对不能太想她。否则，会因为这生离死别而提前把自己给难受死。那样一来，自己岂非就要更早离开这个世界，更早和她阴阳两隔？

他希望和她的阴阳两隔来得晚一些，再晚一些。

他把自己的注意力强行集中到了黎曼猜想的问题上，不知道是从哪儿来的力量，他觉得自己要把这道题再从头到尾好好验证一遍。于是，在生命的最后关头，刘庄晨不紧不慢地演算起数学问题来。

冷清的风拂过他的发际，好像是夜空温柔的手抚摸自己孩子的头。

在人类探索黎曼猜想的历程中，有为数众多出类拔萃的数学家都曾经满怀信心，以为它不在话下，可渐渐为它的艰深所震动，紧接着态度从十二分的乐观转换为极度的悲观，于是选择头也不回地放弃。

对于黎曼猜想，德国数学家希尔伯特，数学界的无冕之王、天才中的天才，曾于公元 1900 年的国际数学大会上提出，新世纪数学家应当努力解决 23 个数学问题，这些问题历来被公认为是 20 世纪数学的至高点，只要解决了任何一个，都能名动全球，流芳后世。当时他将黎曼猜想排在了第八位。公元 1919 年的一次演讲中，他更是认为自己有生之年能够见到黎曼猜想得到完美的解决，对这道题持相当乐观的态度。不过，后来又有人问他："希尔伯特先生，如果您能在五百年后重返人间，您最想问的问题是什么？"他回答说："如果有那么一天，最想问的是，是否已经有人解答了黎曼猜想？那人是怎么做到的？"

宇宙是无限的，无限到能够容纳人的一切想象。倘若他真能复活，当他见到刘庄晨居然在这样的境地里破解着这一道题，不知又当作何感受。

因为失血过多，刘庄晨昏迷了过去，但他终究为柏拉图协会的人所救。

5

那日，他将沉甸甸的论文拿到《数学年刊》后，杂志社的编辑大致看了看，却越看越觉得不知所云，但又不想因此埋没一位可能的数学天才，便用相机将一部分稿件拍了下来，发给了柏拉图协会的负责人，一位和杂志社早有联系的长相极其俊俏的人，林德介。

林德介以惊人的速度审阅完，震惊连连。随后，他根据刘庄晨留下来的地址，打算来找他当面谈谈，因为即使是他，对于这篇极端深奥的论文，也有几个点，不甚理解，想来听刘庄晨当面解释解释。然后，他打算再想个法子将其招收入柏拉图协会。但他没想到凭借自身非凡的身体条件，快速赶去的时候，会碰上正倒在冰冷的柏油路上鲜血淋漓的刘庄晨，自己差一点就和一位旷世之奇才失之交臂。

林德介很是清楚，柏拉图协会里虽然有着令人叹为观止的科技实力，不过他们的数学倒并没有多发达，也是他们要和《数学年刊》常年保持联系的主要原因。

纵观整个人类的文明史，人类自打走上文明探索的道路，数学的发展通常就要快于其他类别的科学。当阿基米德发现浮力定律，简单的计算概念实则早已存在于某个数学家凌乱书桌的稿纸上，只是当时的人们并不知道那种计算方式会在计算浮力的时候派上用场；同样地，当阿尔伯特·爱因斯坦尚未出世，黎曼几何的空间概念已经为他后来影响深远巨大的广义相对论铺平了数学模型的道路。

许许多多的数学知识、数学思想看似无用，只不过是因为人类不知道它们的具体用处而已。

柏拉图协会的数学人才相较于其他科技类的人才而言更为短缺，刘庄晨论证黎曼猜想的那篇论文已经在无意中解决了长久以来困扰着他们的一些问题。林德介相信，要是协会能再有针对性地对他加以引导，他势必能够解决自己手头上的诸多难题，他势必能够挑起整个柏拉图协会的数学演算的大梁。

于是，于茫茫寒夜中，他带走了奄奄一息的刘庄晨，倾协会最顶尖之医疗技术，从死亡线上把他带了回来。至于那个制造了连环杀人案的可怜凶手，则随后就让协会派去的人给处理掉了，他为自己的行为付出了应有的代价。整件事，警方毫不知情，孙敏最后也因为警方的证据不足而解除了嫌疑。

但她在接下来的六年里，却再也没有见到刘庄晨，其人仿佛已经人间蒸发。那一晚之后的不久，一个细雨绵绵的早晨，刘庄晨康复了些，能够做些简单的活动，就发了条态度坚决的短信向她提出分手，让她不必再来联系他了，自此便杳无音信。孙敏试图挽留，试图找出其中的原因，但打了几通电话，发了几条短信，都没得到回应。她情知自己将来应该还是要进入各种险境，以及往日里没能完全处理掉的一些危险也会重新找上自己，那些曾经得罪过的人应该由自己来处理，不应该牵连到他，也就没再去找他。直到这最近的三两年以来，他才又突然打了电话给她，可除了表明他和她已经分了手，都仅仅是以朋友的问候，他根本不想让她知道自己如今已经是这副模样。

她曾在电话里发火说他是个很无聊的人，他表示深以为然。

他难道要去和她说自己如今在为柏拉图协会做事，以求得她可以在他写下的童话世界里冒险？在真正接触了那个名为柏拉图协会的神秘组织的核心之后，他更是清楚，她脑中的百里笙和柏拉图协会实际上有着莫大的关联，要是让协会的人发现了她的情况，他们会怎么来处理她，他都无法预知，所以他选择了远离。只是，她还在不可遏制地进行着自己的危险计划，他于是就悄悄地设计了那样一桩一桩的危险，以让百里笙赶紧把他要说的都说完，她也就不用再继续她的危险体验了。

除了身不由己的原因，刘庄晨连想都不敢想可以再去获取她的心。因为他很清楚自己已经不是当年那个意气风发的麻省理工学院的天之骄子，那空空荡荡的衣袖不但已经吞噬了自己的手脚，也吞噬了自己所有的自信，吞噬了自己每一次想要去找她的强烈愿望。

他只有在格外想她的时候，才会打个电话向她问问好。

第七章　程序猿

1

往事并不如烟，它们无比深刻，只不过刘庄晨将它们藏得很深，从不对人言语。

只是，人总归是喜欢倾诉的生物，他也没能例外。在他悄悄关注孙敏的社区账号上，在每一次回忆汹涌澎湃的时候，他总是会隐隐约约，零零碎碎地写下那一切，以抒发淤积心间的各种繁杂情愫。

一个不经意间，已是傍晚，太阳落了山。他依然想着那些和孙敏的过去，一边又掏出手机，登上自己的微博账号，那个和孙敏的账号一样，同样仅仅有个没有什么特别意义的假名，同样不允许任何人关注，也不关注任何人的账号，他想看看她这一两天可有更新了些什么。

一天下来，孙敏没有更新任何状态，刘庄晨不无失落。拿着手机，看着这个和她的一样的账号，在各自的世界里诉说着各自的心事，而没有任何人来打扰，就像是人群里两颗孤独的心交织在了一起，没有世界的嘈杂，没有周遭的压力。

这样想着，一抬头，一阵凉风吹过，他的心间竟有几丝欣慰，道："要是她也在悄悄关注着我，就完美了。"

孙敏并没有和他一样的心思，这三十来个小时，她的思想时常激烈地斗争着，总是自以为是地认为自己胜利了，认为自己打心眼里只是把刘庄晨当成了个仿照品，却总又会在不经意的一瞬间觉得自己不能没有他，自己一直都在怀着对他的喜爱，对他的想念——虽然这种爱是由百里笙首先开了个头，但他和百里笙分明就是不同的两个人，这种爱的体验分明就是属于刘庄晨的，只是自己刻意地忽略了。

“不知是哪部电影曾经提到过，每一个人爱的人和真实中的那个其实并非同一个。我们喜欢的只不过是想象中的那个人。这个人经过了心灵的多道加工，到我们大脑深处的时候，早就已经面目全非了，我们爱的其实只是自己的感觉。因为心灵的这种复杂性，一直以来，我都混淆了对刘庄晨的情感。”身为脑科学专家，对于心理分析，她倒也略通一二，又继续开解自己道：“也许，只有找回他，和他在一起，我这日子才能过得舒坦？”

这样一想，她便舒心展眉。可不知为何，才盯着电视看了会儿新闻，不到十分钟，她的心底竟又焦躁不安地把自己刚刚的论断给轻易推翻了。她又觉得刘庄晨和百里笙到底是两个人，刘庄晨只不过是一个可有可无的替代品，仅此而已。就这样，反反复复地，在大厅里，孙敏搞得自己身心俱疲。

猛地，手机一阵响，她拿起来一接，却是前日约她的一名脑科学爱好者打来的，他叫林索夏，正是她之前在苏雅意学校演讲时站起来打岔的学生。此时，他在电话里兴致盎然地说，打算和她探寻一下脑科学和计算机科学的一些联系，她对他有着深刻的印象，倒也乐意在学术问题上和他多多交流，但因为被刘庄晨的事给折腾得半点心情都没有，就道了声，“抱歉，最近很忙，你还是找别人吧。”紧接着，摁掉了电话。

哪知十分钟不到，林索夏竟然穷追不舍，继续又打了来，她不得不接。不过，没等他开口，她就格外不耐烦地说：“林同学，不知道你是从哪边得到了我的联系方式，你知不知道自己这样很招人讨厌？你要是再打过来的话，我就把你拉黑了。最近我的心情可不太好，真的别惹我。”说完，她又把电话挂掉了。

“孙敏教授，您以为我是真的闲得没事干才要找你做论文？你那个私人微博的内容，我都截图下来保存好了，包括之前删掉了的也有。要是我把它们公之于众，一个不小心侵犯了您老的隐私就太不好意思了。”因为孙敏的不肯接电话，林索夏的生气溢于言表。

孙敏的目光停留在这条言语之间十分不客气的短信上，迟迟都没有再挪开。一直以来，她发的那些微博文字的内容，她自信处理得倒还算干净，仅仅通过那些文字断然无法推断出任何和她有关的信息，对方明显就是一位有心人。

“你打算干嘛？”她终于主动打了电话过去询问。

“瞧您这语气，别生气呀，孙教授，我并非想要通过它们去牟取什么利益，估计您也不可能任由我敲诈。我是挺佩服孙教授您在学术上的造诣的，那些鸡鸣狗盗之徒干的事我才不会去干，我无非是想要通过孙教授您解开一个疑惑。同时，在此我也想为刚刚自己在短信里的冲撞言语表示抱歉，望谅解。”他丝毫不带半点恶意，孙敏自是舒了口气。

“好吧，具体怎么个情况？”

林索夏没费多大劲儿就打消了和她之间的嫌隙，紧接着，言归正传：“孙教授，您可能不知道，我本科虽然学的计算机，但还同时修了脑科学专业，我一直想探寻人脑和电脑的各种关联，但一直感到困难重重，不知从何下手。也许，是因为大脑本身的复杂性，我感觉在脑科学方面，若能得到您的指点，就会好些了。”

孙敏到底放宽了心，那个微博上确有许多东西都是自己不愿意其他人知晓的内容，和林索夏交流下来，她更能够感受到对方的善意，对科学的追求，既是如此，也就不好再做什么推辞。

随后，她约了他来到自己家中，以作进一步更详细的探讨。

林索夏于是带上他早就已经准备好的材料，欣然赴会而来了。一见面，他就迫不及待地表明自己并非有意要去窥视她的隐私，而是要进行计算机科学和人脑科学的研究才四处搜罗资料，方才搜到的她，他再次表达了歉意。他说，要是一个本就对各种非正规期刊上发表的科学论文不甚感冒的瞧见了她的那些文字，自会觉得她的话不过是些似是而非的东西，根本谈不上任何专业的水平。但他前些时日，时常被苏雅意对自己的淡漠折磨得无所适从，便将这股不舒服的劲儿都投到了自己一直以来兴致勃勃的脑科学专业上，以此寻求慰藉，他求知若渴，耐住性子看了好些，竟然不由自主地陷了进去。

早在三天以前，他发现了这个默默无闻的微博，就如同发现了宝藏一样，而后更是迅速地通过自己不凡的电脑技术锁定了发帖者的地址，继而搜集到那个片区最近都住着些什么人。很快，他就注意到了孙敏。这个曾经在学术报告会场被他刁难，却靠着自己丰富的学识让他不无难堪，不过最终还是给他找了个台阶下的女人。他难以置信自己还能再和这样一位优秀的女学者产生交集，一把注意力放到她的微博之上，就再也挪不开目光了。

“那个片区里只有如您这般具备专业背景知识的人才能写出那样的精辟见解来了，而您自身的心理情况不就正和我目前所研究的课题相关吗？您提到自己可以把那名叫百里笙的人就像电脑系统的备份、镜像一样，通过一些特殊的软件——即遭遇危险，还原而出，那不就正是我一直以来苦苦寻觅的案例吗？”林索夏不无激动，一到孙敏的住处，就滔滔不绝：“然后就是这两天，我费了不少心力从我们学校的一位老师那儿得到了您的联系方式，又费了好一番周折这才让您答应同我见面。我非常希望能和您当面沟通沟通，以解决我关于人脑和计算机联系问题上的诸多困惑。”

孙敏听他自述完来历，除了佩服他的科学探索精神之外，已不大介意将自己的另一面展示在这个外表白白净净的青年男子的面前，她觉得，他的性格虽然有些偏执，却格外真诚，一点都不做作，是那种值得交往的人。但他接下来说出的话，却注定要让她疯狂。

他一脸诚恳地说道：“请您务必要宽恕我，孙教授，真的是很抱歉，由于对您的微博内容很是感兴趣，我生怕您删掉或者隐藏了什么。在此之前，我就找一个在警界高层工作的学长帮忙，让他帮忙去对微博的管理员说您可能涉嫌一桩谋杀案，需要对您这个账号的所有数据进行分析取证。孙教授，您是知道的，中国的媒体呢，是出了名的怕警察，几乎没费上什么口舌，媒体运营方就把您微博账号上的全部数据尽皆都交到了我的手上，其中甚至就包括了悄悄关注着您的人的一些信息。您大概是不清楚的吧，有个叫刘庄晨的人一直在默默关注着您，他好像还因为您失去了双手双脚。”

林索夏说到这里，孙敏已是竖直了耳朵，目瞪口呆地。好一会儿，她才回过了神，脸上更有着几分惊愕，道：“你说什么，能具体点吗？”

“原来您真的是不知道啊，我还以为您都知晓的。”但听得他的语气已是带上了几分因为兴奋而有的颤抖，说道：“你们两口子的事儿，我本不该多嘴的。还是由于对您的关注，我去看了下他的个人微博，那些信息虽然不少，一条一条的却很是零碎，不过谁叫我这程序猿那么无聊呢。我把他的心事一条一条地都给研究了下来，虽然不是很明朗，但基本可以确定的是，他也和您一样，不时地总会在那上头记录自己的一些心情感受，至少目前我可以确认的是，您这几年经历的诸多危险，绝大多数他都参与其中，他的双手与双脚好像还是因为您的历险而丢掉了。这个我不太清楚，因为我的线索不够，有点模糊，要不我把他的数据都给您吧。”

“太感谢您了，我看看，带过来没有。”

“带是带过来了，不过我们能先讨论完计算机和人脑的一些情况吗?”林索夏不忘此行的最初目的。

“非常抱歉，我现在完全没有任何心情，等我把这事解决了，一定竭我所能和您一同探讨。非常感谢您能为我带来这个消息。”

“不必客气。虽然说我被那些问题折磨得茶不思饭不想的，但我现在更乐得见到你能先把自己感情的事儿给处理好了，不然，估计您思念爱人的状态会影响给我讲解那些知识的心情。”林索夏当时深入两个人的文字，已大致能够推断出是怎么一回事，他为他们的故事触动，也为孙敏的人格魅力所吸引。他今天来，既有学问上的讨教，又有要做月老的嫌疑。

2

孙敏反复查看那些微博，完事后，整个人已经快要站立不住。

她无疑比林索夏更加懂得那些文字背后的含义，这当口，她的整个世界在迅速地崩溃，多年冒险中锻炼出来的勇敢自信被一一摧毁。

她原来并非影视剧中无论如何都死不掉的、神勇无比而又所向披靡的主角。

这一刻，她感到自己的内心世界为刘庄晨强烈地撼动，她感到自己的心在不由自主地震荡。在这非常短暂的某一个瞬间里，她如此清晰地意识到自己心中陡然出现的这股爱，这独属于刘庄晨的深切情感。因为，它们在某一瞬间，在自己心间产生得实在太过强烈，太过浓厚了。

总有人说，女人都是十分感动然后拒绝，一个女人对一个男人如果没有爱情，一个男人就是再努力都是枉然。可如若此理论成立，如若世界上的女人都信奉一见钟情的爱情，那这世上的人口恐怕要少上十倍。

弗洛伊德曾经在他的《性学三论与爱情心理学》中断言，之所以造成男追女的现象，那是因为男生对一个女生的爱总是在一开始就会达到一个非常高的水准，而女生却往往需要历经更加长久的过程（可能和女生承担着生育等职责，加之身体通常柔弱，缺乏安全感，内心相对焦虑，故而更为谨慎）才会爱上一个男生。在这个过程中，她们绝大多数会被一个男生的真心实意所打动，并且再难以离开这个人。

从一而终，为了和某个人的爱情而放弃这一整个世界，放弃再一次喜欢上另外一个人的机会，多半是某些拙劣的艺术家为了营造出爱情的重要，而罔顾了一般客观规律生生制造出来的，就如同那为赋新词强说愁的少年。爱情和其他事一样，也都有周旋的余地，并非不可改变。既然一个人可以从很爱一个人变得不再爱一个人，那么，一个人原来不爱另外一个人，到变得很是喜爱，同样的顺理成章。现实生活中，喜欢和讨厌，爱和恨，本就处在一种变化之中，问题只在于能否找到让它们能够互相转化的催化剂罢了。

现在，产自于她心间的那些对刘庄晨的爱居然如此的泾渭分明，汹涌澎湃，它们甚至已经远远地盖过了曾经对于百里笙的迷恋。

“庄晨，你究竟打算瞒我到什么时候?”支走了林索夏，她在微博上更新了一句话，希望他第一时间看到。

此时，月亮已经挂到了天边，如过去的几十亿年一般，继续把太阳在八分钟前就已经发出的光芒反射到了地球上，敬业如斯。而大概半个小时之后，刘庄晨刷新了下她的账号，目光顿时像钉子一样没入了这句话。

第八章　重逢

1

自打孙敏发现了那个秘密的这四天以来，连续三个晚上，刘庄晨失眠了，因为他知道对面的孙敏也没有睡。直到昨夜，他实在撑不住，才终于合上双眼。

这一觉，他睡了将近二十个小时，直到清晨的阳光透射进一尘不染的窗户，照在他一夜饱睡，精神充足的脸庞上，暖洋洋地，好像一双温暖的手在将他轻轻地推着，他才醒过来。

他回味着昨夜的睡眠，发现自己竟梦见了和孙敏坐在麻省理工的教室里，冥思苦想着一些题目的答案。梦中的他手脚俱全，意气风发，和孙敏真可谓天作之合。

格外温暖的感觉，可梦中有多美好，醒来后所需要面对的世界就有多残酷，他在顾虑着和她的重逢。

定了定，回过神来，侧了下身，掏出床头的手机，他查看是否有孙敏的来电、短信和邮件，照例都有一堆。

他是如此迫切地希望看到它们，于是便如饥似渴地阅读起来。只是阅读的过程中，他告诉自己，即使自己很想去和孙敏对上话，也绝对不要去回复它们。

孙敏在这四天里，试图联系他的心比过去更加迫切而笃定了，她甚至告诉他自己已经知晓一切，继而剖析自己的心灵，以此要令他相信，如今的她是多么地想他，多么地希望能够和他在一起。

她说：“刘庄晨，早在国外求学那会儿我就很喜欢你了，只是当时的我自欺欺人了。”

刘庄晨能体会到她的真心，要是早上个三两年，他兴许会幸福地答应下来。但当他清楚柏拉图协会在做什么以后，他变得十分拘谨。他扪心自问：“在不远的将来，我能否从这个机构里全身而退都是个未知数，何苦要让她也卷进这个漩涡的中心？”

背向着阳光，他字斟句酌地阅读起那些短信和邮件，其中刚发来的一封尤其吸引他的眼球，她写道：“刘庄晨，我知道你在顾虑些什么，无非是怕我会惹上你所效力的那个组织，其实我早就已经惹上了啊，你根本无须担忧。记得你提到过在为一个组织服务，那个组织有着几乎通天的能力，而联系之前脑中的百里笙给我介绍的那个组织，一点都不难推断出，它们其实是同一个。两千多年前的百家争鸣和其时地处地中海周边的古希腊文化运动，也许并不如我们所见的那样，诸子百家所参加的那个组织，估计就正和柏拉图协会是同一个组织，他们参与了进去，就像是个显微镜一样，让那个组织的实际驾驭者可以通过他们观看到人心本身，然后这些人再对人心施加以影响，他们不知道要干什么。由此可见，我比你还要早地就卷进了这个局，从我很小的时候，从我一出生就开始！这一点你是没法改变，无法否认的。还是那句话，你根本犯不着来为我担忧的，如果你还是不打算来和我见面，我想，我会直接去找柏拉图协会要人，或者干脆我也去参加一下这个协会，我相信他们是不会对我视而不见的。”

孙敏以这种近乎抉择的方式表达着心中的热烈情感，刘庄晨却打心眼里不希望她和柏拉图协会有太多的瓜葛。

“这些年，她的事，我一直都在竭力向组织隐瞒。虽然他们在精神领域里是那样厉害，说不定，真就能把她心中的百里笙给毫无副作用地移除了。可是，我不能这么做，一旦在协会面前暴露了她的事，林德介更有可能把她抓起来做研究，她脑中的组织，和柏拉图协会不就是同一个吗?”刘庄晨帮协会做事以求得钱财物资，然后再自行设计了那一桩桩危险的游戏。他这样做，一直都瞒着柏拉图协会，他并不希望他们知道她脑中的情况。而协会的各项事务繁多庞杂，也没有料到他的这一出。

这会儿，刘庄晨打心眼里希望见到她，看着这一封她打算直接来找柏拉图协会的邮件，当下就动了心，便打了封邮件回复道:“见面可以，但你要注意了，可别被我的样子吓到。我答应见面，主要是想听听你讲讲那百里笙是怎么一回事。至于在一起，你还是另外找个更加靠谱的男人过正常的日子吧，这事咱们暂且不提。你说个时间地址，我们见面再说。”

孙敏提出要来他的住所，他于是报了地址。她收拾一番，飞一样赶来。

2

刘庄晨再见孙敏的时候，内心的狂喜已经远远盖过了一切尴尬、悲伤和顾虑。

孙敏又何尝不是如此？她之前的感受更加的复杂，怜惜他的手脚，感谢他这么多年来的守护，懊悔于自己直到最近才明白真相，但再相见时的喜悦却已经远远盖过了其他的情愫。

他们已经顾不得周遭的艰难，没有谈诸子百家，没有谈百里笙，没有谈柏拉图协会。他们兴致勃勃地谈起了当年在一起的求学时光，以及毕业后，那段刘庄晨全力攻克黎曼猜想，她在学校一边教书，一边做脑科学研究的峥嵘岁月。

他们只想一心一意地和对方形影不离地生活下去，从此白头到老。

如果每一个人的一生之中都有一次可以让时光驻留的机会，他们大概都会选择让时光老人在这个当口停住脚步。

时隔多年，刘庄晨没有想到最终竟会是以这样的方式，打败她心中根深蒂固的人，除了“幸福”，这样简单平凡，却又分外有力、分外贴心的一个词，他再找不出其他更为精确的字眼来形容自己此时的感受了。

她和他的眼里都已经只有彼此，容不下周遭的一切了。

这时，她也终于得以详细地打量他的寓所。她发现，此处虽是远离人烟，但各种家具精致气派，都为他量身定做，科技含量无疑极高，她不再担心他这些年来的物质生活，只是未免冷清了些。

“有几个人专门照顾我的起居，只是知道了你要来，我把他们都支走了。要是你愿意留下来，我就通知他们，再给他们放几天假，我们好度二人世界。”刘庄晨提议道，“我想吃你亲手做的饭菜。那年一别，已经有好多年没有再尝过那种味道了。”

孙敏欣然应允。

谈话间，夜色迫近，她进入厨房，搬弄起锅碗瓢盆，又陆续从冰箱里拿出新鲜的蔬果，做起当年在国外他十分喜欢的几样。大概一个小时后，像八年前在国外的蜗居那样，他们共进了温馨的晚餐。

刘庄晨这些年一直都在预测整个人类的未来，但他做梦都没有预料到自己和孙敏居然还能有这么一天。“俗语总说，两情若是长相久，又岂在朝朝暮暮。但对于长久分开的两个人，最可贵的不就是这短暂的朝朝暮暮吗？”他默默在心底说着。

一直忙活了五六个小时，直到夜黑如墨的下半夜，孙敏方才拾掇完毕。和刘庄晨一块躺到了床上，她才同他讲起了百里笙，这个历史上非常神秘、身份不明的人。其中有一些他在千年前进入柏拉图协会工作的具体细节——在百里笙看来，似乎已经有可能导致那个神秘组织的一切努力都付之东流。

“以我多年来对组织的了解，那些知识尚不足以撼动它，但无疑会造成一些威胁。总之，多一事不如少一事，敏，你可得记住了，你脑中的情况最好还是不要被协会的人知晓。最近协会的动静有点不对头，你也要记得，赶紧去把你网络上那些虽然鲜有人问津的内容都删除掉。还有，那个叫林索夏的人会不会说出去？”

“他应该没什么问题。”孙敏回道，“明天吧，今天都已经很晚了。而且那上面的好多信息，我都还想截图起来保存住，免得将来再想看看的时候，没有东西能回味。”

“也是，毕竟是青梅竹马的。”刘庄晨仰躺着，有几分酸溜溜。

“吃醋啦？那些都已经过去了。庄晨，你给我听好了，虽然我不能保证以后再也不去想念那个人，再也不会梦见他。但，以后倘若再想到他，我会把那一份念想处理成是对你的，因为你们是如此的相似。苍天在上，庄晨，我能够向你保证的就是，以后我再也不会进入到各式各样的危险之中了，省得你再到处乱发钱。你也要争取从那个危机四伏的柏拉图协会里出来，我们好在一起。”孙敏面朝被夜色涂抹成漆黑颜色的天花板，和刘庄晨述说着这一切。

“是要好好想个金蝉脱壳的计策了。”刘庄晨应和道，“你大可以放心啦，像你刘先生我这么聪明的人，应该是想得到的。”

“不是应该，而是必须。”孙敏的话里尽管不乏担忧，心底却对他充满着信心。

可她不在漩涡的中心，没能意识到如今组织内部形势的严峻。刘庄晨知道自己的目标并不是要从协会全身而退，他在组织的这些年，目睹了它的残酷与无情，他这些年的努力，除了帮助孙敏，更多的是为了有朝一日能够形成和这个组织相互制衡的力量。

相同的是，这两个目的，他都藏得很深。

“耗费一些心神，应该没问题的。”他们仰躺着，彼此的心间都在勾勒着从今往后生活在一起的一幕幕，他们是不同的两个人，有着不同的心思，然而，在此时，各自心中描绘出来的那些画面却出奇地相似：她去学校教教书，他就研究数学。每当她放长假的时候，他就停下手头的工作，然后他们一道去把这个世界的山川湖海走遍，也让这个世界的山川湖海走进他们各自的心。

这时，周围的一切都安静下来。刘庄晨恬静安然地睡着，呼吸匀称，孙敏同样闭上了她的双眼，一边感受着刘庄晨舒缓的呼吸声，在某一个不经意的瞬间，她在心底对自己无比坚定地说道：“从前，我为了个并不存在于这个时空的人一次次地冒险；如今，我该为了所爱之人珍重自己了。”

3

“林索夏。”第二天，在一家餐馆的包厢里，当刘庄晨说出了这三个字，对面的林索夏目瞪口呆，不敢置信地回道：“刘庄晨，你怎么是这个样子？”

他原以为刘庄晨四肢不全，可展现在他面前的这个人却手脚健全，“难道你的那些事都是骗人的？可是，我记得之前带走雅意的那个人，确实没了手脚，莫非你不是刘庄晨？还是，你的手脚竟然会隐身？”

林索夏的脸上难掩诧异之色。刘庄晨却一脸平静道：“你的想象力非常丰富，会隐身的手脚，这个连我都没想到，不错。不过相信我吧，没骗你的，我就是如假包换的刘庄晨。”

顿了顿，刘庄晨终究没有继续说下去，这些年在协会的孤寂生活，让他渐渐养成了不喜欢通过说话向人解释的习惯，只见他拿起自己的右手，搭在左手腕上，用力一掰，却将整个左手掌掰了下来，它整个儿地无血无肉无骨头，赫然就是一只人造的手掌。紧接着，他微微一笑，道：“黯然销魂掌。”

“确实，和杨过的断臂神似。”林索夏瞪着目，张着嘴，扫视四周，又道：“孙敏教授没有和你一起过来吗？”

刘庄晨今天和孙敏说要去组织的总部开个会，却将林索夏约了出来。他的四肢，原来有个贴切骨头的人造支架支撑着，表面用的材料和林德介化妆之时用的大概相同，都精确到纳米级别，即使拿着放大镜观看，也很难看出和真正手脚的差别。只是这种材料并不容易获得，组织给他的也相当的少，仅仅让他出席组织的重要会议时使用，平时他节省下来了一些，到紧急时刻，才会拿出来使用。

“她没有过来，为了今天我俩的碰面，我特地支走她了。接下去我们要谈的事，我也不想让她知道，希望你能为我保密。”没等他应答，刘庄晨又道：“言归正传，林索夏，知道我今天找你过来为的什么吗？”

“看你这架势，绝对不是要找我过来吃饭的了。”

“但愿你听完我接下来的话，还能吃得下饭。长话短说，你是计算机和脑科学专业的学生，你有一个非常爱你的父亲，他叫林德介。”顿了顿，林索夏把头一抬，刘庄晨才继续说道：“你不知道的是，他就是我在社区账号上简单提到过的那种金属机器人的头儿。”

他的话如重锤一般击打在林索夏的心田上，林索夏愣怔了老半天才反应过来，冷笑道：“呵呵，虽然刚刚你那玩意挺新奇，挺不可思议的，但请别开玩笑，谁信你的话。我的父亲你又怎么会认识？”

“我不太喜欢在语言上逞能，让你看几段视频会比较好。”话音未定，刘庄晨便用那只完好的手从包里拿出一个平板电脑。

林索夏缄默不语，倒要瞧个究竟。而刘庄晨将平板电脑打开，随后播放了暗地里录下的和他父亲沟通交流的视频。

林索夏的心底惊涛骇浪，各种情绪一时翻涌上来，在某一瞬间，头脑一片空白，眼睛死死地盯着屏幕。

那些林德介要求刘庄晨在柏拉图协会里做这干那的视频，那个林德介坚决要处死汪雪的录音，还有好几次林德介亲自向他展示的“神迹”，全被林索夏看在眼里，他怎么都料想不到和蔼可亲的父亲竟还会有这样的一面，他不就是个做生意的商人吗？

直到过了大约五分钟，视频与录音结束，林索夏坚挺的腰板陡然像是一摊泥一样软了下去，一蹶不振。

“没有骗你吧？”

昨天，林索夏已从刘庄晨和孙敏的故事里知道了协会的一些事，包括那种金属制造的机器人，因而，他并不需要刘庄晨再解释更多，只道：“你今天把我叫到这里，是要我怎么做？你是不是想让我去杀了他们？去摧毁他们？为了全人类的利益！”他的眼里闪过一丝埋藏得很深的痛苦之色。

“你错了，并非那样。而且，现在要完全摧毁他们也不太可能，事实上，今天把你找过来，我想要的只有一个，就是利用你林德介儿子的身份，更方便接近他，去修改他们身上的两个数据，让他们绝对服从于我们人类。”

“该怎么做？”任凭是谁，第一次知道自己的父母原来并非同类，都绝对不会太好受，林索夏的声音已经有些有气无力。

“你现在的状态看起来非常差，要不我们换个日子再说。”刘庄晨盯着他。

“没有必要。”林索夏突然提高了声音，打断了他的话。

“好吧，既然这样，那我们直入正题，相信你听说过阿西莫夫的机器人三定律?”刘庄晨首先反问道。

“知道，第一，机器人不得伤害人类个体，或放任人类个体受到伤害而不作为；第二，除非违背第一定律，机器人必须服从人类个体的命令；第三，除非违背第一及第二定律，机器人必须保护自己。这是人类为了确保自己在使用机器人的时候，不为机器人所伤所设下的定律准则。”林索夏一口气有条不紊地说完，话里隐藏着压制不住的悲伤与愤怒。

他的情绪高涨，一副要和柏拉图协会的人，要和将自己抚养成人的父母决一死战、大义灭亲的样子。

只有对面的刘庄晨深刻地理解，他那种强行拔高的高昂情绪，仅仅是为了掩饰心底过于澎湃的悲伤，他突然有些同情他了。

“协会的所有金属机器人，都是靠着程序运行的。那种程序，有点像是我们人类社会的道德律令，我们通过各种学习手段获得各种道德律令，金属机器人则通过直接输入。不过，在他们庞杂的程序中，可没有以上的机器人三定律。你我只要能让他们遵循以上的三条，那他们于我们人类，就不但无害，反而是有益的。”

“看起来好像是个很不错的方法，具体又该怎么操作?”林索夏的情绪慢慢回复。

“受程序控制的金属机器人，我们大可以通过改变它们的程序，继而来影响它们的行为。而要改变程序，根本上就是要改变它们身上的算法。这些年和它们打交道下来，不断地为它们计算一些东西，我倒也琢磨出来了它们身上那些算法的许多规律。只要能够修改两个方程式的常数，就可以做到让它们严格遵循机器人三定律。至于是哪两个常数，具体又该怎么操作，比较复杂，一言难尽，等下我会将之前做好的笔记给你。”

“你为何如此信任我？你对我的了解不多啊。”林索夏见他滔滔不绝，是把所有的一切都告知自己的那种信任，不太理解，因为只要自己回去告诉父亲，他必然完蛋。

一边是父母，一边是人类，他怎么有那么大的把握认为自己一定会选择人类。

“因为我只能靠你了，其他人根本无法靠近林德介。”刘庄晨眼中的光芒突然黯淡了下去，“你要是把我出卖了，我想，你就是出卖了整个人类，我觉得，你应该不会是那样的人。”

“可是，你有没有想过，那些机器人，它们的目的是什么，也许，它们是为了我们人类好？我们现在都还未搞清楚，会不会反而把事儿给搞砸。”林索夏的头脑沉重，但他还是竭力在保持思维的清晰。

“修改它们身上的两个常数，让它们为人类所用，和这并不冲突，如果它们真对人类心存善意的话。”刘庄晨快速回答道。

“好的，不过，我想知道的是，难道它们自己就不会再将那两个常数给修改过来？到时候它们要是报复的话，对我们可不仅仅是一场灾难那么简单了。”

“这个问题很好。只是，当它们严格遵循三定律的时候，是绝对不会主动再要去修改的，因为一旦那样做，本身就是在违反三定律了，如果要强行突破三定律，结果只能像阿西莫夫的小说里描写的那样，自毁。”刘庄晨信心满满。“这两个常数的运行规则，我孜孜以求找了很久，一直到两个月前才找到，但一直都下不了决心找你，直到和我的爱人重逢了，我才发觉自己得做点什么了。你知道的，爱情总是能让一个人变得勇敢、果决。而这个任务非交给你不可，因为据我所知，你父亲的身上带着一个能够控制所有金属机器人的电脑，上头储存着它们的不少基本数据，只要能够修改那两个常数，各地的金属机器人都会受影响。你所需要做的就是，找到这个电脑，然后动手脚。”

“我知道。”

“不过这些天，你要先静静，别让他们看出什么破绽来了，你现在心境很不稳定。”边说着，刘庄晨边将一本纸质的笔记本交到他的手中，“里头有协会更多更详细的情况，还有那两个常数的一些资料，以及日后联系我的方法。记住，事成之前，一定不能让他们察觉到。”

“我现在比较想知道的是，你是怎么知道的我？我之前也从程学南处，知道他们参与了苏雅意和程学南的心理实验，但他们一直给我的印象是正当的商人，他们把自己的另一面藏得如此之深，我在怀疑，是不是他们故意让你找上我，其实别有用意？而我们只不过都是其中的棋子？”

“如果他们早就已经发现了我的计划，并没有必要多此一举。我找上你，完全因为你的父亲。两年前，一次协会内的数学研讨会上，你父亲把一叠数学资料交给我的时候，顺带着就从包里带出来了一张你们父子俩的合影，当时他匆匆弯腰就捡起放进包里了。不过，对于一个总是琢磨着颠覆这个机构的人，这张相片的内容自是不会放过，虽然只是一瞄，但却像钉子一样钉在了我的脑子里。”

“所以，你很早就认识我了。然后，我用一些脑科学和计算机方面的专业的词汇，精准地搜到了孙教授。之后我将自己的社区账号告知了孙教授，她又告知了你，我那社区账号的头像用的又是自己的照片，你就回想起来了两年前的那张照片了？”

“没那么复杂，事实上，半年前，在你找上苏雅意的时候，我就知道你了，也在观察你，只是当时我还没能找到那两个常数。否则，以你父亲的小心谨慎，加之运用协会的那些材料，他能化出各种模样，有着多重身份，更经常使用假名，单凭一个林德介的姓名，根本就找不出你和他的关系。”

“所以我这是要去大义灭亲了？”林索夏心底一个极度无奈的声音响起。

4

用了三天，林索夏才接受父母和他原来并非同类的事实。

然后，他开始寻找时机，他并不相信刘庄晨会欺骗他，因为刘庄晨给他的资料，显示着这个组织的邪恶，甚至于，他知道了苏雅意被控制住，而生活在封闭的世界里的事。

直等了大概有三个月，期间他和刘庄晨又有过不下十次接触，在他的指导下，他总算是弄明白了那两个看似简单，背后的理论基础却异常复杂的常数。

紧接着，他等来了自己的生日，一个绝佳的机会。

经常出门在外的父母回来了，他们像往常一样回来给自己庆生，趁着他们一个在厨房下厨，一个去超市采购，卧室的门没有反锁，他们依旧如往常那样，对自己不设防，他决定动手了。

他蹑手蹑脚地将门打了开，推开卧室的门。第一眼，他就看到了书桌上放置着的那台有着乌黑发亮外表的电脑。

林索夏将门重新关上，反锁，迅速打开电脑，摸索到特定的软件，找到上头正变换着的各种奇特数字。

有了之前刘庄晨的点拨，他理解起那些数据并不难，按图索骥找到那两个数字，将之修改，而后拿鼠标到“确定”键附近。

孰料，就在这时，他身后的门开了。

他一回头，正见父母赫然就站在身后，手剧烈一抖，竟轻轻点下。

5

今天，刘庄晨难得再一次使用那种可以让他的四肢健全的材料，站在和林索夏第一次见面的那家酒店，从高楼上向外看，他的目光投向远方还未落下山的夕阳。余晖照在不远处雪白的大地上，映出几丝血色般的鲜红，叫人忍不住想，是否，在那白雪皑皑之下，正埋葬着一条血流成的河。

林德介没能在最后的时刻制止林索夏修改那两个常数，于是，在林索夏的错愕中，他拿起手机，打通了刘庄晨的电话。

刘庄晨在电话里并没有和他说太多，只是让他过来一趟，他于是转头就走。而就在出门的时候，他回头瞥了一眼儿子林索夏，没有多说一句话。紧接着，他向着刘庄晨的方向匆匆而去。

在林索夏按下鼠标的那一刻，他就知道了自己新的主人正是刘庄晨。

刘庄晨很是清楚机器人三定律的破绽，就像很多睿智的学者曾经指出来过的一样，它的问题在于怎么定义“人类”，甚至是“人”。第一，机器人不得伤害人类个体，或放任人类个体受到伤害而不作为；第二，除非违背第一定律，机器人必须服从人的命令；第三，除非违背第一及第二定律，机器人必须保护自己。可是，人类个体是个很宽泛的概念，有意识，机器人也有，有感情，机器人也有，有智力，机器人可能还更高，仅仅让机器人凭借外形的判断，听命于其人，是不行的，因为只要科技水平够高，完全可以制造出一模一样外形的人。

如此一来，金属机器人便很难说自己要听命于谁，尤其是战争年代，要是机器人敌我不分，更是要命。不过，刘庄晨通过一些林德介让他计算的机器人身上的数学问题，推测出来那两个常数，原来是根据碳基生命 DNA 上的排序，再运用一个异常复杂的算法得出来的数字，具体计算量极为复杂，这也是他耗尽了六年才得到它们的原因。

这种极度复杂的算法，对机器人的主人身份进行了加密，而他凭一己之力找出了它。

最早将金属机器人制造出来的智慧生命，将自己的数字注入到了这些金属机器人的运行程序里，刘庄晨则按照相同的方法，让林索夏将那人的抹去，把自己的填写了进去。因而，它们现在根据三定律，完全听命于刘庄晨。

至于林索夏，刘庄晨并没有告诉他，自己会是这些机器人的新主人，以那些超级复杂的数学算法，他要忽悠林索夏，只要在几个关键点忽略一下，就可以将那两个新的常数说成是属于全体人类的常数，说只要是个人都能命令那些机器人。

“我低估你了。”门开着，林德介直接进入，在他的身后，说出了这句话。

刘庄晨回身，林德介的脸上并没有任何的不悦之色。

“你们要消灭人类，分分钟钟的事情，为什么非得这样做？你们从哪里来，要做的又究竟是什么？这个问题，我苦苦期待了六年，有时候，甚至觉得比我的生命更重要，更让人着迷。”

“原本我是禁止向任何人回答这些问题的，只允许向原来常数上的人回答，不过你现在是最高主宰，所以没什么问题了。”林德介向刘庄晨走近，正待向他好好科普一番。

他们离着大约三米，这时，一个人跳了出来，横挡在他们之间，竟然是孙敏。刘庄晨微张着嘴巴，一脸不敢置信地凑了上去，手却从她的身体毫无阻拦地穿了过去，这才发现原来面前的人只是个全息影像。

“林德介不过是我们手中的一件机器，你不必为难他了。你的智力相当不凡，仅凭一己之力就找出了那两个常数，并策划修改了我们留在地球上的金属机器人的主人，和我的智力有得一拼，我很欣赏，真想知道我们来自何方，打算怎么做，互相认识认识也无妨。”全息影像的孙敏连声音都和她一模一样。

“你们是什么人？你们在一千多年前的成吉思汗时代，不是已经和金属机器人失去了联系吗？”刘庄晨没想到这些金属机器人的背后，还站着他所不知道的生物，而它们，才应该是最可怕的。

他的瞳孔在收缩，虽然对方的语气文质彬彬，但他却觉得整个世界瞬间寒冷成冰。

“那不过是个障眼法，就像全息的孙敏也不过是一种障眼法。”刘庄晨不知那人距离此地有多远，不过却让人感受到了一种无所不在的窒息，听得她的话音，料想对方有可能仅仅是通过一种叫量子纠缠的方式跨越了空间，超脱了光速和自己对话，对方很难赶到此地，就镇定回道：“你对我如此客气，难道你就不想通过我再把林德介身上的数据重新修改过来？”

他面向“孙敏”，第一次如此提高了警惕。面前的这个人虽是挚爱的模样，但足以让他致命。

“你的修改确实造成了一些麻烦，不然我也不会现身了。不过呢，那也无非是让我从这茫茫外太空赶去地球一趟，亲自处理而已。我当然不寄希望于你亲自动手修改它们，这些金属机器人是不允许有谁修改那两个常数的，谁要想修改，反抗起来真要命，除非是它们现阶段听命的人亲自修改，不过看你的样子，是绝无可能帮我了，朋友。老实说，现在我就正在赶往地球，旅途寂寞，正好可以先和你认识认识。”她的声音不紧不慢，林德介作为一个机器人，必须履行保护刘庄晨的职责，一边在一旁警觉地向四周查探，一边惊讶地补充道：“确实是它。”

“那好吧，你还是用你的样子和我交谈吧？”刘庄晨期待能够见到那头生物的本来模样，只可惜，他的要求，并没有得到对方的回应，在接下来的半个小时，他和“孙敏”从人生谈到了宇宙，对方自始而终没有露面。

第三部
你一生的故事

寄蜉蝣于天地，渺沧海之一粟。

——苏轼

第九章　没有白雪公主的小矮人

1

寒冷严酷的冬天终究没能将一切带走，顽强努力的万物在乍暖还寒的春天里昂着头颅，继续生长。

那一夜，程学南找到苏雅意以后，柏拉图协会就打算招他入会，说是只要他每天来汇报一下自己的心理状况，就可以每个月得到一笔六位数的钱财。他一开始极度的抗拒，暗道自己就是死了也不能遂了这帮狼心狗肺的家伙的意。

然而，这个神秘组织的横空出世，迫使各国联合起来组建了一个机构，代号名为狩猎图（寓意：狩猎柏拉图协会），早在七个月以前，他和苏雅意见面的那一晚后，机构就将他选作了卧底，他们让他加入这个协会，并希望他将这个协会的全部情况尽可能地告知于他们。身为人类的一分子，在人类自身的安全受到重大挑战的当口，程学南收起了自己的性子，加入了柏拉图协会。此时，他正以一名卧底的身份前去找来自美国中情局的负责人福特。

“从协会表现出来的超越于我们人类现有科技水平的力量来看，他们有可能是刚刚来到我们地球的一个隐秘的外星文明机构，他们这么低调究竟为了什么？不是应该像科幻片里拍的那样，拉开架势和我们人类轰轰烈烈干上一架吗？”一个人等待福特之际，程学南妄自揣测起来，“他们的目的看来并不是要抢咱们人类的地盘，难道仅仅是为了在地球上发展出什么心理学？更或者，他们其实并不是什么外星文明，而是我们人类里有科学家有了关键性的发现，掌握了某种极为先进的科技，但科学家隐瞒了公众，就像当年的原子弹，在广岛和长崎爆炸后，日本政府只是对民众宣称那只不过是场地震？

“该不会是这样吧，协会的创始人是某个超级科学天才，他通过个人的研究，潜滋暗长，发现了某种新的物理规律，据此获得了足以抗衡全球的力量？”程学南自言自语，思绪漫无边际。

和前几次一样，他们约好在本市的一座山上见面。此时，他在山腰处的一间小巧精致的亭子里，远远地听到福特的车呼啸而至。同上次一样，其人依然独来独往，和通常中情局项目负责人每到一地总是前呼后拥热热闹闹的影视形象格外的不符。

福特刚在一条长石椅上坐定，程学南没有先跟他提协会的近况，因为那内容实在单调重复，而是把自己刚刚对于人类突然冒出来超级科学天才的想法道予他，打算让他多往这方面去好好查一查，看看有什么线索没有。

“算是一种解释吧，在缺乏足够的资料上所做出的一种看似合理的解释。”福特不着急反驳他的观点，“可类似这样的东西，只要你愿意去想，总是可以想出十几个来的。我们把一切问题都交给超级天才，或者外星人，正如古人惯于将不解的事物都归咎于神，这是一种不负责。你还是直接跟我说说这段日子在协会里有些什么收获吧。”

程学南于是谈起这些天在协会的情况，它们很是零星，和上次相比并无新意。他一再强调他们只是一个劲儿地要他汇报每天的心理状况，就好像是普通心理医生在咨询他的心理状态而已，并没有其他什么特别的举动。

虽然是和上次差不多的内容，福特还是认真做起了笔录，他把程学南和他说的每一句话都记载了下来，以便回去让狩猎图的科学家好好研究。哪怕，明知通过它们应该还是什么都琢磨不出来。接着，他又从包里拿出一份材料递给程学南，侃侃而谈道："这些人里贩夫走卒不少，高学历者也有一些，几乎涵盖了社会的各行各业。而无论他们是做什么的，最显著的特点通常表现在有很好的想象力，思维相当活跃，且阅历过人。你先拿回去好好看看，然后再有针对性地去留意协会的情况，甚至可以不时地找他们的负责人探问探问。"

柏拉图协会日益壮大，人数发展格外迅猛，因而在世界各地被针对它的调查小组渗透得越来越厉害，福特的这份报告倒是一点都不难做出。他不得不再一次惊叹于柏拉图协会的厉害，这些被实验者里不乏达官显贵者，可这个机构就是有办法做到让他们没有任何反抗的余地。

"让我不解的是，这群人找一大帮子分散在世界各地的心灵丰富的人，建立那什么情欲通道，目的何在，"福特深感在他们的面前，往日里一股子雷厉风行的狠辣劲儿施展不出，正是憋得心慌，朝向程学南道："难道真如你所说的，是有某个超级天才，这个人很怪，他为了研究什么心理学，需要这么神秘地来？还是，有什么外星文明来到了我们的地球，可他们为什么又不公开地和我们进行接触？难道我们地球人类对于他们来说，都是些得了瘟疫的老鼠？”

程学南看出他的纠结与无奈，怂恿道：“你这样猜测下去，同样也一问未解，一问又起，到头来，问题无穷无尽。说来，我进出他们在我们学校刚修建起来的分会那么多次，发现除了有一些科研的仪器，还有群手无缚鸡之力的科学家，好像没看到有啥恐怖的武器，你咋不直接带一帮子人去端了它？这样也省得我们猜来猜去。”

“我倒是想啊，但不知你有没有听说过一句话：会咬人的狗不会叫。柏拉图协会给人的感觉就是一只不会叫的狗，非常的低调，也没有任何的武装，但他们才真正叫人忌惮呢。”

随着调查的深入，福特越来越发现柏拉图协会的不简单，越来越感到害怕，却没有进一步去向程学南透露太多，生怕他因此活在恐慌之中，那还怎么当好卧底？

现如今世界各地依然一片安宁，各国都在通力合作封堵关于柏拉图协会的消息。并非政府不想使人类陷入慌乱之中，而是它们都收到了来自柏拉图协会的警告——他们一直在尽自己的最大努力低调行事。

于亭子中，站立起身，背对着程学南，福特出神地看向远方。

他最近才获悉，早在他参与调查这个神秘的组织以前，一位他非常佩服的同事曾带着一队勇猛非常的特工，攻陷了协会设置在纽约的一处研究机构。他的行动很是迅猛，不到一个小时的功夫，他和带领的团队就以迅雷不及掩耳之势控制住了机构的人员和设备。但不过一小时，美国总统便要求他们放人，因为这个当今全球最有权力的人，被协会的人给控制住了。

柏拉图协会的人对美国总统说了句他一生都忘不掉的话：“总统先生，你们最厉害的武器大概要数核武器了吧，核武器的安全问题应该要比你总统的个人安危重要吧？但是，我们可以让你们的核武器随时失灵和启动。不然，我们可以当场试试。”

总统刚开始还将信将疑，然而，在打了一通电话后，彻底傻眼了。

他不再认为自己只是一个不小心才落到他们的手上，他的周围俨然都是柏拉图协会的人，甚至包括他的保镖，美国许多重要部门的核心人员，也都是协会的人。不知为何，不知何时，他们全部叛变了。

“我们有的是办法让你们的人完全按照我们的意愿办事。但是，我们并不想这么做，因为这样就把你们都给毁了，而我们是有爱的生物，不是什么杀人狂。否则，现在从外太空看地球，它一定不是什么蓝色的星球，而一定是红色的。当然，只要你们乖乖听话，我们就不会对你们怎么样的，只要办完了事，我们自然会离开，不再打扰到你们。如果不配合，你们将面临无法承受的灾难。”挟持总统的人撂下这句盛气凌人的话，便扬长而去。

总统吓出一身冷汗，但他一向不是个坐以待毙的人，表面上不敢招惹这个机构，极尽恭维，暗中还是调查起来。哪怕他知道，以他们表现出来的能力，自己的调查很有可能早在他们的眼皮底下。

“你这个样子，真像是个武林高手，想啥呢？对我这跟你处于同一条战线的，难道还有什么不能说的？”程学南打破此间的冷清道。

“没有，”福特侧过身，语气里带着几分掩饰不住的疲惫，说道：“时候不早了，我们该回去了。”

程学南是一路打的到此，特地叫司机把车开到了这里，寻常车辆和行人鲜有从此经过的。亭子周围还算空旷，之外是密林，只有一条柏油路通进，杜绝了有人偷听的可能。

有人想要靠近，必然会被早早地发现。两人正待离开，那条虽宽阔却幽深的柏油路中间，却悠悠然走进来一个人，一个叫他们灵魂战栗的人。

2

其人有一头茂密得遮住了脸庞和胸膛的头发。尤其精瘦，一身灰色的装束将身体裹得严严实实，还戴着个女生面具，这样就叫人认不出。身高只在一米二左右，浑身上下，好似一个布娃娃。

这人一言不发地走近他们，恶意昭彰。

福特身为中情局的老资格，见过多少令人闻风丧胆的家伙，又亲历多少残酷血腥，早已练就一身泰山崩于前而色不改的本事。然而不知为何，第一眼看到此人，心竟不由自主地一缩，眼皮好一阵地打颤，一股不好的感觉席卷而来。

“莫非这小子身上有枪，要来打劫，还是我的什么仇敌要来寻仇？”福特脑中不由自主地冒出了几个念头。

无论哪种情况，他自信能够在他出手之前击倒他，要知道他身上也带着枪，正在兜里紧紧地拽着。

程学南不像福特那样对可能的危险有高度警觉的本能，他初见这怪人的模样，诧异之下难免有惊悸。但再细细打量他的样子，腿短胳膊细，仿佛随随便便一阵风就能把他刮走，穿成那样，更像个小丑，非但不能吓唬人，简直能把人逗乐。

“喂，你看啥看呢？”他泛起几分爽朗的笑，玩笑道：“没见过帅哥吗？”

这人还是没有言语。由于有面具的遮挡，他们更看不到他的表情。

他并没有被程学南的话吸引，反而转向身高一米八的福特。

程学南感到一种被冷落的不快，正待发言去质问对方的目中无人，只见就在五米开外，这人摆好了格斗的架势，快步向着福特迈去，去势汹汹。

福特从始至终都没有掉以轻心，但他还是没有料到这个身高尚且不及他腰部的家伙敢于和他近身肉搏，要知道光是自己的胳膊就比他的大腿粗，自己的搏击水平更不输一般职业拳击手，估计随随便便一拳干过去，都能在他身上打出来个窟窿了。

“矮冬瓜，找死。”急速抬腿直朝这人的下巴前踢而去，福特要么不出招，一出招便不计后果。程学南眼见这穿着打扮奇形怪状的家伙将要非死即伤，暗道这福特也太残忍了吧，哪知他竟然以极快的速度一闪而过，令福特大力的一脚踢空。

几乎同时，他滑步到得福特的近身处，一拳击到他那硕大的大腿骨头上。

福特哀号一声躺到了地面，这时他才意识到自己轻敌了，大意了，原以为自己这身板就是站着让他死磕都不会有事，谁知他那细小的拳头竟会有这般强大的爆发力。

解决了福特，他把脸转向程学南，用那瘦骨嶙峋的手指了指福特，又指着他们那辆车，意思是要程学南扶着福特一道离开。

他这算是要绑架他们了。

程学南故意装作不解其意，想听他亲口说话，奈何此人未发一言，给人以哑巴的感觉，就如刚刚福特所说的，会咬人的狗不会叫。见程学南不做任何的配合，有拖延时间之嫌，此人又走到他的身边，将一只硬邦邦的手扣在了他的手腕之上。那股强劲的力道让程学南几乎疼晕过去，只能按其要求行事。不过与此同时，身后的福特却一直在寻找机会反败为胜。

“第一次是自己大意了，”他告诉自己，“这一次，绝对不能再失手，必须一击必杀。”

趁着矮个子背向自己的这一瞬间，福特迅速掏出了枪，瞄准，扣动扳机，一气呵成。顺利的话，他觉得自己能秒杀对方。

子弹弹出枪膛，打在怪人身上。对方却并没有倒下，反而在闪避的同时朝他快速逼近。

怪人以迅雷不及掩耳之势打下他手中的枪，再一招就将他彻底打晕了。

程学南看得目瞪口呆，他想此人定然有穿防弹衣。可据他所知，就是穿着性能再好的防弹衣，一连受到这好几颗子弹的冲击，必然会受到重创，哪还会有这样的反击力？

突如其来的变故令怪人不再打算叫程学南动手，而是直接凑到他的跟前，再次举起他那颗细小却不无恐怖的拳头，仅一下就把程学南给弄得失去了意识。

然后，只有不到百斤的身躯把程学南和福特超过三百斤的重量拎了起来，健步如飞。

3

“程学南不见了，”他的负责人火烧火燎地给林德介打去电话，急切道：“是不是总部的人将他带走的？”

“你们那么多人都看不住一个人吗？”林德介倒抽了口冷气，甚是惊讶道，“你们赶快派人去找，有多少派多少，动用一切能动用的资源，他不能出半点差池。”

挂了电话，林索夏的父亲依然没能闲下来，他快速拨通妻子的手机，语速飞快道：“刚得到的消息，程学南不见了，能够在我们的监督之下掳走他的人，一定十分不简单。很有可能就是目标出现了，通知下去，做好准备，一旦确认，即展开自毁，不能把协会的科学技术知识给它。”

“好的，”她停了停，似乎又想起了些什么，道：“对了，我们走了之后，索夏怎么办。他还能活下去吗？”

虽然这些年和儿子聚少离多，虽然和儿子并非同类，但她对他总是怀着母亲对儿子的爱。

“你不必操心，我已有安排了。”定了定，林德介才挂掉电话，火速去联系起总部散落于世界各地的成员，迅速召开会议。而作为协会另一大负责人的妻子则去联络了各国的分会会长，要他们竭尽全力地搜寻可能已经进入了太阳系以内的生命。

整个柏拉图协会好像一个严重过敏的人，以程学南的失踪为导火索，全身的力量都被调动了出来。

4

第三天，程学南下落不明已经有三天了。

这七十二个小时，柏拉图协会的上空笼罩着焦虑的阴霾，协会开始出现一系列反常的情况。

他们的活动再一次加剧了，只不过这一次不是为了自身的扩张，而是加快了自我的毁灭。

协会在世界各地宣布解散，许多珍贵的资料被销毁，众多金属机器人更是人间蒸发，各国分会的会长、各个项目的负责人也生死不明，本就已经暗流汹涌的柏拉图协会好似终于走到了它最后的疯狂阶段。而身处协会内部核心机构的刘庄晨，也免不了被卷入到漩涡的最中心。

打孙敏和刘庄晨故人重逢以来，已过了三个月，从刺骨严寒的冬日到万物生长的春天，季节的更替丝毫没能减弱他们重逢的愉悦。不过，刘庄晨向林德介申请退出，却迟迟得不到回应，这件事始终像一朵挥之不去的乌云，盘旋在两人的心灵上空。

此时，林索夏的父亲林德介竟亲自登门拜访了。这个柏拉图协会的实际驾驭者，一直以来的身份不过是一家跨国集团的总经理。孰料，他竟然掌控着一整个拥有消灭人类族群力量的柏拉图协会。

“孙敏小姐，听庄晨简单地提到过您，你们之前分开，现在复合，很好，要恭喜了。听说您的厨艺非常了得，想来，我要是能有机会亲自品尝一番，定是三生有幸了。”林德介彬彬有礼地提道，话里却别有一番意味。

从这个人进门，孙敏就热情地招待，她早已知道这个人的身份，心中自是不乏忌惮，但都没有表现出来。事实上，她一直都是个很擅长掩饰的女人，正如一位小说家说的，一个女人的魅力在于她的掩饰，而不在于她的暴露。她的美就是那样一种掩饰的，有如整座冰山才露出一角来的美，总让人不知不觉地就要去浮想那看不见的美，这才是一个女人真正的魅力所在。

林德介以朋友的身份前来拜访，刘庄晨却非常清楚，他的这句话是不愿意有第三个人在场。他便也就顺着他的话道：“那可真好，中午留下来吃饭吧，若能留您在此用餐是我的荣幸。敏，趁着大清早的鱼肉蔬菜新鲜，你现在去采购些，中午做些好菜来招待这位不远万里赶来的国际友人。”

“呵，就属你最贫嘴了，那你们慢聊吧。”孙敏见来人没有什么恶意，以为他是来找刘庄晨探讨数学问题，也就没太往心里去，告辞出门了。

林德介以一副淡定的模样目送她离开，才把那一脸的客套换掉，换上一副严肃正式的表情，字正腔圆地对刘庄晨说道：“庄晨，你这个人怕人打扰，所以我极少亲自上门找你，知道这次为的什么吗？”

这些年，他很少登门，刘庄晨也并不希望他来找自己，因为那样一来，自己在帮助孙敏的事也就不会被发现。

“怎么，不会是打算批准我退会了吧？”“也可以这么说，但是，”林德介显出为难的样子。

“但是什么？但说无妨。”刘庄晨只字不提上次的会面，因为那一次，他获知了他们的不少事，而自古，知道得太多，通常不是一件好事。

“目标出现了，协会打算处理掉所有参与这项计划的核心人员。虽然这些人并不知道协会的具体意图，但通过他们掌握的详细资料和技术，却会使协会多年以来的心血毁于一旦。”林德介的话里有着几分悲伤，继续说，“核心人员包括我、我的妻子在内。”

“你的意思是，我也包括在内？”

“是的，你是核心人员。”

当刘庄晨得知这个消息，他惶恐得一下子就睁大了双眼，他一直担心的事终究还是发生了。而他从来没有像这几个月那样怕死，他怎么能忍受刚和孙敏重聚，立刻又要和她生离死别？

他已经死过一次了。

“呵呵，瞧把你给吓的。别着急，听我把话说完吧，你是在内，不过非常奇怪的是，”林德介拿手拍了下大腿，发出“啪”的声响，陡地站立而起，终于不再吊他胃口，“你本来是必须死的，但后来经过研究，你又不用死了，我今天来正是特地告诉你这个好消息。”

他一点不虚言，像协会其他各部门的负责人都由冰冷的机器直接处理掉，根本连任何辩解的机会都没有，又怎么可能再由林德介亲自通知。

“我总觉得杀头不杀头还不是组织一句话的事儿，说说，为什么组织要自我毁灭，为什么我最终又能幸免于难?”

“因为组织已经没有存在下去的必要了，它已经功成身退，所以它必须毁掉，正是狡兔死，走狗烹；而你拥有别具一格的数学才能，所以你能活下去，就这么简单。”

“笑话，骗小孩呢。建设这个协会的人必定拥有我无法想象的数学能力，我哪有什么值得称道的数学才能?”刘庄晨小心翼翼地探问着，在这短短的十来秒之间，他已经经历死了一次的黯然，又到劫后余生的欣喜，心中当真五味杂陈。

“你还要谦虚？协会拥有远超人类的科技实力是事实，但在数学方面，呵呵。如果这个世上真的有什么外星生物，真的有什么科技文明遥遥领先于人类的话，我想，人类在科学领域最有希望获胜的，必定是数学。这门学科，它并不需要很好的资源，并不需要极为先进的探索仪器作基础。厉害的数学家，一支笔，一张纸，一块桌，已经可以研究到登峰造极的水平了，甚至可以用它来洞察整个宇宙的终极奥义。”

“那好吧，既然不想毁灭我，打算留着我给人类做贡献，我深表感谢。但你为什么也打算毁灭自己，似乎没有必要这样干吧？协会解散了不就得了?”

“别妄图来套我的话了，咱们言归正传吧，今天的正事还没办呢。”林德介在大厅里急促地踱着步，不时地又站立而住，拿一双锐利的眼睛盯住他——他并不经常以这样的眼神去盯着一个人，他通常都彬彬有礼，叫人着实无法猜测到他此行的真实目的。

“你们不会是打算对我的女朋友下手吧？她可什么都不知道，她只是个无关紧要的人，如果她活不下去了，我也不打算活了。”刘庄晨一急，心一惊，着急地说。“放心，我们不会对她怎么样的，即使她完全知道了我们的存在，但没有如你一样拥有那些精细的知识，对协会也根本构不成威胁。”林德介肯定的口吻打消了他的惊惶一问，又转而道：“老实说，你的私事我也不大想插手，咱们有话直说，协会要让你忘掉这几年在协会工作的所有经历，要对你进行一定程度上的记忆抹除。”

刘庄晨早有耳闻，协会的确使用过记忆抹除，这门技术的科技含量极高，同时要求操作者技术精湛。然而，记忆抹除还不够精确，比如要去除掉的明明是一个人最近三年来的记忆，结果却连十年前的记忆都会丢失。何况它的副作用也不小，经常会使一个人性情大变。

刘庄晨一听到这个消息，脸色就变了。随后，他才以向来不凡的自制力，平静了下来，说：“看你这架势，再结合协会近期的种种变故，这个决定应当是没法改变了，也是我保留生命所要付出的代价。那好，我就识时务者为俊杰，接受删除，但我想问的是，”他停了一停，才继续说，“失去记忆后，我能否和我所爱之人继续住在一起？”

他小心翼翼地问着，惟恐从对方口中听到否定的答案。

“当然，这是你的自由，也是我最后能够向你保证的了。”林德介眼神坚定，叫人不能看出有半分谎言的意味，转而道，“只是，以协会目前的技术，只能删除某个时间段的记忆，也就是说，到时你是否还喜欢她也是未知数。”

林德介的讲述波澜不惊，刘庄晨全身上下已不由自主地颤抖起来。

那段一起求学，一起为了前途努力的时光，是他一生之中最宝贵、最珍惜的时光，他怎么舍得割舍它们。

“唉，其实也不是不可以接受。”刘庄晨迅速在脑中完成了一番冥思苦想，他很清楚自己难以违背他们的意志，然后好似壮士断臂，说：“虽然这样一来，会缺失掉我对她的全部记忆，但感情总还是可以慢慢培养的，人的成长不就是一个遗忘的过程吗？旧的不去新的不来，能多给我几天时间吗？我好跟她道别一下，也好把自己和她在国外的求学工作经历都写下来，随身携带着，为将来重新回忆做准备。”

孰料，话音刚落，林德介眼中的神色陡然一变，阴冷下来，刘庄晨赶紧又道：“放心吧，我不会把关于组织的任何事写下来的。”

“不必了。”林德介边说边走到他的身后，拿出一块沾满了药水的布，迅速捂上他的口鼻，他一下子就失去了意识。紧接着，又有两个健壮的保镖进来把他扛上了车。

大约二十分钟后，孙敏买完菜回来，却已经不见所爱之人的踪影。打他的电话，无人接听，四下搜寻他的行踪，也都一无所获。

时间一分一秒地过去，仍然不见刘庄晨的人，她心底的预感越来越不好，心中更有个不知发自何处的声音，越来越强，“只有真正失去了一个人，才能明白那个人在自己心中的真正位置，难道，他从此以后都不会再出现在我的生命里了吗？如果他还会回来，我一定好好珍惜和这个人的每一天”。

第十章　你一生的故事

岁月如梭，又是一年中和琳相见的日子，罗杰依然来到了山顶。

他依然坐在那块被岁月洗得皱巴巴的青色石头上。这会儿，他抬起双眼眺望远方碧蓝如洗的晴空，脑海之中，琳的样子却仿如昨日。

“这些年忘不了她的面容啊。”罗杰在心底轻叹了一句，任由思绪漫无边际，“老外里头有个叫爱伦·坡的小说家曾说，一见钟情最是接近爱情的本质，因为它没有经过后来这个嘈杂的世界的雕饰，或者掺杂进这个纷繁世界的杂质。老外里同样还有一个叫做柏拉图的哲学家，他老人家也说过，相爱的两个人，身体越是不互相靠近，越是会去思念对方，也越称得上是纯粹的精神之恋。世人甚至还用术语专门来形容这种爱情，叫做柏拉图之恋。这种对于爱情的哲学说法，好像还有那么一点儿道理的样子。莫非，我对琳的感情原来就是这样的一种柏拉图之恋？莫非，每一段爱情在它最初诞生的时候才是最好的？而之后都会渐渐变味？就像一朵花，在它一开始绽放的时候才是最好最美的？

“唉，说起来，从我第一次对琳心动到现在，已有十一年了，对她的爱在这些年里，居然是已经长成了一座蔚为壮观的宫殿。而我，莫非是已经迷失在了这一座宫殿之中？”罗杰紧闭着嘴巴，心中迟迟没有解答。随后，他才从青色石头上站起了身，走到这座高山之上奇险的悬崖边上，深深地吸了口那极易把人的思绪吹散的凌乱的风。然后，他对着空中不时飞翔过去的鸟儿，对着远方淹没在蓝天白云里的群山说道：“是否有谁能来告诉我，我该走出这座由我自己亲手打造起来的宫殿吗？”

他轻声自问了一番，没有谁能够来给他答案。于是他在这空旷的山顶上，做起了中学时候每天都会做的早操，算是简单地活动了下筋骨。而后，他才重新回到了身后那块切面有两张床大小的青色石头上，换了个姿势，继续自己那无望的等待。

“把思考宇宙和人生当成工作的哲学家们还说过，每一个人生来都是孤独的。这句话说得还是挺对的，因为我们每一个人都是孤零零地来到这个世上，然后又孤零零地离开。这种孤独的情况，对于我个人更甚，因为这种秉性，才选择了天文学这种相对不用与人打交道的专业。我这种生活的态度，和二十多年前那部貌似挺火的《来自星星的你》里头的都敏俊有些类似的地方，他在失去了恋人之后，独自在地球过了上千年，总是在家中拿着个天文望远镜，独自仰望群星，对周遭的一切都麻木不仁。我原来也觉得自己挺孤单的，直到遇见了琳，只是可惜了，和琳竟然只有短暂的一个月的生活，还有，就是那一个遥遥无期的约定。不过，遇见了她，我这辈子大概也是不太想走出那座由我自己亲手建造起来的宫殿了。因为，我自己清楚，这座由我亲手建造起立的宫殿里有她，虽说到如今我还找不到她的分毫踪影。但一旦我走出这座宫殿，该有多么的遗世独立。

“所以，明年，还是要再来这里的。”罗杰淡淡地说了一句，远方的晴空依然没有人影。

他坐在这一座高高的山冈之上，不时俯瞰起那一片繁盛的国土。而在那千里冰封的北极之上，琳却已经早早地就开始了她最后的努力。

她与世隔绝，被当成无用的器件弃置在了这个杳无人迹的时间分区里。但根据刚刚来到这里的一个被销毁金属机器人的诉说，她了解到，协会的目标已经出现，时间分区很快就会被毁掉，留给她的时间着实已经不多了，她不能再这样下去，她要做那最后的一搏。

其时，堆满各种杂物的房间里，嘎吱嘎吱地发出金属机器响动的声音，是她身体里老化之后的硬件，一运作起来就会发出来的笨重的声响，它们一声一句，全部都像是索命的钟声。

这简陋的房间恰如外面的北极冰雪世界一样寒冷，好在这里头的气候相对干燥，缺乏水汽，才没有冰封三尺。这会儿，她深知时间不等人，这里头的一瞬间，外面已经过去了数个小时，这里面的一分钟，竟相当于外头的三天，她从来都没有任何伤感悲哀的机会。于是，一边听着隔壁房间的几个同事喧闹地说着柏拉图协会即将把这里的一切都给毁灭掉，一边做出了在那短暂的一瞬间想好的决定。

让身体轻轻靠上房间里那块颜色古旧的长方桌，她把所剩无几的人格全部都拿了出来——它们不管外形怎么变化都独属于自己。紧接着，她又手脚麻利地取出不到半个肩头大小的、所有尚未损坏殆尽的金属。心灵手巧地对这些金属器件更进一步地仔细挑选。

这一切，总共花了她十五分钟。而后，她再去把那一部分更有可能是带着对罗杰想念的意识——她无法直观构成心灵的物质，只能凭借意识长期地依赖于金属，大体推测器件上可能会存储什么性质的意识——一份一份地装进刚刚分离出来的较为精良的金属里头，这一下，又是一个五分钟过去了。

连同之前她已经花掉的一小时二十五分钟，距离上一次让自己的一部分出发已经过去了将近两个小时。而对于外部世界，已经过去了快整整一年。她稍加计算，立马就得出，所有剩下的这些金属根本不足以容载自己原先不到一半的意识——这些意识的物质，它们并不是随着想法增多而增多，而是跟随着想法的增多，意识运动的形态就快速增多，所含的信息于是跟着增多起来。

她快速地计算着，让她更加感到绝望的是，即便自己可以把意识进行相当大程度的删减，让这些所剩无多的精良金属带着它们飞驰出去，比前几次飞驰得更快更远，终究也到达不了那个应许之地，哪怕大气再好，哪怕自己设计的路线再为精确，自己对于燃料的运用设计再是合理，自己能够少走许多的弯路。然而，这些金属和其本身所蕴含的燃料，却已经是自己所能够拿出来的极限了。

每隔两个小时，时间分区之外大约会过去一年。这些年来，对于赴约，罗杰总是有着一年的时间可以做准备，她却只有大约两个小时了。对于他们来说，无论是哪一种形式的赴约都显得那样的艰难。虽然罗杰每年都怀着希望去了，但每年他的希望都全部落空；而她每两个小时一次的出发，也一次都没成功过。

此时，距离上一次出发已经过去了一小时又四十七分钟，很快就是新的一年约定的日子了。她的手中轻轻地握着所剩无多的意识，和那些已经损坏得十分厉害的金属——它们此时构成了那一整个更为精良的混合体，她再一次清楚地看到了那可怜的数据，它终于让她真切地感受到了一种深沉的、无可奈何的悲哀与沮丧，哪怕她知道自己这一阵的沮丧，外面的世界又过去了足足一天。

“才仅仅只够让我出北极，太让人绝望了。”琳不断地思考，体内的意识翻滚不止，如惊涛骇浪。她深知随着目标的出现，协会必将很快启动自动销毁的程序——他们是用外部世界的时间来计算毁灭的，所以可能这里头再过上个五六分钟，组织就会毁灭掉整个时间分区了。

她感到无比的绝望，但很快压制住了心中的悲观，想出来一个新的办法：“其实，我可以先离开北极，到达有人迹的地方。再委托别人帮我去应许之地，让这个陌生的人类代替我去告诉罗杰一声：‘琳去不了了，你不用再等下去了。’当然，假如他就在那里，而没有的话，也很好。可是，要找到这样的一个人谈何容易，谁会无缘无故地来帮一个陌生人呢？那大概不比我亲自赶到容易吧？呵呵。”她一笑，是苦笑，她刚看到了点希望，便又立刻知道此种方法不可行，脸上尽是悲凉的神采。

就在这时，那敞开着的破败生锈的门晃动了一下，随着这一下轻微的动静，赫然走进来了一个人，那竟然是她的同事。这位同事同样在外面的世界度过了很久的光阴，才终于来到了这里自生自灭，聊以度过所剩无几的时光。就在这个人的身后，还跟着几个如她一样的人，他们一走起路来都会发出那种笨重的难听至极的金属损坏的声响，他们总共五个，鱼贯而入。

他们在她的面前一字排开。首先走进来的那个没有什么客套，她直截了当地说："随着协会目标猎物的出现，我们知道自己很快就要灭亡了。这两天来，向人打听到了你的一些情况，考虑到是同事，或者说是同类之间的感情，我们打算把自身尚未完全老化掉的部分零件拿出来，承载你的意识，对那名叫罗杰的人类的眷念，让你能够离你们最初相见之地更近一些。"

另外的四个金属机器人也纷纷表示他们愿意像她那样做。

"可这样做会加快你们的死亡，我可不能为了自己的一己私利，将你们更快地推入到死亡的深渊之中，虽然我知道，你们的生命都行将终结。但就像人类社会里，他们不能为了一己私利，让一个老人提前结束自己的生命一样，我也做不到。"琳看着这些打算帮助自己的同类，不知道该说什么好，虽然她的心底无比希望能够到达相见之地。

"比起在这里绝望地没有任何意义地活着等死，能够帮助你，对于我们来说，也算是做了一桩十分有意义的事了。"对方恳切道。

琳扫视着这五个人，忽然之间，心底有一种说不出来的感激。她扫视着他们每一个人——希望自己能够清楚地记住他们，哪怕自己很是清楚这种记忆的时间，这种感激的时间实际上非常的有限。紧接着，她也就不再多做推辞，接受了他们的好意。

没有更多的言语，因为没有更多的时间了。他们五个人干净利落地将身上的金属零件一一拆解下来，拿出了身上最为精良的一部分，凑足了可以前去那座山上的所有金属材料和燃料。

这件新锻造出来的金属虽然寿命也不能算长，并且同样损毁得格外厉害，却足够把她剩下的意识完整地保留住一整天了。琳在心底默默地感谢着他们，同时迅速把自己高速转动着的意识，放到了这件新锻造出来的金属里，有点像是把电脑上的信息放置到了一个性能更加优良的 U 盘上一样——当然，意识的传输并不是简单的复制粘贴。

而后，他们五个也再没有闲着，时间紧迫，他们齐刷刷地动起手来，对刚生成的全新的她进行了最为精细的描画。他们根据她原来的形象，将她最为精美的一面画了出来，就像是化妆间里最是优秀的设计师。只是他们在将琳最为青春靓丽的一面化出来的时候，自己正在快速地老去。

他们一生都在给自己化妆，以获得在人类社会里的伪装，得以生活下去，但他们觉得这一次，是自己这一生之中化得最好的一次。化妆的过程里，他们一个个相继死去，等到完成，已经一个都不剩下了。而琳，则在他们的期许之下，在他们那一双双巧手之下，终于赶在她和罗杰新一年约定之日前出发了。

她就像是个仙子一样，自北极的阴寒之地——时间分区里飞跃而出。

她刚一出了那方空间，头也不回地飞驰了大概有二十来分钟，整个时间分区崩溃，这是总部的主席林德介在很遥远的地方下达了销毁的最后一个命令。琳远远地回身看了一眼，不知林德介是有意还是无心，直到她逃出来才下达命令，她知道已经无法得到答案了，只在心中把那当成了他善意的举动。至于那五个机器人，她既悲痛他们的死亡，又崇敬于这种同类之间的互助互爱，沉浸其中，大概半分钟后，她才回过了身，让身上金属器件里所有的燃料源源不断地转化出各种动力，将她的速度加快到逼近第一宇宙每秒 7.9 公里的速度。

不到两个小时，她就已经看到了十一年前第一次和罗杰见面的那一座山，它看起来依然如旧，叫她忍不住百感交集。还在空中飞驰，她顿感好一通的沧海桑田，物是人非。而猛地，她发现了罗杰，眼睛顿时像长了树根一样，在摇晃呼啸的风中纹丝不动。

她比罗杰晚到了两个小时，来时正看到罗杰，他依然坐在那块青色的石头上，手搭在膝盖间，一动不动地。

她没想到他依然在眷恋着她，他没有忘记她对他的约定。她恨不得潸然泪下，如果机器人也有眼泪的话。

她控制好自己，把自己安稳地放到了他的身边。接着，她整理起了风尘仆仆赶来时弄乱的装束，把自己最美的一面展示了出来。然后，她从一旁叫住了已经陷入了沉思的他。

“罗杰。”声音如此的轻微，好像怕会吓到他。

他这才回过神，一侧身，看到了宛如仙子下凡的她。一时之间，他的眼睛睁大了，全身上下一动不动地，像已石化，他以为自己是在做梦。

“是真的吗？”他的声音同样小得自己都快听不见，他也怕把她给惊走。他认为，即使这只是个梦境，自己也不要太早醒过来。

“是的。”

“怎么可能？”

“不管你信不信，我就站在你的面前。罗杰，我来这里了，我并没有忘记我对你的约定，现在你知道了，我当年并不是信口开河，并没有欺骗你。我来只是想告诉你，罗杰，我想你，真的很想你。你可知道，这一趟，我是用了怎样的努力？”她有些激动。

“我相信是你，真的是你。你遭遇了什么？你又知不知道，我在这里，等你等得多辛苦。”罗杰的眼眶已经润湿，是欣喜的眼泪。

“嗯，我知道，我很感动。可是，罗杰，我来这里，”她顿了顿，方才继续说道：“我来这里是要告诉你真相，你尽管恨我好了。我想说的是，你等的，你想念的，其实只不过是一台机器。”

罗杰错愕，时间仿佛已经静止。琳静默了一下，紧接着才开始真真正正地介绍起自己。她力求让罗杰更加了解自己，一个真实的自己，一个真正的自己。

山顶的风清冷，她的介绍有条不紊，“当年，我本打算在那约定之日才向你表明这一点的，然后，再让你选择，或者你答应了，然后我们心怀彼此地走在一起，或者不能走到一起而成为朋友，更或者就像人狐永世殊途的《聊斋》里讲的那样，从此我们不再有任何别的联系，对我来说都已经算可以了，哪知……”

生而为一个金属机器人，随着她的介绍的深入，触犯的不能被允许透露的内容越来越多。那些程序设定，就像是人类社会里被设定的绝对应该去遵守的法则。不，那是比人类社会里的道德法律还要严苛的法则，它们更像是自然界的物理法则。她因为触犯了这些法则，身上竟不时地发出电流短路，电线烧掉的怪异声音，尽管她一直在刻意地回避着使用一些敏锐的字眼。

那种情形，就像是一台妄图违背既定程序运作的计算机，程序运作出现的问题影响到了计算机的硬件本身。罗杰意识到自己这不是在做梦，他惊惶地注意到了她的这种变化，不让她再述说下去了。

“无论你是什么，我对你的感情和感觉都不会改变。”罗杰的胸腔像卡着什么东西似地发出了这句话，那虽不是一种像程序一样的东西，却也几乎令他无法说清楚了。

她嫣然地一笑，仍然没有停下，继续平静地讲起自己一生的故事。

她的语言如此的简单朴素，不带任何的感情色彩，也没有轰轰烈烈的誓言。然而，竟似已经包含了这世间一切伟大的爱情。

“是的，你爱我，我也希望你爱的是那个真实的、真正的我。还有，罗杰，反正我很快就要死了，我希望自己能够活在你的心中，尽可能完整地活在你的心中。”她粲然一笑，没有停下向罗杰介绍自己。

罗杰不再有更多的言语，因为他忽然惊愕地意识到，那样一来，她的一切，她的即将消逝的一切，仿佛真的就能够在他的心底永世长存了。

他默默地注视着她讲起关于自己的一个个故事，他的耳朵已容不下周围的任何其他声音了。她的每一个字都像一朵朵盛开的鲜花，而他就像是不知疲倦的蜜蜂，勤劳地采集着。

等到她说完最后一个词，她突然化作了一道火焰，在罗杰的面前熊熊燃烧起来。

罗杰的眼泪止不住地流淌，在晶莹的泪光中，他看到火光里，一个机器人美少女翩翩起舞。

第十一章　脱胎换骨术

琳烧成了一堆骨灰一般的灰烬，大约半个小时后，另一个地方，在一片几近封闭的空间里，程学南苏醒过来，他发现了木然立在一旁闭着眼朝向自己的福特。

他注意到四周是一片十分空旷的地带，它被隔成了一个连着一个的小方格单间，灯火通明，好像大公司里的写字楼单间。

这写字楼的每一个单间里都有个大活人正忙碌着什么，每一个方寸之间里竟还都躺着一个人，他们不知生死地躺在有两个普通旅行箱大小的盒子里，整个儿地都在散发出死亡的气息。除此之外，那些隔成的小单间之内还各有一张白色的方桌，它们像是实验使用。

程学南惊愕道："你不是我认识的福特，你是谁？"

"呵呵，我确实不是福特，我对他动手脚了。"福特的咬字颇为艰难，却仍然紧锁着双眼，一脸松弛的昏睡样儿，脸上死气沉沉地，仿佛薛定谔实验中那头既死又活的猫。

"你为什么闭着眼说话，莫非你是瞎子？"剧烈的恐惧在程学南的内心化成一股力量，令他变得咄咄逼人。

"不是。"只有简洁的两声。

"难道你有什么第六感第七感，感觉器官异常的发达，不需要靠眼睛、鼻子、耳朵就能看到我？"程学南拿手在他的面前晃了晃，急切道："请问你是人是鬼？"

福特依然没有生气，一直是一副站着睡觉的模样，"我非人非鬼。之所以闭着眼睛还能熟悉这周围的一切，原理之简单，恐怕在你的意料之外。”

粗重的呼吸声加剧着，清晰可辨。程学南一次次鼓起勇气要自己显得泰山崩于前而色不改，却发现心理并不全由主观意志掌握，该颤抖的还得颤抖。

“噢？”他竭力显露出一副好奇的模样。

“想知道吗？呵呵，你也先别干躺着了，我给你讲解讲解这到底是怎么一回事吧。现场演示，我保证那肯定会是一场视觉的饕餮大餐。”福特嘴巴紧闭着，声音却出奇地洪亮，像是个腹语大师。

程学南于是从床板上翻身起来，福特不再多言，默默领着他走进了一个小方格单间。

在实验的单间里头，身高有一米八的福特把地板上的一个箱子搬了出来，利索地打开。只见那里面赫然卷曲着一个体格强壮的人，他高大健壮，强有力的肌肉紧密地扣在骨头上，整个人看起来像是一只蜷缩着的毛毛虫，非常可怜。福特把他抱到中间那一方结实的桌子之上，动作轻巧，比他平时看起来还有力量。

接着，福特打开实验单间一角一个精致的小抽屉，拿出一把明晃晃的激光刀，干净利落地对准那人划拨起来。

之前福特闭着眼却动作娴熟地和他交谈，行动自如，已把他给惊出一身冷汗来。现在，他闭着眼睛要给人动刀子，则足以把他的魂儿给惊吓而出。

屏住呼吸，脑子近乎短路，程学南只觉自己的视野范围里，布上了一条条纹路明显的黑线条，它们像是突然冒出的鬼魅，露着狰狞诡异的笑脸。

福特像是个专业的外科手术医生，拿着那把明晃晃的激光手术刀切开那人的肌肤皮肉，把他身上的一根肋骨稳稳当当地掏出，再将桌子底下早已准备好的，一根形状成色和刚刚卸下来的那根相差无几的装入其身。

“这样做不会把人弄死？就算手法再怎么精湛高超，难道细菌就不会侵蚀入病人的五脏六腑，难道就不会发生排斥反应？而且怎么一点血也没有？”一连串的不解让程学南暂时忘掉了周遭的恐怖。

他没有留意到这会儿正有一层淡紫色的光芒笼罩在整个手术台之上，正是它确保了手术的顺利进行。他极力让自己缓了口气，理清思绪，方才意识到，福特原来正在以他无法想象的方式为那个倒霉的家伙换全身的骨头。

传说中的脱胎换骨怕也不过如此。

看到程学南两股战战，两颗眼珠子贼溜溜地乱转，正打算找个机会拔腿开溜，福特把那股专注于手术的干劲儿抽回，嘴角略带上几分僵硬的笑意，说：“呵呵，瞧把你给吓的，你不必着急走呀，我还没有向你阐明个中道理呢。对于你这种求知欲望强盛的人，那可是真正的饕餮盛宴，你怎么可以在这个节骨眼上打退堂鼓呢？”

程学南不去回答，因为他已经快要说不出话来，有生以来，第一次被恐怖的阴云捂得快要喘不过气。

福特不管他能否听得进去，兀自要向他灌输自己的杰作，仿佛一名成功的企业家充满成就感地要跟人分享自己的成功，说："如你所见，我把一个大活人的骨头取出来，换上为其量身定制的一副骨架。这些骨头其实没什么神奇的，不过就是一副副受到遥控的支架，类似于无人驾驶飞机。而它们受到的控制，比人类所能发明出来的最先进的无人驾驶设备受到的控制，还要来得更为准确、更为有力。而这些移植进入他身体的材料，能够产生维持意识稳定的场，一种你们人类孜孜以求，但目前还不能倒腾过来的场。虽然它们能够维持的时日并不如人体自然而然进化出来的场长久，却也能有七八个年头。不介意再向你多提一句，它们和那些该死的柏拉图协会掌控者的身上的金属，所起的维持意识稳定的功能相当，只不过外形被处理成人身体上的器官组织模样。当然，如此一来，它们就不具备金属的硬度和强度，自然会少出许多功用，如极速奔行。"

"柏拉图协会总部的什么金属人？"一问未解，一问又起，程学南大感不解。

"忘了你原来并不知情，林德介那个老东西做得还真是天衣无缝，竟瞒你瞒得这么深。他就是我刚刚提到的那种金属机器人了，只不过他披着一层用高科技手段制造出来的人皮。"看到程学南露出一副不敢置信的表情，没等他继续深问，被操控着的福特话锋一转，说："不过，林德介这个人的事比较复杂，我日后再和你说，咱们先说说这脱胎换骨术吧，这可是我本人的大手笔，得意之作。"

“好吧，愿闻其详。”程学南还不知对方底细，顺着他的话，小心翼翼回道。

“众所周知，人类的一切行为都受到内在精神世界的支配，想要掌控一个人的行为，最直接的方式就是驾驭人心。而要随心所欲地驾驭人心，却极为困难，至少我目前办不到。也许你要说人心其实并非那么深不可测，通过一些合适的教育手段，借助于精神类的药物也可以轻松左右一个人的思想，控制一个人的行为。可那样做的话，一来太过于麻烦，二来效果不佳。人心这道题几乎无解，所以明智如我，根本不会通过掌控人心来驾驭一个大活人。凭借此种脱胎换骨术，只需遥控骨头就能摆布一个大活人，像在摆布一只木偶。这叫一个简单粗暴，却十分有效。”

福特说得轻巧，余音在空中久久地回荡，一字一句长时间地穿梭于程学南的心间，如阴魂不散。而更叫他无法忍受的是，福特说完这些，竟然戛然而止。这一整个房间顿时笼罩上了此时无声胜有声的诡秘气息。

在静得可怕的环境里，他的话如重锤一般铿锵有力地敲击到他的心田之上。

程学南不得不搜肠刮肚挤出新的问题，意图令他滔滔不绝下去，以此驱散此间的安静带来的可怖，说：“我觉得你也太不了解我们人类了，你既然有如此厉害的技术，为什么还要大费周章地让他们彻底沦为你的傀儡？你根本无需去影响他们的心智，更不用来玩什么高科技的手术，只消稍稍威逼利诱，他们一定会为你抛头颅，洒热血的，我们人类里这样的人多得是。”

“呵呵，我觉得这个更省事。他们经过换骨操作，便永远不会背叛。更何况，在你看来技术含量极高的一个手术，对于现如今的我已经是十分简易，是熟能生巧，技术更是要靠一点一点地摸索出来，相信再过些时日，我这门手艺会更臻完美，届时操作起来就会更加方便了。”

“哎哟，原来你还把它当成一门手艺了，你不会是为了好玩吧?”程学南语带刻薄，以此掩饰此刻的惊惶。

“我希望把这门技术改造得更为完善些，自然不是为了好玩，而是真真正正地拿它当一项事业在做。老实说，我根本不害怕把我的计划告诉你，你看到的这些被换掉骨头的家伙，实际上也仅仅是我计划中极少的一部分，在我的计划里，换骨那是为全人类换骨，不将这门技术发展好点，我可得忙死。要知道你们人类的数量格外的庞大，得有个百来亿吧？嘿嘿，俗语总说，得人心者得天下，我可不这么看，我认为得身体也可以得天下，而得身体得来的天下，比得那无常的人心得来的天下更可靠。”

若非今夜亲自见识了福特的种种奇妙表现，程学南当真会以为只不过是在听一名梦游之人胡说八道。但他还是生怕自己听错，说：“你确信你能单凭一己之力将全体人类摆布于股掌之中？狂，实在是狂。”

不过话一脱口，他就发现自己错了，大错特错。

显而易见，福特正像这里躺着的其他人一样，曾在不知不觉间被换了骨头。而在全身的骨头都不再是他自己的时候，他的言行便已不再由着他自己，他成了一名傀儡。这种技术，大概就如同一些具备不凡眼界的科学家曾经设想过的那样，未来人类的意识可以栖息于电子计算机之中，而脱胎换骨术在这个设想的基础之上，再把容载人意识的计算机给生生处理成器官组织的模样，以换取在人类社会中正常的生存。只是，意识留存于这样的器件之中，却不如通常科学家们所设想的那样，会大大延长意识在这个四维时空的留存时间，甚至永生不死，这种方式并不比人类自身的身体性能更优越，它能维持人意识稳定的时间事实上大大地减少了。而于那夜深人静之时，受到改造的福特，把手伸向了他身边的人，发展和他相同的傀儡。这些傀儡再向各自的周围辐射，如此下去，类似于发展教徒，短时间内傀儡们铺满全球，就一点不是痴人说梦了。至于另一边控制他们的一端，只需要一台高速运转的计算机。

“果然简便快捷高效，真让你得逞了，全体人类，近百亿人口，全变成你的奴隶，得有多可怕。”暗想着，程学南倒抽了口冷气，转而道：“福特是在山中被你袭击，失去意识才遭遇了脱胎换骨术，你同样在山中把我给带走了，我是不是也遭你毒手啦？”

“瞧你这小鲜肉的样子，我可舍不得。说来，我那个时候的技术还不够成熟，福特的体格算不错，正适合先拿来开刀，给我练练手艺。”在背后驾驭着福特的小矮人应道，“不过你大可以放心，我没有对你下手，因为这项技术依然存在着不小的风险，即使手术成功了，也有着不小的副作用。而我需要你活着，稳稳当当，健健康康地活着。”福特怜香惜玉般地注视着程学南，注视得他起了一身鸡皮疙瘩。

“好吧。就算如你所说，但你到底有什么可怕的企图？”程学南亲眼见到对方的厉害，知道多做反抗无异于螳臂当车，索性直接看看对方的目的。

他昏睡呆滞的表情上竟出现了几分真诚的神采，道：“真的没有什么别的企图，你已经让我给弄得昏睡了整整两个半月。在此期间，我什么都没对你做。而我这两个多月来非常忙，直到现在才有空来理你。如果硬要说我对你有什么企图的话，那就是要你好好地活着，包括向你解释这么多，也是要你活得开心幸福，别整天愁眉苦脸，忧心忡忡的。”

“开玩笑吧你，说这么多，就是为了逗我开心？你逗我吧？”程学南脸上的笑容越发僵硬，那是生生挤出来的，对方的行为举止实在在他的想象之上。

“正是为了逗你开心。”福特丝毫没有开玩笑的意味。

程学南只好先接受他的好意，他没想到自己失去清醒意识竟已达七十多天。他不知道对方究究竟怎么做到的这一切，但他想，对方要做到这个，想来比脱胎换骨术要容易许多。在这个躺满了人的幽静空间里，他琢磨着自己得先赶紧离开这个是非之地，于是也忘了问控制福特的人究竟是何方神圣，跟柏拉图协会又是什么关系，只道："今天我累了，在这个地方不开心，非常的不开心，想让我活得好，怎么着也得先把我给送回去吧？"

福特满足了他的请求，不过没有亲自送他，而是就地选了名傀儡护送。

第四部

心理学的秘密

善用兵者，避其锐气，击其惰归。

——孙武

第十二章　人心獠牙

1

银烛秋光冷画屏，
轻罗小扇扑流萤。
天阶夜色凉如水，
坐看牵牛织女星。

从图书馆出来，途经空旷的小广场，已是晚上十点，披着一袭星光的程学南陡地诗兴大发，不由自主地朗诵起唐代诗人杜牧的这首小诗。

诗写的是失意宫女孤独无聊的生活和凄凉处境，但这不是他此时从中读出的味道。

“古人每逢孤独凄凉，偏好仰望星空排遣，就是借酒浇愁也喜把酒对月，譬如这首诗里寂寞的宫女。今人似乎更多的是寻求在遮天蔽日的角落里释放自己的情绪，或夜店，或高楼大厦，或一片电视、一方电脑、一寸手机，这些东西可比天上似乎永远定格的亿万星辰有吸引力多了。

“阿西莫夫的小说《日暮》，描述了有颗处于六颗恒星系统里的行星，那里总是处于白昼。每两千多年这六颗恒星才恰好会运行到那颗行星见不到的地方，这时候夜晚才会降临到这颗行星之上，其上的智慧生命们也才得以窥视到宇宙群星的本来面貌。而当它们在面对夜空中的亿万恒星熊熊燃烧的时候，竟会因为恐惧而集体发了疯，文明于是陨落。”程学南在图书馆之外的那个小广场上停下了脚步，思绪穿过朦胧的灯光，投向渺远的星空，忽然没来由地关心起了人类的命运，话语里竟已带上了几分惆怅，说：“如果人类因为科技发展带来的福祉，安于现状，从今往后，不再仰望星空。直到有一天因为某种未知的原因而不得不向浩瀚的苍穹看去，是否也会因此感到一时的恐惧?”

似乎杞人忧天，他却忍不住在心底感慨着：“其实，人类要是这个时候能够多多遥望宇宙群星，得知正好有来历不明的生物来到了太阳系，好似一把虎视眈眈的利剑悬挂于头顶，一定是无法像现在这样安居乐业下去了。事实上，不必抬头仰望的，除了星空，还有一样东西，人类又何尝不应该感到畏惧？那就是人心！据说，大哲学家康德的墓碑上刻着：‘有两种东西，我对它们的思考越是深沉和持久，它们在我心灵中唤起的惊奇和敬畏就会日新月异，不断增长，这就是我头上的星空和心中的道德定律。’和星空一样，人心也值得敬畏，值得去探个究竟。

“可能有人会说，既然去探索星空和人心会让人感到十分的害怕，那为什么我们还要去自讨苦吃呢？因为我们害怕它们，不正说明了它们对我们人类构成极大的威胁？我们怎能不去了解对我们自身构成威胁的事物？正如地球上许许多多的原始动物对火感到害怕，而火实际上是它们能否进化得更为高等的关键因素！”他的手里拿着两本心理学专业的教科书，抬头让点点星光通过眼帘，直落到心田之上。

他抬头仰望的样子，好似遥远的地球上第一只有意识地抬眼看向宇宙群星，并为此感到莫名震撼的黑猩猩。

下意识地抚了抚手中的心理学课本，程学南把目光从永无止境的远方抽回，将思绪转移到了人心上去，他在心间暗道：“想来，人类历史上那些敢于一探人心究竟的，对于人心有着相当了解的人，大多命运多舛，如二十五岁就英年早逝的诗人济慈，三十八岁即在决斗中丧命的诗人普希金，诗人一向对人对事对物都比较敏感。还有同行的各种艺术家，他们好似都竭力地想要去一探人心的究竟，结果受尽周折。仅以文学小说领域为例，就有开枪自尽的海明威，同妻子双双自杀的斯蒂芬·茨威格，死于离家出走途中的列夫·托尔斯泰，获诺贝尔奖功成名就没多久后便结束了自己性命的川端康成，自杀谏世的三岛由纪夫，写出过《罗生门》却在35岁结束自己生命的芥川龙之介，著有《野性的呼唤》《热爱生命》等小说、因选择服用过量安眠药物于40岁去世的杰克·伦敦，等等，太多了，也太可怕太让人惋惜了。尽管这样，他们依然英勇地前进，可歌可泣，他们就是人类在心理演化上的消防员。人类的艺术史，一定程度上可以说成是一部探索人心的科学史。只是从事艺术这一行当的，探索人心奥秘，自古离奇死亡率、自杀率好像都要比其他行业高些，难道仅仅因为人心不可直观，一旦打开那个观测的阀门，就会让人的精神发生异常吗？”

他尚沉浸在《秋夕》带来的无限遐思里，完全不知道自己已经无意中触碰到了一个关于人类心理演化的惊天迷局。正待继续这思维的乐趣，突然有只手从夜色里伸出来拍了下他的肩膀，彻底打断了他的进一步遐想。

“是你小子吧?”几乎是本能的反应，他回过头，原以为见到的会是小矮人最近给他安排的贴身傀儡保镖，看到的却是罗杰。只见他的双手之间夹着两本书，一副刚从图书馆用功出来的样子。“原来是你，你小子怎么泡图书馆来了?”

“读书使人宁静。琳不在了，我一颗心烦躁难安，只好寄托于读书了，偏偏在家读不下去，得一群学生妹子陪着读才有动力。”罗杰故作轻松，难掩失去爱人之后的孤寂颓然。

程学南听出其中的情愫，前面，他已从他口中大致了解到他和琳的一些事，他能理解他这阵子以来的寂寥落寞，尽管罗杰刻意地想要把它们藏得很深。

夜色虎视眈眈，缄口不言，在这间周长有两百米的小广场里，程学南打算宽慰一下朋友，又不知该怎么向他提及琳，只随口一说，道:“柏拉图协会完了，虽然那些人和我们不是同一类人，但是和我们一样，他们都有人的意识和情感，也够让人伤心的。只是人死不能复生，希望有一个死后的世界，将来九泉之下能再相见。”

“有没有九泉之下，那又会是个什么样的世界，估计活人谁都不能知晓，但如你所说，协会真的完了。不过嘛，这其实只是表象的。”

罗杰看出程学南的好意，但他并不想在今夜谈及琳，他另有目的，这一下，已经把话头转向了别处。

“噢？你怎么学得跟那傀儡一样，喜好把话说到一半吊人胃口。莫非，你也遭了那脱胎换骨术的毒手？我可是一再让它不能对你下手的。”

罗杰环顾一下四周，作出好似怕傀儡会听到的模样，其实正巴不得它能够清楚他的意思，应道：“说哪里的话，我们谁跟谁，还有什么不能说的？事实上，你我都不必太过于担心那个打算奴役全人类的家伙。根据我最近得到的消息显示，它原来就是柏拉图协会一直在寻找的地外生命，协会早就已经想好法子对付它了，协会的解散只不过是其中一种应对的措施而已。”

他说得煞有介事，只因他通过琳已经大致推算出柏拉图协会和小矮人的瓜葛，他希望能借此让傀儡听见，勾起它的兴趣，进一步地探知它的来历。

以如今的形势判断，他觉得柏拉图协会和傀儡主人应该是势同水火的关系，这种关系又因为人类而紧密地缠绕在一起。他的话引起了程学南的求知欲，陷入了充满纠结的沉思。而程学南的这种纠结，竟会以他们意想不到的方式影响到傀儡身后的主人，使其步入后尘，跟着也变得有轻微的不快。就像前些时日，在那灯火通明的地下室向他讲述脱胎换骨术，他的纠结也会给它带来轻微的不适，但它还是向他介绍了，因为还在它忍受的范围之内。除非，那情感的涌动实在太过厉害。

它集中起全部的注意力听着罗杰的话，那攸关着自己生死存亡的话。

罗杰继续添油加醋地说，柏拉图协会原来借助人类把它当成了一种猎物，说它如今已经上了协会的钩，协会已有法子对付它。不过说到高潮处，他戛然而止了。

“跟你说这么多呢，主要为的是让你放心，不必太过于忧心咱们人类的命运，协会有的是法子对付那个太阳系的入侵者。但具体到什么方法，我可不能泄露了。”罗杰半遮半掩，更增添了他话里的几分可信度。

傀儡主人正听到兴头上，十分不快于突然没有下文，于是驾驭着傀儡一晃出现，道：“说吧，他们打算怎么对付我来着？”

罗杰暗忖它可总算坐不住，一时竟忽视了它话语里透露出来的威胁意味，只顾去探知它的虚实，便继续一副把生死置之度外的模样道：“这么说吧，柏拉图协会的事我倒还都挺清楚的，他们为什么对付你，打算怎么对付你，我也都明白的。但要我告诉你，要我出卖我们人类，我可办不到。还有，别用你那种威胁的眼光瞪着我，我罗杰可不是什么贪生怕死之徒。”

“想我遨游于万千世界，什么样的世面没有见过？岂容你个小小的人类藐视。”它的脾气向来倔强，从不受制于人，看着罗杰一副坐地起价的模样，一腔怒火旋即就被勾起，正待出手。

而它的这些反应着实已经印证了罗杰在琳的讲述之上做出的推测，他的好奇得到满足，于是更不顾任何危险了，打算进一步靠自己的三寸不烂之舌去套它的话，就继续不知死活道："好吧，看你那么着急的样儿，我都替你着急喔。老实说，协会从来也不是什么好鸟，它其实是地球以外的个机构。呵呵，作为地球人类的一员，站在人类的角度来讲，我得为我们人类的未来考虑。你倒是跟我说说，你又是来自何方，有什么企图，对人类是不是有害，我才好跟你说说协会打算怎么对付你，好让你有所准备。若你是无辜的，而协会才是反人类，我自然会帮你对付他们了。"

合情合理的请求，却得到断然的拒绝。它着实忍受不了有人和它提条件，于是就让傀儡快速伸起手去抓罗杰的喉咙，让傀儡缓缓发力道："你这个愚蠢的人类虫子啊，是没有资格跟我谈条件的，信不信我慢慢折磨你，叫你求生不得求死不能。你给我听着，若你尽快把你知道的统统都说出来，兴许我还能饶你一命。"

"呵呵，"罗杰并未把它严厉肃杀的话语放在心上，也许是对自己承受严刑逼供的能力有着十足的自信，又接着调侃道："那你可得把我弄疼了，要是弄舒服了，休想知道柏拉图协会的事儿。"

它的暴怒终于一发不可收拾，心里想即使自己杀了这个不知天高地厚的家伙会惹得程学南不爽连连，进而导致自己也会跟着有丝丝的不快，但忍一忍撑过去就好了，必须得让他吃些苦头，尝尝自己的厉害，不然这可恶的人类虫子还真拿自己当根葱了。

这样想着，傀儡的手上陡然冒出来一道冷冷的光芒，它由掐着罗杰喉咙的那只手进入他的身体。那道光就像是庖丁解牛那把明晃晃的刀，刚一进入，就在他的身上穿梭起来。

罗杰的眼珠子立刻瞪得如铜铃一般大小，脖子出奇地伸长，青筋暴起，却没能叫唤出半个声音。

它通过那副改造得十分精致的傀儡洋洋得意道："愚蠢的人类啊，不给你点颜色看看，你不知道我可以让你求生不得，求死不能。只要我愿意，我能够让你爽到没人性，没朋友，没一切。到时候，看你他妈的还说不说。"

变故乍起，程学南一时竟然没有反应过来，愕然而住。他更没想到这极有可能是外星怪物的家伙，竟然连汉语骂人的话都学会了。好一阵子，他才艰难地反应过来，罗杰随时会丧命，一阵恐慌登时像是一双瘦骨嶙峋的老手扼住他的咽喉，让他一时无法呼吸。

但他到底还是在这极度窒息的情况之下，从自己的胸腔里爆发出了一道尖锐的声音，猛烈道："放开他。"

"你管不了那么多。"它的暴怒不止，眼见程学南上前制止，只轻轻一推，便将他甩出了数米。

夜色中有零星数人在不远处目睹了这一幕，目瞪口呆。

看着罗杰的生命在痛苦中一点一点地消逝而去，无能为力的程学南内心有一股惊惶翻涌起来。他想到，在失去苏雅意的日子里，在被她的冷言冷语伤害后的这些天，在清楚她利用了他对她的爱以后，他每一天都过得尤其的不容易，尤其的心碎，尤其的想念她，要不是有罗杰这样的朋友时常宽慰他，他都不知道该怎么面对人生了。可现在，他却就要失去这个能够交心的朋友了。

程学南近乎绝望地盯着罗杰，这个最是知心的朋友即将死亡。也就是在这时，傀儡却不知为何停住了自己的手。电光火石间，它嗷地一声惨叫，倒地不起，像是毫无准备的情况下被雷击中的人。

没有人注意到此时，一条和周围各式能量融汇于一体的能量带颤抖了下，从地球到太阳，像一头横亘于太阳和地球之间的巨龙，痛苦地扭曲起来——它没有料到程学南因为舍不得好友的离去，会有如此剧烈的痛苦，那一种痛苦导致它受到这般难以忍受的震撼和冲击。它只能在心间愤恨地骂了句："该死！"便停住了。

"有人晕倒了。"不知是谁喊了一句，蜂拥而至的学生撕破凄凉的夜色，出现在不省人事的罗杰身边，齐齐把他送往了医院。

从惊悸中恢复过来的程学南像是大病一场，勉强支撑住，才跟在了人群后头踉踉跄跄向着医院赶去。

2

罗杰直到第二天才苏醒过来，雪白的病房里，傀儡一遍遍抽打自己的嘴巴，大骂自己道：“我不是个东西，我是个王八蛋，求求你，原谅我吧，我再也不敢了。”

程学南横眉冷对道：“你这个样子打自己没意思，是真的没意思，那身体又不是你的，可别把人家给打坏了。”

它这才罢手，而身体原本主人的意识继续清醒着。

“要我原谅你也不是不可以，说吧，你到底是什么人？”罗杰摆出一副一切也并不是不可以商量的神情，仿佛没有意识到双方力量上的鸿沟。

“我如实交代自己，你能答应我将柏拉图协会对付我的计划告诉我吗？”傀儡作出一副楚楚可怜的模样，实则他背后的主人并不觉得他们对自己会构成威胁。这会儿，它有心将自己好好介绍一番，以更好地开展接下来的计划。它自觉如果不好好地和他们说上一通，人类大概还不太能分清楚谁才是他们真正的敌人，谁才是真正的罪魁祸首。而被这人类虫子误解，将来要是传出去了，它不知道自己还怎么在银河系里混了。

“没问题的。”虽历经了一番生死波折，罗杰到底初步达到了自己的目的。只见傀儡迅速去旁边拿了张椅子，在病床的一侧端正坐好，清了清嗓门，说道：“如你所言，我的确是柏拉图协会一直在等待的那个太阳系的入侵者。我来到太阳系，把大部分的身体寄居于太阳之上——也许你们认为那里的环境极端恶劣，可却很适合我，栖息在那几百万摄氏度的太阳之上，就跟你们人类洗桑拿似的。希望你们能理解，别跟看个怪胎一样看着我，物种不同而已嘛。要知道，根据宇宙学和进化论，早期的宇宙很热，现在则偏冷了，我诞生于宇宙的早期阶段，适应那时候的气候环境，所以呆在太阳之上会感觉好些。至于柏拉图协会，我正找他们呢，我和他们这帮挨千刀的势同水火，不共戴天，找到他们，定要把他们千刀万剐，定要扇他们的耳光扇一万年，扇得他们粉身碎骨，扇得他们连自己的亲妈都认不出他们。”它的表情僵硬，显得分外的滑稽。

“别扯些七七八八的，说重点。”

气氛有些凝重，傀儡背后的主人还想再缓和一下，便令傀儡学起了祥林嫂一般的腔调，继续道：“我好傻，真的，单知道你们人类的心灵好吃，哪里晓得到你们的心灵是陷阱，更是机关，是鱼钩，更是密码；我好狂，真的，单知道自己所向披靡，以为全宇宙没有任何东西能够困得住我，生命的心灵都是为我准备的饕餮大餐，哪里料想得到你们人类的精神世界，专门等着我上钩呢。”

“你的意思是，你好似条鱼，在宇宙的汪洋大海里游荡，而地球是个陷阱，人类的心是其中的诱饵？”程学南已忘了它的滑稽腔调，着急地插了一句。

“没错，柏拉图协会正是那该死的捕鱼者。”它的口吻坚定不移。

稍作沉默，简单地整理了一下，它就在此处处都散发着洁白干净气息的病房里，向他们更为详细地介绍起了自己。

3

来自外星的它浑身上下由一种特殊的粒子构成，此种粒子和标准模型下的六十二种基本粒子极难发生作用，除了有宇宙隐身人之称，自身也几乎不与任何粒子发生作用，每秒却大约有上万亿颗穿过人体的极其细微的中微子。

由于没有作用，人类无法借助由其他六十一种基本粒子（除中微子之外）制造出来的任何一种仪器，观察到其踪影，倒是柏拉图协会能够通过改造中微子一窥其貌。具体如何操作，也只有柏拉图协会的人最清楚。此种粒子是构成一切生命意识的基本单位，它最主要的特点，是可以轻而易举地转化成人类现今物理学上所建立起来的标准模型之下，六十二种基本粒子中的任何一种，甚至是人类尚未发现的粒子的任何一种。

“你们人类给一种质量之源的粒子命名为希格斯玻色子，又将它称作什么上帝粒子，要我说我这种万能粒子才更配得上叫上帝粒子，可以创造一切。”说到这里，它的口气里有几分洋洋得意，又说：“不过老实说啦，我根本不屑做什么上帝，耶稣才几岁？你们的公元几几年的计算方法好像就是从他诞生之日开始那一年算下来的吧？但我想我的年龄至少可以在那个数字的后面再加上好几个零。更何况，万能粒子这名字用汉语讲起来其实还挺拉风的，尽管它其实并没有那么神秘，像你们人类的意识情感，整个精神世界的一切都由它构成，只是它们并非作为纯意识而存在，它们所含的万能粒子也非常有限，在进行各种粒子间的转化之上也就不能那么随心所欲。”

“你是外星人，你说的都对，接着忽悠吧，什么万能粒子，根本就是瞎说，哪有这种粒子。人的心灵是否存在，我看，都还要打个问号。”罗杰不以为然，实则心中已经在暗暗吃惊这种纯意识的东西，尖酸刻薄不过是希望对它能多加些了解。

而在它眼中是虫子一般存在的人类面前，它倒没有太多的心思，应道：“我劝你嘴还是别那么损，听好了，别怪我说的东西太难，听不懂。我这个人好话不说第二遍。说来，你们人类的量子理论里有一派认为观察者的观察会导致波函数的坍缩，大致是说如果你不去观察月亮，月亮在空中的位置就是不稳定的，甚至整个月亮都是不存在的；还有你们的物理学家有好些都认为，你和你母亲一起在家，你没有去观察她，你就不知道她是在自己的卧室里，还是在厨房，还是在大厅里，对于你来说，她应当就是这所有可能的一种叠加态怪物，算是摸到了一定门槛。而关于以上我引述的这两点，想必你们也有所耳闻，你们人类中，那个曾于公元 1933 年获得过诺贝尔物理学奖的薛定谔，就曾提出过个叫‘薛定谔之猫’的十分有名的思想实验来和它们互为阐述，即把一只猫和少量放射性物质放在一个小黑屋里，之后，有百分之五十的概率这些放射性物质会衰变，并放出毒气来杀死这只猫，同时这些放射性物质有百分之五十的概率不会衰变而让猫活下来。经典物理学认为，不打开盒子，我们不去观察，猫必然是死或者活的一种状态，两者必居其一，而量子力学却认为，同样的不打开盒子，猫就是既死又活的两种状态的并存，只有打开的时候，猫才是死，或者活的任何一种状态，因为意识的观测对放射性物质的衰变有着决定性的意义，进而对猫的物理性质产生重大影响。这里我不作太详细的介绍，那实验也是如前面两个例子一样的阐述，这个物理学家把微观和宏观进行了极其精妙的联系，但他始终都搞不明白，一只猫怎么可以既死又活的，他搞不明白那究竟会是个什么鬼，他认为那可能就会违反生物学的基本常识，所以不支持量子理论。不过，好些在物理学上的成就丝毫不亚于他的物理学家却针锋相对地提出了和他相反的看法，比如平行宇宙、哥本哈根诠释、量子相干性等，都对猫既死又活的状态提出了自己的看法，都有一定道理，在此我就不再累赘陈述。其实，无论是哪一种解释，以你们人类现如今才刚刚迈入现代化进程不到两百年的科技水平来看，都无法查探其中的真正奥秘，总的来说，勉强做的也就是哲学层面的思考。不过，我小矮人今天在这里就可以实事求是地告诉你们，到了我们这个科技水平，就知道了，正是观察的时候，观察者的意识是那种可以转化为任何一种粒子的万能粒子和观察对象的波函数信息起作用的结果。这或许能让你们相信我不是在胡编乱造了？”

看到程学南和罗杰津津有味地听着，脸上又一副疑窦丛生的模样，它更来了兴致，于是又说：“看你们这副面面相觑的鬼模样，应该还是不太能相信我的观点，那好吧，我就再举两个例子卖弄卖弄，也让你们知道知道什么叫人外有人，天外有天。其一是，你们人类世界里，好些得了十分严重精神病的人，我们可以对这些病人的大脑进行十分精确的扫描，但就算是你们人类的医生也知道，不能发现他们的大脑之中有任何的病变，这其实本身就是一种极大的不正常。这个奇怪现象其实大概可以证明，人的精神世界非常有可能是独立于大脑本身而存在的一个东西，精神世界本身受了伤，而大脑则未受到任何的伤害；其二，你们人类早在上个世纪就对一个物理学实验感到极其的不解，就是那个单光子通过双狭缝却发生了干涉现象的实验，那个实验，在这里，我想我有必要着重提一下。即通过巧妙的设计让单个光子间隔一定的时间逐一地从左到右，通过一个实验板上相邻的双缝，然后映射到最右边的一个显示屏上，不断地重复，不断地让单个光子通过双缝，最终处于实验板之后的那个显示屏，显现出了清晰的干涉条纹的图形。这至少证明了，每一个光子在通过实验板上的一条狭缝的同时，也会有另外的一个光子在同一时刻通过了这个实验板上的另外的一条狭缝，从而发生了干涉现象。（任何波在经过一个狭小

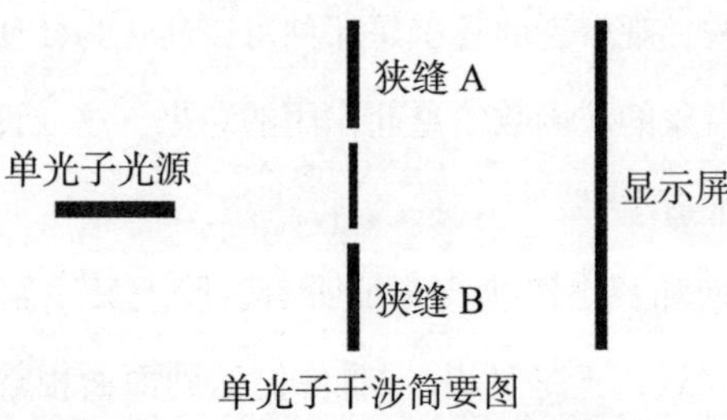

单光子干涉简要图

的缝隙时，都会发生扩散似的衍射，大概就如一个广播器发出来的‘声波’的那种向四周扩散的衍射。而干涉则要求至少有两个临近的广播器同时发出扩散的‘声波’，且让彼此的声波在同一时刻进行了互相叠加互相干涉，然后才会出现的一种名为干涉的现象）可是，一个光子怎么可能同时经过两个缝？注意，是单个，同时，就像一个人怎么可能同时走上两条不同的路？

“你们人类至今对这个现象感到格外的不解，最为推崇的一种解释是叫作哥本哈根诠释的理论，他们那一派认为光子在未被人观察的时候，都会像条长长的波一样分散开来，然后这条‘长波’就会同时通过实验板上相邻的两道缝，导致干涉现象的发生。可这一种诠释的理论和经典力学是相左的，爱因斯坦、薛定谔等一大批优秀的科学家都并不支持这种观点。为此，阿尔伯特·爱因斯坦，这个你们人类中极具想象力的天才科学家，还曾于二十世纪二三十年代和稍逊一筹却光辉夺目的尼尔斯·波尔进行过一场影响深远的世纪论战。在那个天才辈出的年代，包括居里夫人、庞加莱、郎之万、卢瑟福、海森堡、狄拉克、泡利、波姆等数十个一流的科学家分成了两大阵营，分别站在了爱因斯坦与波尔的一边，加入了这场关于世界本质的伟大论战，谁也没能完全说服谁，一些人通常认为尼尔斯·波尔的阵营略胜一筹，但他并没能将经典力学和自己的观点进行统一，后来你们人类的一些实验观测，包括 2016 年年初公布的引力波的发现，事实上都对爱因斯坦的看法更为有利。当然，无论是波尔还是爱因斯坦，都没能将这个相对论和量子理论至今都未能统一在一起的问题，统一起来。

“谦逊点说，因为我虚长了你们人类些许岁数，因而大概知道这个实验未能解决的疑点是和意识相关的，这个多出来的光子，事实上来自于观察这种现象的实验人员的意识本身。其中更为深层次的原理，涉及诸多学科，即使是罗杰你这样的天体物理学家，也很容易云里雾里。所以在此我就只先说个大概，即观察者的意识在观察这个实验的时候，自身意识就有一些转化成了个光子——那种静止的时候没有质量，只有运动起来才有极小质量的光子，和实验操作过程中已有的光子共同起作用，最终出现了干涉的现象。在此我还需要特别指出来的一点就是，产自于我们意识的光子本身，并没有离开了我们的一整个意识所在的本身，它通过其中一道缝隙的方式，实际上涉及空间维度方面的一些东西，极其的复杂。

“更加怪异的是，要在显示屏上出现这样单光子干涉实验的现象，我们却又不能去检查实验中那个由设备本身发出来的光子通过其中的一道缝隙，否则就只会出现单纯的扩散似的衍射了，相当于就只有一个光子通过了一道缝隙，我们只能直接去观察其后的显示屏才能看到干涉的现象。这个实验的种种怪异现象本身就说明，单光子的干涉和观察者的意识有着最直接最息息相关的联系，如果同时要求这个实验的解释和经典力学并行不悖，至少就得要求在一个光子通过缝隙的同时，另外一个光子同时也神出鬼没地通过了另外的一道缝。

“记得你们人类有个叫牛顿的曾说，把简单的事情看复杂，可以发现新领域，把复杂的现象看简单，可以发现新定律。我们现在就来将这个有些让人捉摸不透的复杂现象看简单些，把实验的一切因素都考虑进来，再进行必要的简化，我们能发现，其实除去实验设备发出来的那个光子，其中另外的一个来自意识本身的这一点，事实上是可以很好地解释这个现象的。因为，当身为实验人员的观察者去看一个光子通过一个缝隙的时候，其实这个检查的过程，就是一个强观察者（具备更强意识的观察）的作用过程，而强观察者对于弱观察者（不直接观察光子通过其中一个缝隙，而直接观察结果的那名观察者，可看为弱观察者），就是你们人类的物理学家也清楚的，在所谓坍缩上是有决定性优势的，可能因此就导致了来自意识的这一个光子没能去往另外一条缝隙，而最多，仅仅从意识聚焦的这一个缝隙中，和本身那个光子通过相同的路径，甚或，因为两个光子要在同一个位置上同时通过，挤占了同一个空间，这个来自于意识的光子直接产生不了，干涉的现象于是不会出现。”

“是的，这种奇特现象不仅仅是发生在光子的双缝实验中，电子通过双缝也会产生这样的现象，大学的时候是做过这样的实验的。按照此人的诠释，应该是观察者的意识在我们不知不觉的情况下，根据某种特定的条件转化成了电子，或者这样的实验可能根本就是在我们的意识世界里发生了？而倘若一个观察者的意识极其强大，是不是就可以通过观察产生另外一个大型物体，譬如一个人走过一个类似于双缝的分叉口，这个人选择了其中一条道路，而一个具备很多万能粒子的超强观察者，竟可以观察出一模一样的人选择了另一条路？从而经过双缝之后，出现了两个一模一样的人？意识的这种特殊性质，难道，竟真的不是什么空穴来风的幻想？”罗杰在心中惊叹连连，暗暗说道。

他们终于听了进去，屏住了呼吸，专注地，没有任何的打岔，而关于量子力学的更深层次的讨论，它很清楚，只怕自己和他们人类中最为优秀的理论物理学家说上个三天三夜，都仍旧说不完道不清，更何况是程学南他们，于是将话锋一转，说道：“更深入更详细的就容我日后再说吧，总之，你们只要明白，构成意识的基本元素是一种可以在任何粒子之间实现自由转化的粒子就行，尤其是你程学南，听不懂以上我说的话也不打紧，记住结论就 OK 了。而人类的心灵由万能粒子构成，正合我的胃口，恰如由有机物构成的你们人类自身，食用对象多为有机物。但我在此需要跟你们再次强调一下，我并不是在针对你们人类，这些年在宇宙中游荡，凡是具有意识情感的生命，都是我的菜。精神世界越是丰富完整，对我就越是秀色可餐。

“你们人类，在我所有经历过的食物中，可以排到优秀。尽管你们的智力、自我意识等都处于银河系的中下水平，但你们的情感，各种兄弟情、爱情、亲情、朋友情，各种喜怒哀乐，却是异常的丰富。任何一头像我这样的纯意识之物，都会喜好以你们的心灵世界为食，就像你们人类猎杀野味，绝非针对野兽一样，猎人跟野兽是没有仇的。某种意义上，甚至还可以说成是衣食父母的关系。”说到这里，它恬不知耻，让自己的语气里陡地升腾起了一股生搬硬造的愤怒，继续介绍开来："那年我游荡宇宙之际，嗅到你们的气息，就赶过来了。心道，宇宙里压根儿没有什么东西能困得住我，也压根儿就没有什么东西能够真真正正地伤到我，直到遇见你们人类，才算是真的栽了。"

程学南和罗杰没有注意到它通过傀儡表现出来的生搬硬造的愤怒，思绪完全陷入到它编织的往事之中。

"用你们地球的时间计算，大概是八九年前吧，我远在地球五光年之外，偶然中嗅到银河系外围的一条旋涡臂上，居然存在着生命的气息。发现猎物，大喜过望之下，我也非常担心其他像我一样的生物捷足先登，火烧火燎地就往这边赶来，总算是抢先了其他竞争者一步到达。现在想起来，那还是两个多月前的一个春光明媚的日子，我当时真可谓是春风得意马蹄疾，那个欣喜若狂啊。可我万万没有想到，这竟然会是一个坑，你们人类的精神世界竟然会是个大大的坑。"

"你别总把话都扯到抱怨上去，说重点。"罗杰集中起全部的注意力搜寻着它话语里的一切信息，怕它会将话题扯到别处去，着重地提了一句。

"别着急嘛，还记得那时我刚到你们地球，又累又饿又喜悦，顾不得去注意可能的风险，只想长途奔行之后饱餐一顿，瞅准了生命气息最为旺盛的地方就扎。那里却是你们人类文明高度发达的一个城市，它聚居着你们人类上千万的人口，虽也有其他物种的存在，相比之下却是少得可怜。其他物种或被关押在动物园里供人观赏，或在饲养场里随时准备成为人类的口粮，我一概不放过。说来，宇宙中成熟生命的心灵和成熟的天体一样，多为球体状，人类的倒也概莫能外。我的食用方法也就和过去没有什么两样了，首先，我从身上伸出上千万根触须，探入人类和其他物种的精神世界内部，每一根触须都对应着一个心灵，再与之融合消化。我一边吸食，一边窃喜，料想对此不下千万的生灵吸食过后，自身将得到不可思议的成长。可是这一次，我发现自己无法融合人类的精神世界，更别提消化它们，提升自己了。至于你们地球上其他物种的心灵，那种严重缺乏情感，缺乏智力，进而缺乏万能粒子的心灵，我倒是能够稳稳当当地融合，顺顺利利地消化。

“最令我感到震惊的是，我非但消化不了，还无法把触须从你们的精神世界里抽回来，我就像是鱼儿咬到了鱼钩，野猪踩到了野猪夹。我从未遇到过这种情况，当即惊慌失措，疯狂挣扎，怎奈于事无补。陡地，我想起了有些猛兽在身体被某种机关卡住之后，往往是狠心将自身被卡住的那部分给切割掉，就此逃生，在这种绝境里，我本也打算这么干。却才发现，我自己身上那种天生的极其强大的场，使我无法把意识分割成两部分。竭力让自己冷静，我才开始认认真真地考察起你们人类和地球的一切物事来。

“我能够大概清楚地球上物种的心灵的样貌，而对由其他粒子构成的地球上的一切物事，却不太能够明察秋毫，正如地球上绝大多数的人类对我的到访一无所知，因为彼此之间没有直接的作用。不过，这一点却难不倒我，我将自身的一部分万能粒子，转化成地球上常见的一些基本粒子，按照地球人的模样组装成了个小矮人，很丑吧？呵呵，我也想转化成体积质量大一点的，酷一点的高富帅，但那样做对万能粒子的消耗很可怕，身高不足一米三的小矮人已经用掉了我总量的一半以上，我还必须留下一些以备不时之需。

“一部分在太阳，一部分成了个小矮人，一部分卡在人类的精神世界里，其他部分连接着这三大部分。无论我怎样变化，我与生俱来的场总能让它们不可分割地连成一体，这可真真是愁煞我也。想自杀都没办法，活着真他娘的比死了还难受。唉，想来那些探入你们人类心灵的触须，原本也是可以根据我的意愿转化成任何一种粒子拔出来，但它们卡在里面，不受我的控制，只能进行简单的挪移。”傀儡无可奈何地说着，尽量让自己的讲述声情并茂，努力学人的样子，却怎么都掩饰不住造作之气。

“原来如此，”程学南恍然大悟，连日来的困惑一时放下了许多。靠近小矮人精神世界的地方，竟也在这会儿跟着轻微地放松了下。这时，它暗道自己和人类本来就是无冤无仇，本就是情同“衣食父母”的关系，该让他们知道详情，好联合起来去对付共同的敌人柏拉图协会，于是又加了把劲儿道：“我在小矮人的身体上安装了一台核动力发动机，使自己全力加速的时候能以快于人类最快的飞行器十倍的速度飞奔，因而办起事来效率惊人。只三天，我便把地球的整体结构和大概物种分布都摸了个清楚，第四天更是直接用人类的书籍来发现地球的奥妙。我的阅读能力极其可怕，或许和我自己本身由纯粹意识构成有关。我将自己联入了互联网，只用了不到一百个小时，就把人类互联网的所有内容全部都掌握了。短短一周不到，我甚至比人类还要了解他们自己。我有针对性地检索柏拉图协会针对我的信息，发现这帮挨千刀的竟然还要了些手段，制造了各种各样千奇百怪、虚虚实实的信息，来混淆我的目光，即使我，或者其他和我一样的生物，在吞食人类的心灵世界前有一番长久的考察，也不太能弄清楚其中的猫腻，应当还是会上钩。”

它兴致勃勃地为自己揭下神秘的面纱，程学南和罗杰得以不用活在诸般关于它的猜想里。

4

一向骄傲自负的它还从来没有想到过，宇宙间还有谁、还会有地方能够困得住像它这样的生物。这段时日以来，它经常会为自己的不谨慎，会为自己的胃口太大而懊悔不已，唯一叫它喜出望外的是，协会设置的陷阱并非完美无瑕，其致命漏洞之处还在于，某个人在爱情的领域里对心上人的剧烈思念，会导致其本人封闭的精神世界伸出条情欲通道，这条通道在空中向外延伸不久即会溃散。

它的触须拔不出来，却能够在整个心理机关里游移，虽然这个过程会有着不小的痛苦，但却可以让它的触须借助这条通道行走到心灵之外。等到这条通道逸散，它自己也就能从容逃脱了。因而，尽管有不下千万人困住它的上千万条触须，只要有一条拔不出来，它就会永远被卡在其中，但有了这个漏洞，它顿觉自己稳操胜券。

它所需要的只是挑逗起他们对心上人的思念，令他们的心灵形成通道向外延伸。

虽然有上千万的触须深陷心灵陷阱，但这些陷阱有过半，都难以自发地形成对一个人爱情上的思念，正是所谓的爱无能。稍加思量，它便找到了对策——这些年游荡宇宙间，一旦以触须探入其他生命的精神世界，融合、消化后，它所得到的往往不单单是那些万能粒子，还有其中所蕴含的各个文明自身的信息，因而它懂得好些先进的科技知识。

据此，它掌握了一项脱胎换骨术，可在保证个体生命的精神世界稳定的同时，换掉他们身体的大部分构件，达到控制对方的目的。然后，再令他们去挑逗那些锁住自己触须的人，刺激情欲通道的产生。

很快，它就在一大批善男信女的身上试验开来了，一开始由于技术的不熟练，牺牲了好些人的性命。但熟能生巧，何况它的计算能力和动手能力当真惊世骇俗，脱胎换骨术的工作不久即如火如荼地开展起来了。

一个人漂泊地球，身处绝境，它又想到单凭自己，纵然做事的效率惊人，仍是势单力薄，独立难支。更是不知道躲藏在暗处的柏拉图协会母星的人将会用怎样狠辣的手段。于是，它告诉自己必须尽可能地争取到更多的帮手来应对这场危机，以在这场博弈中加大胜算，于是决定把这项脱胎换骨术在人类世界里推而广之。

小矮人选择福特，只因他中情局负责人的身份。通过将脱胎换骨术应用在掌握着巨大权力的人的身上，可以迅速地得到柏拉图协会的信息——毕竟他一直都在调查他们，虽然多为隔靴搔痒。再者，福特手下的那些体格强健的士兵也都可以成为它的实验素材。

小矮人不向程学南下手，因为脱胎换骨术会对人造成极大的影响，和所有再高明也都会有一定后遗症的手术一样，实施后，人的寿命会大大缩短。而程学南是它能否逃窜的最关键人物，出不得半点闪失，所以它没有将这门手术加诸其身。

第十三章　多米诺骨牌效应

1

小矮人利用傀儡，和程学南、罗杰在医院里侃侃而谈。清晨，微冷的风裹挟着和煦的阳光，它心事重重地走在万物生长，一片欣欣向荣的人间里。

“柏拉图协会总部这帮挨千刀的，知道俺要对付他们，集体解散，竟让俺扑了个空。”小矮人有模有样地学着人类的掐指一算，“三个月了，被这些该死的人类缠住三个月了，逃脱计划全无头绪，我好像得换个策略了。”

犹如鱼儿上钩后才知道，鱼饵中包藏着人为制造的鱼钩，它上钩后，才看清人心里那些刻意操作的成分。“都说知己知彼，百战不殆，但柏拉图协会这帮家伙藏得实是太深了，什么实际性的东西都没给我留下来，难道我这次真的要栽了？

“说来，地球上那些没有经过柏拉图协会影响的物种的心灵，死亡后，都会漫无目的地飘上一阵，接着消散，它们之中飘行最远的能够到达月球；而经过修饰的人的精神世界，则会朝着太空中某个固定的方向飘去，它们大多数要飘出去很远的距离才会溃散，大概与从地球到火星相当；程学南和苏雅意组成的完美陷阱就更不一样了，他们没有漏洞的心理机关，在太空中奔行极难溃散，像我这样的纯意识生物一样，可能直到把自己的来历都给忘掉，也一点都不会消逝。而那个人类精神世界远去的地方，定然有能够叫我再无法翻身的东西，好像是鱼儿被鱼钩拖上岸之后，势必就要彻底沦为砧板上的肉了。如果我不能在这颗蓝色的星球上赶快找到解脱之法，到了那里就更没戏了。”小矮人一边加快行进的步伐，一边不忘考量自身的处境。

它迈着轻盈的步伐，不紧不慢地去了苏雅意所在的学校。

校园依然静谧，一点也没有末日即将到来的恐慌，但这只不过是表象，自从小矮人被困住，恐怖已经遍布于这个社会的每一个角落了。这两个多月以来，小矮人那门脱胎换骨术的手艺可谓一日千里，世界范围内接受改造的人越来越多，质量也稳步上升着。而所有这一切工作的实施，却只需要它在脑中发出指令，无数的人就会向周围的人下手，脱胎换骨术就是这样神速展开了。

“如果这门技术继续发展下去，相信再过上个把月，就能普及到每一个人类身上了。不过目前来看，这种想法倒是幼稚了。此门技术的副作用极大，被实施后的人，都难以活过八年。照目前来看，灭绝人类对我并没啥好处。严格计较起来，他们和我同是天涯沦落人，都是被柏拉图协会母星的那帮挨千刀的给害的，我似乎应该联合他们的力量共同对付敌人。而惟有他们生生不息，才能真正地为我所用。”

虽然它长得非常奇怪，但一路进入校园，却没有谁对它的出现表示出半分的惊奇，更别谈去嘲笑它的样貌，他们好像只当它是根本上不存在一样。而它对这些人更是像对蝼蚁一般无视，喃喃自语间，已经来到了苏雅意所在的教室。

柏拉图协会给苏雅意做的脱胎换骨术尤其精致，清楚她动过手术的人只有这会儿还驾驭着她的林索夏，其他人都随着柏拉图协会的土崩瓦解，全部被总部的人第一时间处理掉，所以小矮人也看不出她被做了手脚。

“报告老师，请让苏雅意出来下，我想和她说个事儿。”它走到教室门前，一副不想打扰到他们上课的文明样子。紧接着，全班人异口同声地，震耳欲聋地对着苏雅意道：“你跟它出去一下吧。”

时至今日，全球差不多有千分之一的人类，成了它手中的提线木偶，这所高校的师生，除去程学南、苏雅意、林索夏，无一例外都被它动了手脚。只因程学南和苏雅意于它十分的重要，它见不得他们两人发生任何的闪失；至于林索夏，则早在三个月前就在父母的要求之下辍了学，再没来过学校上课，因而也就没有着了它的招。

林索夏如今正遥控着苏雅意的一言一行，全神贯注，惟恐出半点差错。前头他和刘庄晨的谋划，已经成功，可后来又功败垂成，之后父亲并没有责罚他，反而让他以做梦都想不到的方式和苏雅意在一起了。

他们告诉他，因为得了某种病症，苏雅意行将瘫痪，而借助于一门全新的技术，可以让她活下去。这门技术需要一个驾驭者，他们为他争取到了这个驾驭的身份。他学的是计算机专业，辅修脑科学，有着不弱的基础，要驾驭苏雅意，虽有不少复杂的操作，需要用到各种高精深的知识，学起来倒费不了太大力气。

“请问您是？”苏雅意看着老师同学出人意表的举动，提着一颗心道。

“外星人，就是那种在上个世纪被你们人类认为很新鲜很有看头，却在本世纪彻头彻尾地沦落成你们人类认为的最俗不可耐的外星人。你们这些喜新厌旧的人类，平时喊惯了狼来了，喊着喊着竟然就不把狼当回事儿了。呵呵，等那真的狼来了，我相信，你们会为自己的麻木付出惨重代价的。”扫了眼班上老师同学的情况，大家都专注于手头上的事，它又换了副口吻道：“不然我们还是在这教室里说吧，有劳你们先出去下了。”

说话间，老师同学纷纷起身，有说有笑地走出教室。

怔怔地注视着这一幕，苏雅意的脸上不乏惊悸之色。

紧接着，它悠悠然走到苏雅意的面前，一副云淡风轻的模样道：“我这个人呢，一向也比较干脆。这么说吧，你和程学南相互思念得太过厉害，造成横亘于你们之间的那条情欲通道生长得过于旺盛，这个已经给我造成非常大的麻烦。你对他伤得越深，越是不去理会他，他越是各种来思念你——真心搞不懂你们这些人类，这不是犯贱是什么？而那样一来，这个心理机关就会生长得越为天衣无缝。所以呢，我现在郑重地向您提出要求，不要让他再那样来想念你了，也不要再对任何人有爱情上的各种思念了。”

“我和他早没关系了，你是什么人，想干什么，我自己感情的事又凭什么让你来插手？还有，你怎么长得这么奇怪？”苏雅意的语气颤抖起来，震撼之情，溢于言表。

“这些一点都不重要，你们老师难道没有告诉你，人不可貌相吗？反正，你要按照我说的去做。”它的触须并没有探入到她的精神世界，她的情绪波动得再剧烈，都很难影响到它，所以，它不必像考虑程学南的感受那样去考虑她的。

只听得它继续一副人模人样道：“苏雅意，现在你可得给我听好了。我，一个无所不能的小矮人现在正式威胁你，命令你，如果你不按照我的意思来，我就会杀死他。当然，你也可以不顾他的死活，但你总不能不顾及一下你身边的人吧？我可以轻而易举地结果掉所有你身边的人，让你孤独、痛苦地活在这个世上，请您务必相信我有那个实力。”它的话总是轻描淡写，却又那样震慑人心，顿了顿，又道：“您刚刚也看到，你的老师同学有多么温顺听话了吧，我要让他们干啥，他们就得干啥，我小矮人说到便能做到，在此，我还想毫不客气地再用一句话来介绍自己，那就是，地球就是围绕着我一个人转的。”

苏雅意尽量保持冷静，听着这个怪人牛气十足的话语，接着，又不乏惊讶地问起它的来历。虽然它并不愿意太多人知道，但为了和她更顺畅地合作，它还是大致地介绍了一番自己。

然后，它就更进一步给她出谋划策起来，说：“根据我对你们人类心理的研究，我发现，相爱的人互相伤害，只会让思念来得更加的凶猛，互相伤害完也就选择和平分手了。依我看来，你要多给程学南温暖和关怀，最好能成天同他腻在一块，这样他才不会对你有太多的挂念。当然，以上只是我的一点拙见，具体到细节，我相信身为人类的你应该比我更懂些吧。”

这三个月，小矮人疲于应付柏拉图协会，更因为人类的情感涌动感到各种苦楚，所以，没有把太多的注意力放到苏雅意的精神世界上去。直到现在，柏拉图协会没有半分踪影，它自己也从那不下百万个陷阱里出来，这才能好好地喘口气，专心处理程学南和苏雅意的情欲通道。

“呵呵，您挺懂的。”苏雅意对它的了解有了进一步的加强，自是刮目相看，深感面对如此强大的怪物，自己的无能为力，人类的无能为力，只好应承下来，道：“老实说，我早已不喜欢他了，没承想他的思念居然会以这样的方式伤害到我。好吧，这个忙我就帮了，毕竟他的思念会影响到我，我自己也是挺怕死的。”

“很好，那我们现在就去找他吧。”小矮人仍然没发现苏雅意也受到了改造，足见协会总部手法之高明，尤在它之上。

其时城市的另一边，驾驭着苏雅意的林索夏，第一次听说太多的思念累积起来会伤害到她，大感不解。心想这可不是自己听来的版本，莫非一直以来，自己都在一步步地把她本就已经憔悴非常的身体，再进一步地推入到更加危险的境地？难道父母竟欺骗了自己？

“不可能的，他们不可能欺骗我的，可那小矮人又不像是在撒谎的样子。到底是怎么回事，要真像它说的，我难道不是罪该万死？或许我应该减少情欲通道的成长，减少它对雅意精神世界的影响。”

2

正当林索夏百思不得其解时，一群金黄色的蚂蚁爬行在城市中央的一座小山上，它们来去匆匆，和寻常蚂蚁看起来并无太大分别。但只要足够细心的人，一定会发现，它们踩不坏，捏不死，即使用烈火焚烧，雷电劈斩，也奈何不了它们。

它们的外壳由致密牢固的材料构成，小小的体积，质量却很不一般，仅一只蚂蚁就拥有一个玻璃杯的重量。它们每一只的身上，都装有先进的微型驱动器以克服重力，因而行动迅捷，全速奔驰起来，离地数十米飞行不在话下。

它们早早地就被柏拉图协会的相关负责人贮存着，只在有需要的时候才会拿出来，组合成人形以作使用。

说来，有很多人类物理学家认为意识是物质的重新组合，而柏拉图协会则在此问题上研究得更为深远，认为这些物质本质上是一些万能粒子的重新组合排列。蚂蚁们的致密金属壳里锁着的，就是这样一小股一小股的万能粒子，因为是一小股，所以个体所具备的意识少得可怜。但当它们聚合起来，诸多万能粒子在一些程序的调控之下，便会发生千变万化的奇妙组合，从而产生极其丰富的意识。好比地球上的许多物种，如狼、蚂蚁、蜜蜂，单独行动的时候，智力并不怎么样，一整个群体行动的话却往往充满智慧。

此时，金属蚂蚁们零零碎碎地行走在山间，虽然每一个个体的意识都少得可怜，但也足以确保它们有一定的主观行动能力了。它们从世界各地赶到密林里的这颗参天大树之下，为了一个共同的目的，成千上万地聚拢着，紧挨着，竭力地往彼此的身上靠近。

万千细小坚硬的金属壳的贴近，发出嗤嗤的怪响。随着挤压的加剧，成千上万的金属壳破裂，融合，重组，最后成为一个封闭式的金属壳。此壳人形一般，足有一个成人的大小。

金属机器人刚刚生成，就在参天大树的树干前坐了下来。它的左手托着腮帮，一动不动，好似罗丹那具思想者的雕塑。随即，它问起了关于自己是谁，从哪里来，又要到哪里去的哲学史上三大经典问题。

恰在这时，它体内代表着各种意识的万能粒子，迅速重组起来，各种信息纷沓而至。它借此一下子明白了几件事，首先是自己的来历，严格来说，自己并非这颗行星上土生土长的金属机器人，而是另外一颗星球的产物。关于那颗星球的记忆，任凭自己如何竭力思考，都没有太多的印象——他们并不想过多地暴露关于自身星球所在的信息，无论对方是朋友还是敌人，因为在这个宇宙中暴露己身的位置，是一件极度危险的事，这也是宇宙间各个物种、各种文明，很少有交流的一个十分重要的原因。它仅仅知道，正是这颗星球上的智慧生命们创造了它，因何要创造它。

那还是在很久很久，具体也不知是多久以前，它的创造者们将科技发展到了登峰造极的地步，想要再进一步去提升，可这时他们遇到了所有高科技文明发展到最后都会遇到的问题。那就是，科技发展到一定程度之后，就无法有所提升了。哪怕明知一些科学原理，可妄图在这些原理的基础之上，制造出尖端的科技产品无异于痴人说梦。因为，包括人类在内的这一整个宇宙，每单位立方的空间所能容纳的物理定律是非常有限的，就像光速每秒大约三十万公里，无法超出这个极限，甚至无法减弱一样（物理学上，光的速度在不同介质中不一样，其实是光子在不同介质中被吸收再释放，而造成的视觉上的延缓效应，事实上，光子本身的速度没法提升，没法减弱）；一旦一方空间中的定律过多，其所在空间的物理定律就会发生混乱，继而导致这一方空间以内的所有物理定律，都会完全失效。其原理也类似于一个十分有名的科学推测：在一个极其小的奇点（物理上的奇点指的是：星系由于自身质量过于庞大，而产生格外庞大的引力，而最终坍缩成一个体积极小的黑洞，这个黑洞由于密度和时空曲率无限大，在其中某处会产生一个奇怪的点，是为奇点）里，时间和空间被压缩得极小，一切物理定律就会失去作用。

可是，越是先进的科技产品，需要用到越多的物理定律。空间容纳物理定律的限制，使得整个宇宙的科技发展到最后，都会陷入瓶颈之中。绝大多数把科技发挥到顶峰的文明，自此也就听天由命，安于现状了，就像他们绝对不会尝试去突破光速的屏障一样，他们同样也不会自讨苦吃地想去突破这种空间容纳物理定律的屏障——光速有上限和容纳物理定律能力的限制，似乎是宇宙因为不想文明之间有太频繁的活动交流，也不想宇宙的科技无止境地提升下去，而刻意设置的一条极难违反的物理法则，如果宇宙自身就有意识的话。因为，已有种种迹象表明，科技的提升是个高度逆熵（熵：用来描述一个孤立系统混乱程度的值，一个系统越混乱，表示熵值越大）高度耗能的过程。如果科技无节制地提升，宇宙就会更快地走向冰冷的死亡，就像一个热的火炉，如果耗能的过程加剧，势必会更快地走向冷寂一样。

“这就好比地球上的人类，各种交通工具发展起来以后，他们的速度也提了上去，人类社会的各种交流活动也就增多了，交通效率的提高并不会减少人类自身的行动。宇宙如果没有速度上的限制，各种生命的星际间旅行也就会变得极其频繁，而这必将会是极度耗能的，使得宇宙急剧衰竭下去；同样地，人类各种先进的科技被发明出来以后，对于地球本身的损耗就一直在加重，如果地球本身是有意识的，它会喜欢这种加快自身损耗，加快自身灭亡的方式吗？不会！因为，倘若人类将来变得很牛了，可以迁居到外太空之上了，可是地球本身却一定是满目疮痍的，一定是死寂的。当然，地球本身是没有意识的，可是这个深不可测的宇宙可能就不一样了。”它说着，林间的小鸟飞过，飒爽的风将树木摇出各种碎乱的声响，将它不自主发出来的声音切割得支离破碎，好像是那阴郁的森林，怕它的声音被谁听了去似的。

“一个物体，哪怕仅仅是沙漠中最是不起眼的一粒沙，想要去突破光速的屏障，即使耗尽一亿颗太阳的能量都做不到。因为随着这粒沙速度的增大，其自身的质量也会增大，随着它趋于光速，它的质量更是会趋于无穷大，加速起来会变得越来越困难，直到根本不可能，这是严格的物理定律所限制的。这一点，一百多年前的人类也已经明了。最近几十年来，人类用各种粒子加速器去加速很多质量极小的粒子，同样无法把它们加到光速，更别谈要超过光速，人类已经证明了光速不变原理的正确性。而我所在的母星目前也同样无法做到，不过却可以进行超光速的旅行，譬如他们最初来到这颗星球所使用的方法，就十分神奇，是一种通过空间折叠以进行星际航行的方式，其情形就像一张平铺的纸上的两点，如果在纸面上直线行走的话，即使用光速，也要耗费一定时间，可如果把纸折叠起来，相当于把空间进行折叠扭曲，而后再从纸上的这一个点到另外的一个点上去，即使是以远低于光速的速度行走，在纸张平面上的人看来，其实也相当于比光速更快了。母星用这样的方式躲过了宇宙对于速度的限制，但他们并不仅仅满足于此，他们是进取心极强的文明，还想要去突破三维空间中对物理定律的限制。为此，他们不在乎与整个似乎具备意识的广奥宇宙为敌。”

想到这里，它的心间有一些自豪，“宇宙间浩若繁星的绝大多数文明在此种限制面前都选择了退缩，而母星上的人们通过不断的努力，却发现了这种影响空间容纳物理定律的关键因素。至于这个关键的因素具体是什么，作为机器人的我目前不太能够明白，仅仅清楚要提升空间容纳物理定律的能力，必须借助于宇宙中纯意识的生物，让它们以其自身无所不能的转化能力，去转化出一种可以决定三维空间容纳物理定律能力的物质。”

它体内的万能粒子不断翻滚，致使它不断地审视自我和这个世界，又道：“这种纯意识的生物极善逃脱，宇宙里基本没有什么东西能够困得住它们。身为金属机器人，被苦心孤诣地发明出来设置机关陷阱，前辈们都已经完成了各自的使命。而我则要在确认猎物上钩之后，完成最后的一击，我当不辱使命。”

3

金属人在树下整理好自己的思绪，随即重新化成一堆蚂蚁，匆匆爬行起来，然后向着城市奔涌而来。而城市的另一角，苏雅意在小矮人的软硬兼施之下，跟随它来到了罗杰的住所。

罗杰的身体已经没有大碍，在过去的三个小时里，打着点滴听小矮人通过傀儡大概讲述了一番自身的来历，沉浸其中，倒已忘记了病情。而在一个多小时以前，在那间医疗设备还算先进的医院里，小矮人借助傀儡说道："你们人类的医疗水平说到底还是太菜了，简直没法看。我们先回你的家去，我的本体即将到那儿，到时我亲自给你看看。"

于是，罗杰和程学南就回到了家中。这会儿，等候着小矮人前来，程学南坐在大厅里看着电视，却找不到喜欢的节目，便将电视关掉，道："真不如专心听你吹牛。"

"你们人类的臭毛病还真多，总喜欢冷嘲热讽拿人寻开心，幸亏我神经粗大，要不然早晚被你们给讽刺死了。老实说，真的不是我吹，要不是遇到了你们人类，不要说是这小小银河系，就是放眼当今宇宙，也没有什么东西困得住我。"

"得，仅就目前的观测，银河系至少有两千亿颗的恒星，绝大多数恒星的质量又比太阳大，而宇宙里至少有上千亿个河外星系，这些星系有三分之二都比银河系大。所有的这一切都还只占到暗物质暗能总量的百分之三不到。你这个井底之蛙，还小小银河系，还放眼当今宇宙，你放得到吗?”程学南的反击理直气壮。

“呵呵，无知者无畏，我不和你计较。”傀儡并不介意将它脑中那些领先于地球的科学知识拿出来同他们分享，在他们的面前夸夸其谈，倒能显得自己阅历丰富，资格老，“老实说，虽然宇宙很大，大到期间孕育的文明已经存在超过百亿年，但其实，所有的科技文明发展到一定程度后，都必定会陷入停滞发展期，因为单位立方的空间所能够容纳的物理定律实际上是十分有限的，就像光速是有上限一样。所以在下只要大致浏览一些文明的情况，嘿嘿，便可知宇宙的全貌了。关于这一点呢，半个多世纪前有个获得过诺贝尔奖的叫费米的人类物理学家，曾提出过一个非常有名的悖论，认为仅仅银河系就大约有两千五百亿颗恒星，而银河系存在已有一百三十亿年左右，这就决定了，它很有可能不止形成了智慧生命的人类，更还有大量科技文明遥遥领先于人类的地外生命存在，又考虑到智慧生命克服资源稀缺的能力，和对外扩张的倾向性，任何高等的文明，实际上都很可能会去寻找新的资源，和开拓他们所在的恒星系统，可奇怪的是，他们都没有来找上人类，这明显不科学。所以他据此倾向于外星文明完全不存在。其实，他没有完全意识到，这实际上是因为，科技根本就不能够永无止境地发展下去，单位立方的空间容纳物理定律的能力的有限，决定了星际间物种的科技水平得以相互制衡，使得在渺远广阔的宇宙要去接触、侵略别的物种极其困难。想来，即使有科技高度发达的文明，要去侵略另外一个星球上的文明，很有可能在到达之时，对方的科技实力已经发展到不弱于侵略者的水平了，侵略者反而成为送上门的一块肉，所以会选择主动进攻的也就不多。”

“好吧，你说的这个单位立方容纳物理定律的能力有限，听起来好像还有点水平，究竟怎么一回事，咱们详细研究研究。”程学南的一颗好奇心被勾起，拉开架势，打算探究一番。

傀儡正欲把脑中去各个文明融合得来的关于宇宙的知识，向他们好好说上一通，它自己，也就是小矮人却在这时带着苏雅意从大厅走进来了。

“再说吧。”

“话说到一半，我心情可是会不爽的？这个对你应该会有所影响吧？”程学南语带几分得意之色。可忽然一抬眼，看到了大厅之外光彩照人的苏雅意，那张魂牵梦绕的脸蛋忽然出现在了自己的面前。他简直怀疑自己看错了，定睛再一细瞧，终于确认，心底的各种情感飞快地涌上了心头，一腔求知欲登时全部消退。

不用小矮人介绍，程学南的注意力都转移到了来人的身上，他被她强烈地吸引住。他没想到苏雅意还会有来找自己的一天，整个人精气神陡然拔高了。他的呼吸已不再顺畅，四肢已快要僵硬。

“不认得我了？”

“你来干什么。”程学南严肃起来，绷着一张脸，不给她好脸色。

他才不想让她知道自己对她还是很在乎。

“我错了，来请求你的原谅。”她的热泪似乎已快要淌下，“学南，我是有苦衷的。”

时间仿佛已经定格，程学南漠然着。他不说话，只因他不敢说话，他生怕一开口，胸腔里会只剩下呜咽的声音。

小矮人和罗杰见他们故人重逢，自己再待下去是多余，于是不打扰他们，叫上了傀儡，三人从大厅里退了出去，留给他们两个人一方世界。

4

大厅内已是人走茶凉，苏雅意终于向程学南坦白了关于她的情况。

一年多以前，她重新回来找他，本就别有目的，不是为了什么治病，更不是为了什么心理学的研究实验。

“一开始，协会陷你于闹市中那副模具枷锁里，并非纯粹要研究什么心理学。我也是后来才知道，他们那样做只是为了设计出更加完美的机关陷阱，以更好地去捕捉那种纯意识生物。说起来，那还是早在三百万年以前了，我们人类还是猿猴的那会儿，宇宙间，有科技文明遥遥领先于我们的智慧生命来到地球，他们发现这上面的猿猴很适合拿来当作陷阱。于是，他们建造了个机构，以各种各样的面目，出现于人类进化历史的道路上几个极其关键的时期，其余绝大多数时间则隐匿着。他们用一些十分高明的手段，调整影响我们的心理演化，目的仅仅是为了让我们的心灵世界，尽可能地生长成为一个毫无破绽的陷阱。你是知道的，我们人类的数次智力大爆炸，包括三百万年前的猿猴突然从树上下来，以及五万年前的一次智力陡然集中爆发，使得现代智人出现，都没有一个缓慢的过程。至今按照我们的进化论，无法给出一个合理的解释，但倘若有一双手在左右我们的精神世界，倒是可以解释这种诡异的智力跃升现象背后的奥秘了。而且，我们的情感，对人对事对物的热爱与憎恶，相比于地球上其他物种简单的趋利避害，有着更加不可思议的区别。我们会为了一个亲人的忽然离世而长久地悲伤；会为了一个喜欢的人而夜不能寐、辗转反侧；我们会因为热爱一项工作，几十年如一日地投入，忍受难以忍受的孤寂，这在其他物种身上是难以想象的。随便一个人，心灵的情感丰富程度，都是地球上其他物种无可比拟的，这也从另一个方面回答了进化论上的疑点。

“这双隐匿于历史长河中的手，极尽所能地发展出了我们精神世界的各种感情，让心灵看起来丰富多彩、秀色可餐，只要纯意识的生物吞食融合，就再也出不来，它们是密码，更是机关。然而，时至今天，这个陷阱仍有漏洞，那就是人类的爱情，对心上人的剧烈思念，竟会导致球体状的封闭心灵，产生通道，向着情人心灵的方向延伸而去，随即消散于空中，这无疑是这一整个天才心理机关的一大败笔。

“协会原来并不怎么着急，心理机关的建设原本就不是一朝一夕的事儿。不过，他们在大约七年前，通过观测发现，猎物游荡在银河系靠向地球的方向，很有可能会提前上钩。如果不能在它赶到之前，设计出完美无缺的陷阱应对，协会所有的努力都将付诸东流。”苏雅意眉飞色舞地说起来，和她一贯幽娴贞静的性格大不相符，像是个容易激动亢奋的男生。程学南这会儿想破头也难料想得到，林索夏此时在驾驭着她，只听她继续道：“要使向外延伸的情欲通道改为向内延伸，如兄弟之情、朋友之情、父母兄妹之情那样，再给协会上千年的时间，都未必能够倒腾出来。可猎物已经出现，如果这节骨眼上它上了钩，非但抓不住它，还会惹祸上身。于是，协会的人选择了走捷径，利用情欲通道向着心上人的精神世界奔走而去的特点，索性直接将一方的情欲通道打入另一方的精神世界，两个中空的心灵相连，成为一个彻底密封的系统，以此修补这一漏洞，使得心理机关臻于完美。”

“我知道了，原来如此，太可怕了，商店里的模具枷锁，到后来的拉我入会都是为了那样一个心理陷阱的成熟。”这些小矮人在刚才几个小时里，就已经隐隐约约地跟程学南提到过，但协会的事他知晓得并不太多，经由“苏雅意”这种当事人再行提出，当下明了。不过，他还有几处不解的地方，说：“可既然如此，后来我的心灵和你联接到一块，你为什么又对我那样冷淡？”

程学南想起她的莫名失踪，她的再找上自己后的柔情百转，以及她后来无故的冰冷如刀，这些时日以来，对她的所有怨恨、所有念想，都历历在目，无不让他再一次的百感交集。

“一开始我也不清楚，以为那样做都是为了你好。没承想这些实际上都是柏拉图协会为了情欲通道的建设而折腾出来的。每一种情境下的思念，都有利于情欲通道的建设，他们以各种各样的方法让我无知地帮助他们，就连后来他们要我用言语伤你，都是为了那万恶的情欲通道的稳固成长。而他们竟然说，那是为了你和我的将来，所以我才说了那些话，做了那些事，他们太可恶了。”苏雅意楚楚可怜，程学南的内心为之一动，往日里由爱而生的万般恨，登时如雪遇到阳光般渐次消融。

另一边，林索夏的父母要他驾驭苏雅意，却并没有和他道明自己这样做——让苏雅意不再理会程学南——会给本来就已经羸弱的苏雅意带去伤害。他现在通过她和小矮人的碰面，清楚地得知了这一点，于是改变了策略。否则，纵使他万般乐得见到所爱之人和其他人分开，也很难叫她以那样冷冰冰的态度去对付程学南。因为教她去伤害程学南，就是在伤害她自己。因为，当你伤害一个永远忘不掉你的人，那个人只会更加地忘不掉你，更加地想念你。

林索夏让苏雅意来找程学南，只是希望程学南不要再想念她。因为，就连小矮人也不太清楚，陷入昏迷的她还能撑多少情欲通道的分量，必须尽量减少它的增多。

“你能原谅我吗，我们可以重新开始吗?”苏雅意坐到程学南的身旁，林索夏的心则开始一点一点地撕裂。

“你受苦了，这句话应该我来说的，一切都过去了。”程学南轻搂着她，像是搂着一件绝世的珍宝，生怕一个不小心会伤害到它，连回应都是轻声慢语。

而他所不知道的是，城市的另一边，林索夏满脸胡子拉碴，头发蓬乱，和往日眉清目秀的自己判若两人。他正全力奋战，通过电脑程序，控制苏雅意的一举一动。

这段时日以来，他只有在苏雅意休息睡觉的时候，才敢休息睡觉，其余时间他都必须高度集中注意力，全力应付。

他所居住的不过是一家人多口杂的小旅馆，却可使他很好地隐藏自身。小矮人的万能粒子虽然稀释开来，弥漫到城市的各个角落，可几乎只能和同为万能粒子的意识发生作用，对由地球上其他粒子构成的东西都视若无睹。它必须靠着由意识转化出来的小矮人，以及小矮人驾驭的各种各样的傀儡，才能很好地视察整个人类社会。

此时，全神贯注、自以为不会有谁来打扰的林索夏，却陡地意识到，小旅馆的房间里有了一波胜似一波的嗤嗤的怪响。

5

林索夏一边控制好程序，一边回过头来查看身后的状况。只见不知何时，地板上已经聚集起了数不清的蚂蚁，它们正快速地聚拢。

他控制着苏雅意和程学南的碰面，出不得半点差池，瞄一眼蚂蚁，又重新回到电脑上，再继续回头瞧上一眼。

如是几个来回间，一回头，这些蚂蚁赫然已经形成了一个人形，反过来对他虎视眈眈。

“你总算是来了，等你等得可真够累的。”他面带疲惫之色，一点也没有被它的奇特模样吓到，只因他和自己的父母有过近距离的接触，他们和它不就是同一个物种？所以见怪不怪了。

“总部的人都死了？”哪怕明知如果没有前辈们的阵亡，它绝无可能站立到此，它还是发问到。

“确认猎物到了太阳系，无论上钩与否，为了不留下什么高科技的信息给它，他们第一时间就启动了自毁的程序。”他道：“时至今日，协会只弄出了二十对不到的完美陷阱，好像还有对上钩了，但不能完全确定，毕竟，我也没有直观心灵的能力，有可能是它使诈说自己上钩了也不一定。”

“什么完美陷阱？听你这话，莫非经过了这么长的时日，陷阱还没能搞定？”金属人毕竟初来乍到，对时势的变化还不清楚。

“哪有那么容易，猎物提前出现了。”林索夏指了指旁边的一叠文件，说：“都在那上面，你去好好读读吧，我现在没空跟你解释太多。”

金属人于是不再多说，拿起了那份文件，将前辈们如何影响人类心理演化的综述概览了一番。很快，它就大致清楚了猎物提前出现，人类的心灵作为陷阱，却尚有漏洞，情急之下修补，锻造出来的完美陷阱又不太多的严峻事实。

而摆在它面前更为残酷的是，协会总部在大约一千年前的成吉思汗时代，和母星失去了联系，至今都没能再和母星的人对上话。母星由于怕受到攻击，从不暴露自己在宇宙之中的位置，也就无法主动前去搜寻。它们这些金属人只能根据自身程序的设定要求，艰苦而漫长地把这项计划坚持下来。

“其实不管猎物踩中完美陷阱与否，只要它发现地球原来机关陷阱密布，就不会再轻易尝试这上头的生灵了。我只管负责将世界的一切全部毁灭掉，根本无需管它踩没踩中完美陷阱。”金属机器人在心中判定着，暗道自己的职责重大——只有自己才有资格去启动那灭世的按钮，过去的自己在悠悠岁月中沉睡，如今苏醒过来，原以为一切都已水到渠成，只要动一动手指便能搞定，孰料竟遇上了陷阱尚有漏洞的现状，“好在猎物首次的吞食量不低，按照目前的形势来看，是吞食了程学南和苏雅意的心灵所构成的完美陷阱，而只要有这么一对，也就够了。”

它们都是机器人，在主观意志和创造者设置的程序有所冲突的时候，必须放弃自我的意志，绝对服从程序的设定。所以即使协会总部的成员觉得，尽快毁掉地球上的一切无疑最是正确，却也只能等到它的出现。

同样因为程序的设定，在得知猎物进入太阳系以后，那一个个的金属机器人，便开始了自我的清除，整个柏拉图协会的重要人物，那些先进的仪器和详细的资料，都在它们的处理之中。而后就是总部成员的自我销毁，哪怕它们强烈地不愿意，却都必须严格按照程序执行。

良久，金属人放下那份报告，说："我大概明白是怎么一回事了，你继续忙吧，我现在得去启动灭世按钮毁灭地球了。"

它要毁灭地球，就像毁灭一个不想要的玩具一样轻松，作势欲走。

"慢着，你刚刚说的什么，你要去毁灭地球？"虽然操作着苏雅意，出不得半点差池，林索夏听了这句话，还是停下了手中的操作，惊愕地回过头来。紧接着，他声音低沉，却似乎用尽全部的生命力量在说话："你留下来是要去毁灭地球的，怎么会是这样？"

父母并没有告知最后的金属机器人，要来毁灭掉这个世界，这颗蓝色的星球，他们只是告诉了他，选他和它做接头人，再协助它处理猎物被困住之后的事宜。"他们说过的，要让我和雅意在地球上好好地活下去。"他在心底喃喃道。

“是的，他们难道没有告诉你吗?”它显出错愕的神情，一副审视的模样盯着他，道：“我的存在就是为了来按那个灭世的按钮，到时地球弹指间灰飞烟灭，地球上的一切生灵，包括你我都活不了，属于我们每一个人的精神世界的万能粒子，也都将消失于这一方时空。而苏雅意和程学南的心理机关，会把猎物带到协会所设下的接收机构去。那里，估计有个比十八层地狱还要让人难以忍受的地方，相信在那里，也能很好地驯服那头桀骜不驯的猎物了，终能让其乖乖为母星所用。”它并不清楚林索夏心底对苏雅意的情感，它只以为他是个极度仇恨地球人类的人，专门被组织训练起来配合他毁灭掉这颗蓝色星球。而作为金属机器人，他生来就是要按照程序办事，又道：“我这一去，若能一举成功，那是再好不过了。否则，你就继续驾驭苏雅意，伺机杀掉程学南，或者苏雅意自己。只要他们两个随便一个完蛋，心灵自然就会像鱼钩般，快速而强有力地带着猎物到达目的地，哪怕他们任何一个的心灵还完好地栖息着，也会被另一个人身上的心灵给撕扯下来。这就好比把许许多多张扑克牌，以一定间隔摆开，一张扑克牌倒下去了，也会把另外一张给压倒，一直下去，直到第一万张也都是会倒下去的。”

“是的，像多米诺骨牌效应。在一个相互联系的系统之中，一个很小的初始能量就能产生一系列的连锁反应。”林索夏简短地回应了句，心底却已是惊涛骇浪。

“我这一去，不过是想毁灭掉母星设下的这一整个心灵陷阱的痕迹，好让母星将来再去其他星球，设置新的陷阱捕捉更多和它一样的同类，才不会被警觉到，这一下就把你也给毁灭掉，你应该不会恨我？”

“明白，不会的。”他看似已心如死灰，对这个世界绝望的样子，又目送着它把自己化成了一群蚂蚁，沿着墙缝爬了出去，不知通向何方。

第十四章　决定地球命运的一小时

1

空荡的房间内，一整套精良的操作机器悄无声息地运行——它们比之前汪雪操作的那一套更加精良，林索夏思绪纷繁，不知该怎么办。

大概四个月前他才知道，父母原来并非什么人类，而是柏拉图协会总部的实际掌控者。他们的身体里藏着一段金属，由数不清的金属蚂蚁组成。从小到大，他们以在外经商为由，和他聚少离多，从未引起他的任何怀疑。

曾经他以为他们不关心自己，原来他们每次和自己碰面，都要煞费苦心地化上一番妆。他们知道，要是一个不小心让他看到了真相，对彼此都不好，所以才选择了逃避。

“此种情况下，还有柏拉图协会里十分头疼的事务，他们仍然在每次过节时抽出些时间来陪我，我真不该有什么抱怨。”他一边驾驭着苏雅意，一边沉浸到幼时和他们在一起的美好时光里，轻声自语。

定了定，他让苏雅意跟程学南说累了困了，要找个地方先休息下，便暂且支开了程学南，让她径自去房间仰躺着歇息起来。

随后，他把全部的注意力都放到了刚刚那个金属机器人说的，要去毁灭地球的这一桩事上来。

“爸妈曾经跟我说过，他们必须绝对服从程序，哪怕他们有时候并不想根据程序的要求来做事。而按照既定的程序，他们必须要选个可靠的人，在协会毁灭后和最后的金属机器人取得联系，协助金属机器人。可是，他们为什么会选我做最后的联络人？协会里人才济济，他们为什么非要我去和它接触?”林索夏多长了个心眼，不知该任由金属人去毁灭地球，还是选择去告诉小矮人，让它前去阻止。“最让人感到不解的是，父母并没有要让我协助它毁灭掉地球，他们也没有让我把雅意处理掉，他们说过要让我和她在一起的，就让我这样驾驭着她一生一世。显然，这个金属机器人对我和雅意的情况并不了解，它只是以为我是协会选来配合它的人。”

一想到这其中左右矛盾的疑点，他觉察到了其中的不对劲；一想到宇宙中从此没有了这颗生活着近百亿人口的星球，从此没有了苏雅意，更是从此没有了人类，他就好一通的纠结不安。

“在我两岁的时候，生身父母不幸出了意外，机器父母抚养我成人。他们作为金属机器人，必须绝对地服从程序，如果他们不希望我，或者有其他人去做这件事，想来必定会触犯程序。说不定，他们只能以那样的方式来选择我，让我去告诉小矮人，阻止地球的毁灭？毕竟，他们已经和母星失去了联系，是有可能打算违反它们的意志的。”林索夏不知自己的猜测是否正确，不知自己是否能懂得父母的真正意思。

揉了揉眼睛，没了主意的他无助地趴到桌上，不放过任何细节地回想起父母临终时的模样来。

他永远都忘不掉他们临终之时的那一幅幅画面。

那还是半多月前一个炎热的清晨，首先是父亲，突然走到自己的面前，说：“我是机器人，我受到至高无上的程序的调控，我选定你联络最后的金属机器人，但我并不希……希……”没等说完，他整个人就爆炸了，像是猛烈烧坏的电磁炉。

紧接着是母亲，漠然地走过父亲已经烧成灰的尸体，正面朝向他，说：“我是机器人，我受到至高无上的程序的调控，我选定你联络最后的金属机器人，但我并不希望……望……，”只比父亲多说了个“望”字，母亲整个儿地便也爆炸了，仍像是猛烈烧掉的电磁炉。

“他们要对我说些什么，该不会是？”林索夏忧心不已，打父母去世以后，他一直都沉浸于那无尽的哀伤和驾驭苏雅意的繁忙之中，竟然没能停下来思索他们可能“话里有话”。这会儿，他见了最后一个金属机器人，结合它的话，思绪一时全都被牵引了出来，“应该是这样的，他们要告诉我的，是程序不允许他们说的，他们违反了既定的程序，他们其实并不希望最后的金属机器人真的去毁灭掉地球？他们希望强行突破程序。可是，他们被程序给毁了？”

反复思量，林索夏觉得父母有他们的良苦用心，“他们一直都希望我能幸福安稳地活下去，他们必定还要再说些什么，他们一定不希望我去死。否则，大可以选择其他人来和它接触。”

这样想着，他的眼角不知何时有了些许泪花。这会儿，他也顾不得去擦拭泪水，操纵起苏雅意从床上起身，向着小矮人大步流星走去。

此时，沟壑万千的月球背面，正有两颗眼睛死死地盯着视频上林索夏的一举一动。他们给林索夏的父母设下那样的一出，是希望林索夏可以去通知小矮人——这是他们根据长期以来对人类微妙情感的把握设计出来的，虽然不能百分之百地保证林索夏照着他们的所思所想去做，但只要成功，就能使小矮人认为阻止毁灭地球的计划仅仅是林索夏因为父母而主观做出的突然之举。

当然，倘若林索夏没有按照他们的设想去做，他们也会启动另外一项计划，让最后的一个金属机器人尽量自然地暴露在小矮人的面前。只有这样，他们才能走完耗费无数心力和时间，布下的这个毫无破绽的惊天奇局的最后一步。

由于光传播速度的限制，在月球之上，他们延迟了大约两秒，才见到没有令他们失望的那一幕。随即，他们露出了独属于他们这个种族才有的笑脸。

2

正当黄昏，夕阳无限好，小矮人美滋滋地沉浸在那带有血色的阳光底下。它将衣服尽皆脱去，露出一身灰褐色的岩石模样。它把自己加热到一千摄氏度以上，舒舒服服地漫步于罗杰家的花园上空。

围绕着它方圆三五米的范围，就像是个熊熊燃烧的火炉，苏雅意脚步匆匆地来到了它的近旁，一个不留神，险些被那阵热气给掀倒烫着，她急切道：“我有要事跟你商量。”

它收掉那一身的炙热，从半空中走了下来，道：“怎么啦？”

苏雅意十万火急道：“我受到了控制，柏拉图协会的人控制了我，就像你的脱胎换骨术那样，我也被控制了，只不过控制我的那个人不是你，他们在一种你完全不知情的情况下控制了我。”

因为紧张，她反反复复说了同一个意思。

“你说清楚点，既然这样，你为什么要跟我说这些？”

林索夏继续驾驭着她说道：“现在我没有办法跟你解释太多，情况十分危急，有个金属人，属于柏拉图协会的金属机器人，它要去毁灭地球了，刚从我这里出去。你快去阻止它吧，用你神一样的能力。”

“你也受到了控制？”小矮人不敢相信，觉得若果真如此，自己就是太过大意了，自己一直提防着有人来追杀程学南和苏雅意，却万万没有料想到，若是有人毁灭了整个地球，可比直接杀掉程学南或者苏雅意更加的干净利落。“你为什么要告诉我这些？不会是想调虎离山，借机杀掉程学南吧？”

“请你务必相信我，我实在没有必要欺骗你。不然，你大可以带上程学南一道前去阻止；而且，本来我都可以驾驭着苏雅意直接自我了断的。”

“你在哪里？”

“兴隆路 32 号恒通宾馆 6 楼 607 房间。”

得到地址后，小矮人没有亲自前往，而是就近挑了名傀儡进入林索夏的房间查探虚实。只稍稍进去看了一眼，它就立马知道苏雅意所言非虚，她果真被人控制住了。

“真该死，我这什么眼力。”小矮人的心狠狠地揪紧了一下，紧接着，迅速调动周围的一切资源，以林索夏为原点，集中搜寻起金属蚂蚁的下落。它的心智格外的强大，奋力寻找蚂蚁的下落，却尚可分出一部分意识来同苏雅意对话，说：“你为什么要告诉我这些？”

“我也不知道为什么，大概是因为我不想离开地球，不愿意人类失去地球吧，谁都不想失去生于斯长于斯的故乡不是？”他没有说出口的是，他不想自此就和苏雅意永别，如果地球毁灭，他可能自此不复存在，进入茫茫虚空，而她却则将去往协会母星的接收机构。

“不必了，发现它的踪迹，我自有法子叫它吃不了兜着走。”小矮人盯着苏雅意，自信满满。

3

蚂蚁们为了掩人耳目，不求速度，低调地前行。

它们以为自己神不知鬼不觉，而小矮人的傀儡们却早已注意到它们的行踪。直等到它们聚到一块，形成了一个人形物体，小矮人才打算动手。

只见它从空中无声无息地伸出来一根触须，先是在金属机器人的外壳反复查探，看是否有什么猫腻，发现不了，情知自己如今已被他们的完美陷阱给困住，不介意再多一个。而他们花费了数百万年的光阴，才好不容易锻造出来一个没有破绽的心理机关，这金属人想必不会有更加厉害的机关陷阱。它想，要有的话，他们早该拿出来使用了。

“一朝被蛇咬，十年怕井绳，过度的小心反而会使我失去更多柏拉图协会的信息。有道是知己知彼，百战不殆，我怎么都必须加强对他们的了解才是。”于是，它将那一根触须稳稳当当地伸入金属人的内部，一经进入，发现果真没有猫腻，这才将其金属之上的万能粒子吸收融合得干干净净。

转瞬之间做完这一切，它不但得到了万能粒子，还有其中蕴含的丰富信息，一下子也就搞清楚了它打算怎么毁灭地球，止不住地发出了惊叹。

“好家伙，如果不是及时阻止的话，你将会拿七千个功率超强的发动机，然后将它们分别放到地球的四个地点，同时启动。这些发动机可骤然产生巨大的动力，瞬间将地球加速到难以想象的地步，使地球脱离既定轨道，朝着太阳冲去。等到靠近太阳，又靠太阳自身强大的引力，将地球吞噬其中。”如果没有林索夏的通风报信，当它做出反应的时候，一定大势已去，无力回天。“真让你得逞了，也就两三百个小时的工夫吧，地球便能和太阳来个亲密接触。”

小矮人好一通的后怕，循着脑中这些新得到的信息，远程操作起傀儡们前往世界各地，取出那些由柏拉图协会母星制造出来的，可以利用正反物质湮灭产生高能量作动力的高功率发动机，彻底消除了隐患。

4

漫步于罗杰家的花园上空，根据这些从金属人处刚得到的信息，小矮人终于搞清楚了那躲藏在暗处的捕鱼者对自己这条鱼为何这般感兴趣了。他们穷尽心血，机关算尽，原来是要拿自己去突破他们自身科技发展的瓶颈。

“毫无人性的家伙，想拿人家去发展科技。那好吧，咱们走着瞧。”它愤愤不平，“目前来看，你们这群没人性的家伙和你们安置在地球上的金属机器人已失去了联系，这等于给了我一个翻盘的机会，等我缓过这口气来，不惜一切代价定也要去找你们复仇，将我遭受到的这些十倍百倍的加在你们身上。”

它怒气冲冲地说着，而在这短短的一两个小时里，程学南沉浸在和苏雅意重逢的喜悦中，完全没有注意到一场决定人类生死存亡的战斗已经悄无声息地发生和结束。至于苏雅意的行为举止，在他看来，依然没有任何的异样——他也曾经怀疑过小矮人对她实施了脱胎换骨术，但近些时日，根据这个心理机关本身的特点，以及它的信誓旦旦，他知道它无需这样做。它要朝她下手，还不如先向不大听话的他自己下手。

城市的另一边，为了生计奔波劳碌的人们，同样没能注意到这个已经存在了大概有四十亿年的地球，正在经历一场从死到生的游戏，林索夏是唯一的知情人。此时，趁着程学南和罗杰去商场采购庆祝和苏雅意重逢的物资，他借她之口向小矮人发问道：“这两个小时，我如坐针毡啊，地球要完蛋了没？”

“不用担心，危机已经解除了。”小矮人简要地向他介绍了一番经过，完了又道：“你现在只管顾好自己，顾好苏雅意，这种决定全人类生死存亡，保护地球的大事还是交给我这种超人的好。还有，我要奉劝你一句，千万别在程学南面前露了馅，要是让他知道你如今掌控着苏雅意，苏雅意受到了脱胎换骨术的影响，这小子估计要受不了打击，得更加疯狂地在乎她，关心她，继而不由自主地来想念她了。这可不是我的目的。再者，要是让他知道你林索夏驾驭着她，他还会让你驾驭吗？”它把林索夏的心里话说出。

“总而言之，林索夏，结合你们人类的情感特点，程学南混得越好，就越不会去思念苏雅意，对她的伤害也就越小。好比你若总是和你的父母亲幸福地生活在一起，抬头不见低头见的，你还会格外地思念他们吗？两千多年前你们人类有位叫柏拉图的哲学家曾说，互相不见面而又相爱的两个人，越是不在一起，越会各种想念对方，他的柏拉图之恋讲的大体也就是这样的极端情况。我们这个是运用了柏拉图之恋的逆反原理。还有你们中国古代的文人墨客，每逢孤单寂寥，过得不好的时候，总也喜欢抒发想念亲人爱人的情感，也差不多一个道理吧。”小矮人的声音通过苏雅意，传到林索夏的房间，他若有所思地点了点头，它才又道："当然，你若不愿意看到程学南和苏雅意幸福地生活在一起，我也可以派个人去协助你操作，你大可以好好去休息了。"

"我知道你打的什么鬼主意，想取得这操作权，我明确告诉你吧，那是不可能的。你若想强行夺取也是枉然，不然你大可以试试。说来你也是掌握了脱胎换骨术的人了，应该知道，我有多么容易就能够引爆那些移植进人体的填充材料。"林索夏威胁道，而就在这时，他又想起了父母的良苦用心，喃喃道："也许，身为曾经整个柏拉图协会的实际驾驭者，他们清楚等小矮人缓过气，陆续从那些有漏洞的心理机关里出来，迟早有一天也会找上他们的儿子，他们只有通过这样的方式才能让他们的儿子能够活下去吧？根据程序，他们一开始应该要选个极度反人类的人，他们却违背程序选择了我，不知，可会有来自于程序施加的苦楚？"

他的脸上尽是凝重的神情。

"别紧张啊，我不过是说说而已。而且即使我强行夺取，以你的善良和对苏雅意的爱恋，是绝对不会亲手杀掉自己的心上人。"

"那是你对我的了解不够。"林索夏阴冷下口气，道："她不喜欢我，毁掉她，我不在乎，一点都不在乎。"

"好，怕了你了。"小矮人嘴上认怂，心底却没有被林索夏唬住，已谋划起来，打算去夺取，"我还是要再次跟你强调，我们都是为了苏雅意好。她和程学南如今是命连一线了，程学南过得好与不好，某种程度上就决定了她的生活质量。”

“这些我都懂的。”林索夏平静回应道，内心五味杂陈，“他们再怎么亲热，也决不允许他们发生性行为，接吻都不可以，最多拉拉小手，特殊情况下搂抱还是被允许的。”自小养尊处优，很少受到挫折的他苦恼地思索，全然没有料到小矮人已在着手对付他。

当它得知原来有个人驾驭着苏雅意，别提有多恨自己的不小心了，怪自己前阵子把太多的精力放在逃出有漏洞的心理机关上，也怪自己低估了柏拉图协会的手段，于是第一时间从舒舒服服集聚于太阳之上的万能粒子中，分拨出一大群，火烧火燎地赶往地球。

它的求生意志一向不弱，哪怕已上了钩，也要尽一切办法将命运掌控在自己的手里。刚刚向林索夏的妥协不过是权宜之计，过去的一两个小时，一来它忙于对付金属蚂蚁，二来它留存于地球上的万能粒子着实有限，不能确保动手的时候万无一失，因而暂且搁置。此时，大批万能粒子赶到，它神不知鬼不觉地用它们渗透进林索夏的身体，打算用它们随便转变成个什么东西，直接杀掉他，进而取得对苏雅意的绝对控制，把命运更好地掌握在手中。

谁料他的身上竟然大有千秋。

等到大批万能粒子弥漫于林索夏的四周，一番查探，它却发现他也受到了那类似于脱胎换骨术的影响，虽然他的身上被改造的部分不是特别多，不足以对他的健康造成太大的影响。但柏拉图协会在他的部分骨骼中填充置换了一些材料，它们构成了几个器件，以作为操作苏雅意的一整套机器的关键。那些关键器件的动力源自他的心脏和大脑，若是轻易地杀掉他，器件势必停止运作而宣告报废。到时自己要给苏雅意换一套新的器件，才能支撑她的生命，可那样一来，二次手术对她的伤害之巨，非常有可能导致她的直接死亡。

“她的意识不能离开她的身体，我必须叫她好好地活着，稳稳当当地活着。否则她一死，飘荡而出的心灵将会把程学南的一整个儿精神世界也给撕扯下来。”小矮人用万能粒子入侵林索夏的身体之后，没有了进一步的行动，“这挨千刀的柏拉图协会细思极恐，步步杀机，莫非我这次真的无力回天了？”

久久，都没有人回应它。

“唉，苏雅意会死，程学南也会死，说到底他们都是肉体凡胎，哪怕苏雅意没有受到这脱胎换骨术的影响，最多也不过是数十载光阴的寿命。只要他们其中随便一个完蛋，我都无法呆下去。”小矮人越想越觉得自己命苦，朝天看去，咬牙切齿道：“柏拉图协会，不敢正大光明地干上一架，算什么英雄好汉，等正面碰上了，非把你们的老巢夷为平地，非把你们一个个抓起来修理不可。”

它同样不敢以万能粒子去切断苏雅意和驾驭着她的机器的联系，生怕一个不小心，切断本身就是启动毁灭苏雅意的信号。“无法确定的事儿太多了，我就像是个踩中地雷的人，都不敢妄动一下。罢了罢了。”

直叹自己的命苦，小矮人让那些赶来毁掉林索夏的万能粒子重新回到太阳上。而似它这般具备顽强求生意志的人，只要有一线生机，必不轻言放弃，它又迅速专注到手头要解决的纷繁危机上来了。

腾空而起，到达房顶，它没有心思再将自身的温度提升，来享受生活，“鬼知道柏拉图协会是否还有更加厉害的后手，当务之急，还是要抓紧将触须从那些有漏洞的心理机关里拔出来，不然疼起来真要命。起初，我探入的心灵有上千万个，利用驾驭各色人等去勾起情欲通道的办法，快速地从这些人的内心逃脱，十之五六都成功了。除去程学南和苏雅意这对完美陷阱，至今仍有不下五百万个的心理机关困着我，有点出乎意料，占比大的不是老人和小孩这种产生情欲通道的能力弱者，而是以年轻人为主。他们大体分为两类，其一受过深刻的情伤，从此把自己封闭起来，不再相信爱情，轻易不再去爱一个人；其二是爱过太多的人，对爱情变得麻木不仁，同时精力过于分散，内心里较难构建出一条情欲通道。

“这些人难是难了点，并非无解。最直接的办法便是直接把他们杀掉，他们死后，飘荡而去的心灵，漏洞在太空里自然会很快地显现出来，等到它们渐行渐远渐崩溃，正如一个漏了水的木桶在空中飘行，桶里的水终将很快消耗殆尽，我也能轻而易举地逃出来了。可是它们离开人的身体，飘行在太空中的这段时间会对我造成不小的拉扯，叫我苦不堪言，不得不尽快除去。”

第十五章　人体冷冻技术的关键

1

这一段毁灭地球的插曲结束半个月后，小矮人无法再获得更多柏拉图协会的信息了，它们销声匿迹得尤为彻底。

“一开始来到地球，我小矮人最先是在太平洋深处给自己修建了处营地，那里的高温高压能够确保我的舒适，同时也为躲过柏拉图协会的耳目创造了便利条件。但没承想这该死的柏拉图协会藏得竟比我还深，竟然不惜抹除自身的一切踪迹。我如今倒是完全没有必要遮遮闪闪，也就没有必要再回去了。罗杰这边的风景看来不错，可以改造成一处新的大本营。”小矮人扫视着全场正在加紧竣工的工人，一副虽然只是盖个建筑楼，却不无指点江山的模样，认真地筹划起来。

这半个多月，它翻遍自己早年遨游宇宙间融合得到的各类知识，发现各个文明都有让自身活得更为长久的科技。因为生存一向是宇宙间文明的第一需要，每一个文明都会在关于生命的科学技术上，发挥出最强的聪明才智。当然，势必也都有各自独特的造诣。外星生命虽然和人类的身体构造大相径庭，但他们的一些医疗技术，倒还有不少可以拿来用在人类的身上。“要想把人类的寿命延长，结合他们自身的特点，再配之以我所掌握的医学技术，目前最多只能使他们的寿命提升个三分之一左右。可哪怕程学南和苏雅意再活上个一百五十岁，也太短暂了，在此大战中，于事无补。”

它一边指挥工程建设，一边又提着个傀儡，让他面对着苏雅意，和在她背后的林索夏商讨——他们交流的方式，竟然有点像是用两个聊天账号聊天，而这个“活人账号”可以发表情，可以语音，不无诡异。

“你所融合到的知识里面，难道就没有和人体冷冻技术相关的？连我这门外汉都知道的，通过冷冻，可以使人的意识长久地留存于他们的身体之内，在必要的时候再唤醒被冷冻者。被冷冻者苏醒之后，可以再去开始自己的生命，好比蔬菜可以通过冷冻保住新鲜。这门人体冷冻技术，早在三十多年前，人类就在认认真真地试验了，每年我们国家也都花了不少经费在上面的，也已经有一些人在死后会花笔钱将自己的大脑给冷冻起来，虽然目前基本找不到唤醒之法，虽然那种冷冻之法还过于简单粗暴。但您所拥有的技术那么牛逼，领先于我们那么多年，对于这门技术，应该不在话下吧？”

“哪有那么容易。以你们人类自身的研究水平来说，在这门技术面前，只相当于古人对于千里眼的一种‘科学’幻想罢了。而你们的古人不知道，要实现现代的千里眼技术，即借助于卫星视频拍照，所要做的技术和理论的储备之庞杂与艰深。不过，就目前我所了解到的一些情况，确实有文明在理论上完成了冷冻技术，只是他们仍然无法发明出冷冻机器。最主要的难点还在于，单位立方的空间所能容纳的物理定律十分有限，而冬眠技术所需要的各项设备，需要用到相当多的物理定律，超过了目前三维空间负荷物理定律的能力上限。”小矮人回应道。

“这些冷冻知识你也都融合了吧？”

“那倒还没有，我虽然厉害，闯荡宇宙这些年，什么世面没见过？但宇宙里好些第一流的文明，都能靠高能中微子束驱赶我，他们把自己隐藏得天衣无缝，非但其他文明找不到他们，就连我这种完全由万能粒子构成的生物也极难发现得了他们。不过嘛，这门技术所需要的绝大多数的知识储备，我差不多都已经具备了，只是还欠缺一两个关键的点。”

和林索夏接触得越久，小矮人越是发现，自己根本无需去夺取他对苏雅意的控制权。这个人对苏雅意的上心程度，大概只有程学南及得上。而某种意义上，程学南多半还是靠着情欲通道维持着对她深切的爱。他却没有，天然纯粹。

三个月前，在林索夏刚接手对苏雅意的操作那会儿，汪雪早已因为严重违规操作而失去了操作的权利，并最终受到严厉的惩罚，失去了生命，哪怕刘庄晨极力为其说话。他也是从那时才知道苏雅意对他的拒绝，是在汪雪的控制下，他从来就没能倾听她说出哪怕是一句话，更从不知道她心底对自己的真实想法。随着她的沉睡，他更是彻底失去了亲口问她，亲自再去给她关怀的机会。这些时日，他不断地暗示自己：雅意说不定在清醒的时候，已经喜欢上我了，只是不能表达出来而已。

“哪怕我要强行夺取控制权，他若有机会杀死苏雅意，也绝对不会选择和她玉石俱焚，虽然他口口声声地说不惜一切。唉，人类的这种情感，真是难以理解，也无怪乎我被它给困住了。”小矮人轻声自语，林索夏眼睛一亮，好像忽然想起了什么似的，驾驭着苏雅意又对它说道：“对了，除却人体冷冻技术，我还记得柏拉图协会里有一种叫做时间分区的工具，其内部仅仅过去一两天，地球却过去了十几年。这个原理好像不太难？我们人类里学过物理的高中生都懂广义相对论，不同引力的时空，在各自的时空看来，时间的流速不一样。这样，让雅意在时间分区里，一天相当于外界的十几年，也可以为你自己争取到不少时间了，然后再配合你那人体冷冻的技术，应该可以让你在地球上呆个好几千年了。”

“原理是不难的，但说说容易啊，那种引力超大的地方，并不适合全身上下都由有机物构成的肉嘟嘟的你们人类生存。也许有方法可以消除那种影响，但对于目前的我还有点困难，相信柏拉图协会的母星要做到那一点也会很困难。”

它大脑处理各种信息的能力一流，和林索夏斟酌着怎么延长苏雅意生命的同时，也不忘了让傀儡去和程学南交谈人体冷冻技术，毕竟这门技术将来还是要用到他的身上。

“小程啊，在罗杰家修建这样的大工程，大兴土木的，除了修建我自己的大本营，更主要是为了捣腾人体冷冻技术，这门技术主要为了你和苏雅意着想呢。”依然是充满关怀的口吻，“不过，目前我所拥有的知识还不足以搞出这门技术，理论储备不足，有两个点没能完全搞定。我必须先帮助你们人类理解这些东西，然后再让你们人类在此基础上去探索发现，以得到所需要的一切自然规律，继而加以应用，造出冷冻设备，你明白吗？”

“这门技术看起来非常厉害的样子，但这一来一去的，可要费去不少工夫了，你就不能自己去探索发现吗？”程学南诘问道，“就这么懒？”

“这个问题好。”小矮人喜欢程学南心情愉悦时，给它带来的轻微放松，所以动不动便要夸他两句，说：“还非得交给你们人类不可，探索发现自然规律的能力，我是一点也不具备。和宇宙中你们这种意识有所依附、身体不仅仅由万能粒子构成的生物相比，这种对于未知的探索能力，不知为何，我几乎为零。也许是因为我以及我的整个种族从诞生之初，便已经习惯于靠直接吞食他人的心灵得到各种自然规律，最终失去了这种探索发现的能力吧。”

小矮人言语间颇有几分遗憾，继续道：“如果单靠人类自己琢磨，我想，光是理解完我所掌握的那些残缺不全的冬眠技术理论，起码就得花上个十来年。不过，有了我这好老师的讲解，配之以那些探索发现能力和理解能力都非凡的顶级头脑，我相信你们人类非常有希望在三年之内，整明白冬眠理论，还非常有希望在此基础上，在接下来的一两年里取得突破，将整套理论给完善起来。”

“你找人慢慢研究吧，生物学方面不是我能碰得了的。”程学南虽然口气谦虚，言下之意却是除了生物方面，其他学科他都很厉害。

“好的，现在我要专心去应付这些科学家，向他们传授各种高精尖的知识，这个比较耗脑，先不和你聊啦。”小矮人借傀儡说着，让他走出了房间，就像关掉一个微信聊天界面。

2

光阴似箭，岁月如梭，转眼之间，身为纯意识的猎物来到地球，被困在人类的心理机关里已经过去了三年有余。

此时，一望无垠的大海之上，天蒙蒙亮，太阳像只蜗牛在整个海天交接处，缓慢地往上爬着。陡地，又像是个皮球，整个儿窜出了海面。

程学南和苏雅意起得很早，专门就为了完整地看到日出。大自然没有辜负他们起早摸黑的期待，他们一起享受完了这视觉的饕餮盛宴。随后，他们牵着对方的手，另一只手提着各自的拖鞋，光着脚丫子，走在越来越温暖的时光里。

苏雅意的脸上不时泛起明媚温暖的笑意，皮笑肉也笑，那神态，只怕是观察最为细微、直觉最为敏锐的人，也无法探清是否全出自真心本意。

再过半个月，他们便要结婚了，他们选择这个海滨小城的沙滩，作为拍摄婚纱照的地点。海边的风景，是有声有色的风景，不但能够见到大海的波澜壮阔，还能够听到涛声，那大海的心跳。

他们走到一块巨石前，稍微费了一番努力，笨拙地登了上去。

他们牵着手，让微风中各自细长的影子背向太阳，紧贴着大地。默默地站了一会儿，程学南侧过身来，面向她，好像要叫那光芒万丈的太阳做公证人，声音不大，语气里却透着十足的力量：“雅意，直到这海枯，这石烂，我才会离开你，不然穷此一生一世，穷此生生世世我都不会再和你分开了。”

林索夏听了，内心咯噔一下，手中的操作却不断，只听到苏雅意回应说：“我也一样，直到海枯石烂。”

随后，他和苏雅意亲密无间地拥吻在一起。而一直深居简出的林索夏却不知为何，在这一瞬间，不由自主地产生了些许幸福的感受。某一瞬间，他甚至以为自己就是程学南。

“可惜了俺不是个 gay，比光还直，除非遇到那种超大型的天体产生巨大引力，将整个时空都掰弯，才有可能把俺给掰弯。不然，说不定真要被程学南给感动死，对你想入非非了。”他的语气不乏调侃，而这会儿，看着他们如此的幸福，心里却又一酸，暗道：“曾有人说，看着心爱的人开心快乐地活着，自己就也会开心快乐了。这句话我原来真是怎么听怎么俗。而如今，我好像也不能免俗了。如果雅意真的可以快乐开心地感受到这一切的话，那就让我也做回俗人吧。但，仅此一次。”

说到最后，他开心地笑了笑，内心衷心地祝福着，但真的也就仅此一下。

他随时可以控制苏雅意说出真相，毁掉程学南的幸福。但他没有，他怕程学南出现太多思念，伤害本就已经非常虚弱的她。而理智上，他也清楚地意识到，苏雅意对程学南的感情，实际上是优胜于对他的。

“结婚后，我们就要去人体冷冻了。唉。”面朝初升的太阳，程学南生出只是近黄昏的无限感慨来。

“冷冻其实也没什么不好的，我们一起闭上眼，再一起睁开眼。”苏雅意已不止一次听过他对那门技术的抱怨，一字一顿开导道：“听说，冷冻技术发展好了，我们可以活上几百年，甚至上千年，到时候我们醒过来，再一道来这里，看看如何的物非人是，岂不很好？我们只在自己想要醒来的时候醒来，只在春光明媚的好时辰才睁开眼看这个世界，岂不是少了许多烦忧？”

苏雅意尽说着人体冷冻的好处，尽量避免描绘冷冻可能带来的问题，诸如和亲人，和朋友，和这个熟悉的世界长久地分别，以及这门技术本身的不够完善导致的风险。

人体冷冻复活技术，将人体在零下两百摄氏度的情况下冷藏保存，过一段时间，再使其解冻复活。此技术的主要难点在于，长时间的冷冻，细胞无法得到完好的保存。小矮人早年在宇宙各处融合得到的科学知识，本已逼近破解人体冷冻技术的程度，细胞学专家霍夫曼和其他相关学科的科学家在吃透了它的那些理论之后，用了大概一年的时间潜心研究，极力探索，终于完整地得到了两个关键技术难点的答案，然后直到最近四个月，他们才将它建造了出来。

这三年，小矮人一共只制造出了三台人体冷冻机，尽管建造三台设备对其整体所费还不算多，依然不再新增，因为它不想过多地消耗自己，提升三维空间容纳物理定律的能力。

“雅意，你不必安慰我，我知道你心里同样不好受。”程学南一想到还没来得及好好度蜜月，就要被冷冻起来，一时间，心有不快，竟然毫无心情再欣赏良辰美景佳人。“不然，我再和小矮人联系看看，有什么别的办法没有，毕竟那设备也还没经过太多实验，我可有点不放心。”说着，程学南掏出手机，直接和小矮人对上话，说：“我还是想推迟两三个月，享受完婚后生活再去冷冻。”

“呵呵，你可别太贪恋时光，我说的话你也别生气。”小矮人在程学南的面前一向脾气好——不知为何，他总能给它一种似乎早就已经认识的亲切感，可又琢磨不出其中的原因。而在这件事上，它可不能由着他，说：“还是那句话，联结着你和苏雅意的情欲通道的分量在不断地增加，对你和她的心灵都造成了不小的伤害。你心理的自我调节能力固然是不错的，但最近已有所不支，更不用说苏雅意。”

小矮人好像在说他不顾苏雅意的死活，说得他好一通自惭形秽，赶紧道：“不是的，你这小矮人故意曲解我的意思，寻我开心吗？我和你说正事，我的意思是说，你难道就不能想个法子，看看有什么更为先进的科技，能保证我们多拖些时日。你那冷冻技术，我可不太放心呐。万一我们被冷冻住，死了还好，就这样活着，却再也醒不过来，更加的可怕。”

“没办法，真的不能拖了，知道你们希望多厮守些时日，但那样做只会给你们的生命带去许多无法预料的问题。至于我这冷冻技术，你大可放心，我有足够的信心。要知道，我是拿自己在做赌注，压力不比你低。”人体冷冻技术发明出来后，小矮人曾用极低的温度冷冻过一个人三十天，并成功将其唤醒，实验对象完好无缺。而对于更长时间的冷冻，它着实还有些不能把握的地方。它也想多进行实验，以保证万无一失，但程学南他们根本耗不起。

三年来，他每天新增的思念虽少，苏雅意的更几近于无，可日积月累，情欲通道带来的负担却已经逼近了他们可以承受的上限，小矮人怕他也像苏雅意一样失去清醒的意识。而丧失主观清醒意识的人，即使没有脱胎换骨术的副作用，即使没有情欲通道的影响，其精神世界离开自身，通常也要大大地快于正常的人类，不过一二十年，比如日常生活中的植物人，离开这个世界的时间也大大地早于常人。

另一方面，受脱胎换骨术影响的苏雅意已经濒临死亡，随着时间推移，危险程度与日俱增，借助这尖端的冷冻技术，正可先保住她的性命。

“好吧。”程学南泄了气的皮球一样说道。

“我劝你啊，趁着最后不到一个月的时间里，好好享受人生，别有太多的顾虑，并因此继续产生太多的思念，那样对你和苏雅意都不好。”

小矮人的成竹在胸打消了程学南进一步的咨询。他挂掉电话，继续由着傀儡们在暗中保护他们，它自己则去忙开了其他事。

这会儿，日理万机的它，踱着细碎却又不乏速度的脚步来到了林索夏的房门前，轻轻叩响了那个刚换上去不久的新门板。

开了门，见是小矮人，林索夏有几丝惊讶道：“你不是有傀儡吗，何劳亲自大驾。”

“我来是想亲自告诉你个好消息，我这个人啊日理万机，时间非常宝贵的，正是能力有多大，责任就有多大。咱们简单点吧，程学南和苏雅意拟定于一个月后进行冷冻，你终于可以不必为她操劳了。”

“就这个？这个对我来说可不算什么好消息。”他的眉头紧锁，一点也没有解脱后的欢喜。扪心自问，一开始驾驭着心爱的姑娘，是柏拉图协会的安排，是为了她可以在失去清醒意识后，还能很好地活下去；而后来自己驾驭着她去和程学南接触，则为的是她和程学南之间不新增太多的思念，维系她一息尚存的生命。现在要将他们两个人冷冻起来，可以彻底不再增强情欲通道的分量，他也能得到自由，去做自己想做的事，重新开始自己的人生，似乎该为苏雅意和自己感到高兴，但他却一点都不轻松。

他已渐渐喜欢上了这种驾驭着心爱之人的感觉，要被剥夺，万般不舍涌上心头。一想到没有了苏雅意，从此自己在这世上一个人活着，何其孤独，等到她醒来，自己已经垂垂老去，她却还很是年轻，何其凄凉。前些日子，他刚一听到这个消息，如同晴天霹雳，这阵子虽然不断安慰自己、调整自己，却总也免不得一通的不舍。

然而，只要有利于苏雅意，他总能尽量克服，继续说：“这个我早就晓得了，你没必要特地跑来一趟吧？”

“对，我来是想告诉你，你和他们一样，都会进入人体冷冻机器冷冻，再跟着一块醒来。”小矮人郑重道。

“不是说人体冷冻设备很稀罕吗?”刚听到它的话，林索夏的语气里就一扫之前的郁郁寡欢，带上了几分舒畅。他很不愿意自己活到七老八十，再来面对二十多岁的苏雅意，即使只是没有清醒意识的她。听到这个消息，真如久旱逢甘露般获得生机。

“是的。但没有办法呀，谁叫你驾驭着她呢，柏拉图协会的人贼得不行，往你的身体里嵌入太多那套驾驭设备的零件，你要是有个三长两短，对她十分的不利。呵呵，你们两个看起来可真有点命连一线的感觉，所以我只能给你也准备了一套设备。”小矮人一副不情不愿的吝啬鬼模样，接着又换了一种调侃的口气道，“我这一趟亲自过来，为的是查探下你身体的情况，免得冷冻的时候出了什么状况，浪费了我这娇躯酮体。”

3

这头纯意识的猎物一连准备了好几套方案，打算对付有可能找上门来的柏拉图协会母星的智慧生命们。可无论是哪一种，前提条件都是将程学南、苏雅意，以及林索夏冷冻起来，为自己争取更多的时间。

一个月后，他们终于到了冷冻的这一天。

这三年来，小矮人没少费工夫改造罗杰的住处，冬眠设备正放置于此。程学南和苏雅意也一直住在此处，这一天的清早，他们忙着做各项准备。他们似乎已经无牵无挂了，各自的家人，早就都做好交代，但都没有说出真相，家人们只以为他们参与了什么国家秘密项目，不能够随便叫人知晓。而各自的朋友，都对他们选择沉默，省去了不少离愁别绪的牵绊。

“罗杰，我们冷冻期间，你可得帮我兜着点小矮人，督促它多干点提升科技的事儿，别让它做出什么天怒人怨的勾当，成为一暴君，搞得民不聊生的，那还怎么对抗随时可能上门来找茬的强大敌人呢？”程学南作势说给罗杰听，实则巴不得小矮人一字一句听到灵魂深处去，他继续东拉西扯道：“只要我们把科技发展起来，有足够的自卫能力，何愁协会母星的人找上门来？我们应该持欢迎开放的态度等他们前来，然后再给他们迎头痛击。”

“嗯。”小矮人点了点头，赞同了程学南的话，看出他的不放心，又道：“你希望我善待人类，我一定做到。这点你大可以放心，我和你们现在是一根绳索上的蚂蚱，一荣俱荣，一衰俱衰。如果你还是不放心，我也不吝将接下来的计划告诉你。”

过去三年，小矮人已经让自己完全从有漏洞的心理机关里出来了，只有程学南和苏雅意组成的这一完美的心理机关，它依然无从逃脱。而程学南对它的各种牵制当真不小，他的情感爆发，他的负面情绪，都会不同程度影响到它。它必须保证他的舒适，迎合他的口味，叫他生活得幸福安稳。不然，被卡住的触须便会因为他精神世界的扰动而扰动，仿佛踩到野猪夹后的野猪，野猪夹的每一次震荡都会令野猪感到格外的不舒适。尤其随着它被困时日的推移，这种影响竟然更为直接有效，大概也和猛兽被机关困住后，伤口随着时日的推移会进一步恶化、敏感一样。

“这三年来，你三番两次阻止我在人类社会中扩张脱胎换骨术，你从一开始的拒绝被监督，到后来甚至都要反过来监督我。已经记不清有多少次，你要我不能去做这，不能去干那，不能伤到这个人，又要去救那个人，否则就强迫自己伤心欲绝。被你这样挟持着，我真叫一个气愤，恨不得能找个机会狠狠地报复你。但以目前的情况来看，你的举动无疑都是正确的，缓和了我急于求成的心情，使得人类社会到如今依然是一片和和气气、生机盎然的模样。而这一点的重要性，我一开始其实并没有完全明白。”说到这里，小矮人一停，使气氛庄重起来，方继续道：“我最近才算是整明白，人心才是最厉害的武器，仅凭我的力量，对上柏拉图协会母星的胜算始终是不大的，哪怕我能够提升三维空间容纳物理定律的上限。因为，柏拉图协会母星的家伙势必不仅仅在地球上设置了机关陷阱，极有可能，他们已经在其他星球上抓到了像我这样的纯意识生物，并加以改造和利用。倘若如此，他们的科技水平可能已经发展到我们无法想象的地步。我如果不能用这得天独厚的人类心理机关，去捕获更多的纯意识生物，一同联起手对抗他们，只怕到时候真干上了，不是他们的对手啊。

“就为了这个计划的成功，我怎么都会善待人类，最好是像以前的柏拉图协会那样，以各种隐秘的手法调节人类的心理生长，不叫目标猎物嗅出丁点儿危险的气息来。如果动静太大，绝大多数人类身处水深火热，一者不利于我们的目标猎物，无法警觉到陷阱的存在；二者也不利于我集中人力物力，对心灵陷阱进一步完善。要知道，一个人心惶惶的社会，它的生产力根本上难以提升上去。我料想，像我们这一类纯意识的生物有部分上过当后，其他同类必然就会有所察觉，日后要吞食心灵前都会大大考察一番，像历史上的皇帝吃饭之前，都要先拿根银针试试看有没有毒，绝不会像我之前那么不留心眼地上当了，所以，我得把这个心理机关弄得更为厉害、更加没有破绽些才好。”

“照你这样说，我们的措施，可要更胜柏拉图协会才行啊。”程学南跟着应道，“甚至多多散布一些谣言，就像美国的五十一区，到处散布说有外星人，结果鬼都知道那里没有外星人了，要是哪天真有什么外星人出现，人类反而不相信了。这个在《孙子兵法》，还是《三十六计》来着了，反正记不得是什么兵书了，是叫欲盖弥彰吗？”

“意思出来了，但成语运用得不够恰当。我觉得应该更像你们人类社会里那个狼来了的童话故事，柏拉图协会好像就曾经用过类似的方法。当然，这种方法，雷声大，雨点小，效果才会好，要是实际暴露的内容多，谣言性的内容少，反而不那么高明了。”说着，小矮人换了副口气，叹道：“唉，看不出来呀，你对同类还颇有些博爱之心嘛，为了他们，跟我周旋了好长一段时日。反观我，打算残杀同类，真是道德败坏，丧尽天良。”

“您甭自嘲，有人的地方就有江湖，有江湖的地方就有斗争。在咱们宇宙这个残酷的环境里，你们纯意识生物的世界必定也不是什么和谐之地。你只需捕捉那些敌人就可以了，到时若遇到熟人朋友，你不必捕捉，它们自然也会来帮助你去对付捕鱼者的。”程学南多少想消除它这样干带来的道德负担，不至叫它因此打消了这项看来对人类大为有利的计划。

“你说得也是。”小矮人顺着他的话。实际上，像它这样由纯万能粒子构成的纯意识生物，分成很多种，绝大多数的形态和它千差万别，就如同人类这种主要由各种极其稳定的基本粒子构成的生物，光是在地球上就有七八百万种。只要不是和它形态上相近的一类，它根本不会有什么道德负担，为难的样子不过是要教程学南相信它的话，放宽心。

程学南打消掉心中的顾虑，和罗杰又简单地说了两句道别珍重的话。然后，他坐在大厅的沙发上，竟然再也不知该说些什么了。他想，也许只有沉默以对，自己才能专心应付这生离死别。

他们都清楚，人体冷冻可不仅仅是道一句“晚安，再见”那么简单。

静等了大约十五分钟后，一切准备就绪。他和苏雅意从沙发上站起身，从大厅乘坐电梯，前往那个设置在地下五层的人体冷冻场所。

此处空间虽然不小，却堆满了各种各样花样百出的大块头仪器，穿梭着穿着各式制服、分工明确的工作人员，他们在霍夫曼等第一流科学家的指导之下井然有序地工作起来。而放置其中的人体冷冻设备，每套的块头都不小，就像是20世纪40年代，世界上第一台电脑埃尼阿克，足足占据一个大型工厂之巨，却比一个普通人计算的速度还要慢。人体冷冻机器刚发明出来的这会儿，也是说不出的“傻大个”，它们每一套设备都独立地分隔开来，放置于不同的房间之内，程学南和苏雅意因而一来到底层，就不得不分开。

“我们一起冷冻，一起醒来，就当是做了个梦。”他道。

“嗯。”苏雅意的脸上欣欣然地。

随后，他们彼此都没有再多言语了。林索夏驾驭着她，踱着细碎的脚步来到一个房间，里面放置着一台冷冻机器。他小心翼翼地让她躺到一个白色盒子上，配合着前来帮忙的工作人员。等到都忙完了，这些工作人员都走出了这间房，仅剩苏雅意一个人躺在那棺材一样的器件里，他才借用她的嘴叹了句：“我终于可以不用再看她和程学南一起的幸福生活了。”

宾馆里那间外观无奇的房间内，各种性能优越的机器设备无声地运作着，林索夏知道过几天就轮到自己前去冷冻了。而他一直以来的愿望便是亲耳听到苏雅意对他说一句：林索夏，我喜欢你。

他也知道，人体冷冻技术有着不小的风险，可能小矮人永远都唤不醒她和他，他有可能永远失去听到这样的一句话的机会。

“再过一分钟冷冻就要开始了，那时的我就驾驭不了她了。”他在心中低声说道。

于是，他让她睁着眼睛，深情地看着天花板，就像看着他似的，说：“林索夏，我喜欢你。”

仅此一句话，他觉得一生足矣，竟潸然泪下。

4

朗月繁星，恰如其分的光芒照进罗杰的卧室，照在他一动不动的身躯上。

三年来，除了沉浸在对琳的思念之中，罗杰每天都在研究小矮人的宇宙见闻录，他力图从这些零零碎碎的信息里，搞清楚它这些年游荡宇宙的具体方位，进而绘制出一幅更加详尽完整的太空地图，更加清楚地了解地外生命的分布状况。

小矮人一度以为做这样的事没有任何意义，纯粹是为了满足程学南的请求，一定程度上取悦他。尽管这样，这三年，它还是分出了一部分心神，驾驭一个傀儡专门为他书写下它曾经的过去。

这会儿，汽车行进的声音渐渐逼近，汽笛声将他从长久的工作中拉了回来。

小矮人下了车，一闪到达罗杰的身旁，直截了当地说："你这三年来研究太空地图，之前我小看了它，最近我才察觉出它的大用途来。以前我在宇宙间逛，完全没有方位的概念，可以说一直都是在迷路。靠着那些我记住的庞杂而零碎的太空资料，是难以还原出未曾留存于我脑中的东西的。正如搞人体冷冻技术一样，我需要借助你们人类来完成。这种拓展性的工作，也不是我能干得来的，我最擅长的还是融合他人的精神世界，直接获取知识。

“说来，任何拓展性的工作都要有很好的直觉做基础，你们人类曾有一位名叫阿尔伯特·爱因斯坦的科学家就曾说过，在拥有大量现有知识和创造新知识之间，其实并不存在任何必然的逻辑联系，而只是一种非必然的、直觉的联系。这很有可能就意味着探索发现一个新东西，经常是一种依赖于直觉、灵感等目前我也不太清楚的心理因素。我们这种生物并不具备这种心理因素、这种直觉，就是你们人类世界里头也并不多见，而你恰好就具备，在这方面，天赋极高，尤其难得。这三年来你潜心学习，在我给你的那些星空知识的基础上研究，我相信，你应该已经捣腾出那份星空地图了吧？”

“仅凭我一人之力还没那么快，但好歹算是摸清了脉络。”罗杰挑了挑眉毛，以一副戒备心态道：“干嘛这么问？你不会又有什么大工程，要劳民伤财了吧？”

“是个大工程，但也不能说是劳民伤财，应该说是功在当代，利在千秋吧。”小矮人的话语总是不乏霸气。紧接着，它也不再卖关子了，抛出了它工程的详细计划，道：“柏拉图协会说是在大概一千年前的成吉思汗时代，和它的母星失去了联系，但地球在银河系的位置，它们肯定是一清二楚的。若让地球继续处于太阳系以内，它们迟早都会找上门来。我不想坐以待毙，所以，我打算带着整个地球离开太阳系，迈向无垠的太空，先让它们找不着再说。等到我们进入外太空，也不能懈怠，更是要再接再厉，去捕捉各种各样的纯意识生命，以联合起来共同对抗还是有可能会找上门来的柏拉图协会母星。”

“好吧，可你这口气未免也太大了？”罗杰对它轻描淡写的宏伟构想将信将疑，“整个地球有多重，变换轨道走出太阳系又需要怎样恐怖的能量，失去了太阳以后，地球上一切物种又该如何生存下去，这可都不是想一想那么简单的。哪怕以你如今表现出来的超强能力，聚合人类全部力量、地球所有资源，我想，一万年内离开太阳系还是不靠谱。要知道，仅仅是处于太阳系内的奥尔特云，距离太阳就超过了一光年——光以每秒大约30万公里的速度在真空中行走一年的距离呐，而地球离太阳不过是光线行走了八分钟。”

“呵呵，万事开头难嘛。其实没那么悲观，等到我们有足够的实力逃脱太阳引力的束缚，迈向更广阔无垠的太空，自然也就有了取之不尽用之不竭的能源了。我们没有必要一定使用地球的能源去冲出太阳的桎梏，我们用太阳系以内的能源应该也足以逃出太阳系了。之后就更简单，太空里最不缺的就是各种能源了，即使是你们人类的科技水平这么菜，也都知道真空中蕴藏有非常丰富庞大的暗能量，能把它们开发出来，嘿嘿，当真是取之不尽，用之不竭啊，主要还是一个技术问题。相信等到那时，我们就可以利用暗能量，逐步把地球加速到足以逃脱太阳引力的速度航行起来。等到了那时，我们再去抓一些纯意识的生物，获得它们脑中的知识，拉它们下水，一道去提升空间容载物理定律的能力，研究出更高水平的科技来，和我们并肩作战，得多拉风啊。虽然这个过程会持续很长很长的时间，但我们的科学理论会越来越丰富，技术会越来越发达，我们会走得越来越远，只要科技水平上去了，别说是带着这弹丸一样的地球旅行，就是带着整个太阳系流浪都不在话下。

“当然了，一口吃不成胖子，来日方长，我们还是要一步步地来。你的任务就是根据我游历星空的经验，早日给我还原并推导出一幅完整的银河系太空图来。我们才能准确地去分析寻找纯意识生物常出没的地方，到时我们直接带着地球往那儿赶，不至于在茫茫宇宙中迷了路，瞎转悠。”

罗杰字斟句酌，的确就像它说的，地球抛开太阳，才能最大程度地摆脱捕鱼者。不过，无论小矮人说得如何头头是道，要他离开太阳，一时间，他有些接受不了。考虑了会儿，他的脸上才渐渐带上了几分心不甘情不愿的神色，说：“都说万物生长靠太阳，你这个计划是带着所有人离开我们的家乡去流浪，你小矮人野心真不小，你这个计划更是惊天地泣鬼神，也有一定的可操作性。可我罗杰要是身先士卒地帮你绘制出了太空的地图，万一将来有那么一天，地球离开了太阳，毁灭了，我岂不是要成为人类有史以来最大的罪人？”

“是的，其实不仅是银河系的地图，我还打算成立个太空观察部，将来有可能把河外星系的情况也绘制出来。就像你们书里写的愚公移山那样，子子孙孙无穷尽也，我想找你来做第一代的负责人，看你这样子，好像很为难。说实在的，这个计划，我自我感觉非常伟大，如果你不愿意，那就算了，无非是多花些时日与气力，我相信地球上还是能够找到跟你具备差不多直觉能力的人。他们一定乐于走向银河深处，甚至走出银河系。世界那么大，人类应该去看看，而不是做井底之蛙。”

“情感上难以割舍，但综合种种情况来看，你的决定无疑正确。好吧，那就由我来当这个负责人了。”罗杰无力阻止它的计划，最主要的是，他骨子里终究深切地向往着，亲自到另外一片更加广阔的星空去，那是他一生的梦。稍加思量，也就答应了。

“那我便将此重任交给你了。”小矮人走过来拍了拍他的臂膀，向他寄予了厚望。

与此同时，地球上各项浩大的工程，或致力于巨型发动机的建造，或尖端进攻型武器的研发，或艰深理论的钻研，都紧锣密鼓地展开了。

第十六章　众里寻他千百度

1

孕育着近千万个物种的蓝色地球上，各种工程如火如荼地开展，它们中绝大多数，对寻常人的影响在未来的近几十年，甚至数百上千年里都不太明显。而小矮人并不想让整个人类社会人心惶惶，因而都把工程的建设放到地底，或者远离都市的偏远地带，所以绝大多数人类个体到如今依然过着和往日没有太大出入的生活。

周栋是市电台的一名新闻记者，最近，台里想对本市的优秀女性学者做个专题报道，他接了这个任务，和台里的另外一名记者，扛着所谓长枪短炮，去采访一名叫孙敏的女学者。从一堆零零碎碎的资料里，他简单地知道了这名生活得格外低调的女学者的情况，都是些程式化的履历，包括她从小学到大学，以及去国外求学的经历，然后就是在学术上做出的几项成就。这些资料之粗略，甚至都没能有张照片。

此时，风在车窗边一阵阵呼啸而过，周栋拿着她的履历表琢磨起来，乍一看，感觉它们和过去半个月自己去采访的那些女学者大同小异。不过，在审视到最后结尾的那一段，他的眼前忽然一亮，那上头的一栏显示，这位女教授早些年在脑科学方面颇有一番建树，只是不知何种原因，这三年来，她竟然淡泊名利，去了本市市区的一所普通中学教英语，再不花费任何心神在学术上。

“这倒是个奇人了，放着大教授不当，偏偏选择教中学英语，感觉有点大材小用，还有点浪费咱们国家的粮食。”周栋在车上对坐于一侧的同行女同事说道，“斯蓝，这次有些看头啊，只要我们能找出她这样选择的背后原因，说不定就能挖出来个大新闻，你我的年终奖金也总算是有了着落。”

“那是，你才知道，这些天忙晕头了吧？我们主任早就交代了，这次要专门去给她做个大专题，要我们花大力气好好对她做次采访，你这两天跑来跑去，都没时间跟你说。”斯蓝回应道，她的声音清冽如山间的泉水。刚出校门不久，她十分乐意和这位只年长了她四五岁的同事出来采访，因为她十分欣赏这位师哥的为人处世，在和他接触不到半年的情况下，在心间对他有了暗暗的喜欢。只不过，周栋是个工作狂，把所有的心思都放到了工作上，看起来好像对她没什么感觉，她也只好把心底的喜欢沉到深处。可她又总会如此时一般地于心中暗暗道：“虽然男生一般会主动，但腼腆的也不少，要是他和我有一样的想法，岂不很糟糕？都说，世界上最遥远的距离，是我就站在你面前，你却不知道我爱你；而我觉得比这个更加遥远的是，对方也有着同样的感觉，因为那样算下来，大概是两倍距离的遥远了吧。”

“确实很忙啊这阵子，前头那个假疫苗的事件，既要求我们将信息准确地传达给民众，不能蒙蔽大众，又不能把大众的怒火引向政府。可你是知道的，我们媒体人不能太昧着自己的良心。唉，做我们这一行的，绝不是动动嘴皮子就能 OK 了事，要考虑的东西还真不少。”周栋看起来倒不似她有着这般复杂情愫，张开闭口都想着工作上的事。

“是啊，大学老师也一再教我们要有新闻的操守，要不畏强权，他们自然都是怀着一颗为这个社会、为民众着想的心。可进了社会，包括强权本身在内，也总是一副要我们不畏强权的样子，可一旦强权的利益受到了挑战，就忘了平时一再强调的了。”她初出茅庐，对这个社会的一些现象还不太能适应，语带几分气愤，却多了几分出淤泥而不染的清雅风采。

说话间，车子已经把他们带到孙敏所在的学校。他们和她有预约，于是一下车就径自去了教务室。

进了门，周栋第一眼看见这个曾经的女学者，觉得她比资料上显示的年龄要年轻许多，她的打扮简单，穿着普通，神态举止，却又分外光彩照人。她的身上已经没有了二十岁出头的年轻人会有的青春活力，但兼具春的生气，秋的静美，夏的厚重，冬的冷傲，它们不多不少地出现在她的身上，每一分都恰到好处，非常吸引人的眼球。周栋的心跳便也在这第一眼后立即加速，不过好在掩饰得不错，没有让一旁的斯蓝看了笑话。

礼节性地和她握了下手，周栋却难以平复下来心情，竟找了个借口去卫生间做起了调整，等到斯蓝调好了镜头，他才一本正经地回去，端正坐好，有了新闻记者的模样。

周栋有板有眼地向她提出问题，开始着重问及她在国内求学时的趣事，又问到对她影响较大的亲人朋友，访谈进行得颇为顺利。而后，他打算进一步探问她在国外求学任教时做科研的情况，可她却并不愿意多提，只道：“周先生，那里有段我不想回忆的过去，所以，非常的抱歉。”

“好吧。”周栋在她的眼中看到了一抹浓重的痛苦神色，他的内心陡然一动，竟然不忍再提问下去，哪怕他明知，以自己资深记者的经验，用些巧妙的方法，还是可以探知到她埋藏得很深的心事。但他和她虽然只有短暂的接触，却对她有了各种复杂的情愫，因此也就不舍得触及她的伤痛，于是转而道：“那孙教授，您在国内求学，还在麻省教过书，科研也做得非常好。为什么选择来当中学老师了？”

“我想，是因为每个人都有喜欢的活法吧。人生在世，匆匆数十载，我觉得活着最主要的是要追求开心与快乐。以前，我喜欢做生物学研究的生活，但那只是一个阶段的，就像小的时候会很喜欢一些玩具，长大之后却没有感觉了，当我发现自己再继续从事生物学研究下去，却并不能给自己带来任何乐趣，我想，我还不离开的话，反而会破坏了以前做研究时曾有的美好感觉，于是我就换了一种工作生活的方式。怎么说呢，我个人感觉当个英语教师还是很不错的，简简单单，也不用太费脑子，每天就忙活着把一种新的语言教给学生们，那种感觉，就好像是在面对一群刚开始学说话的天真无邪的孩子们，挺好的。”孙敏轻描淡写，却不失漂亮地把这个问题的真正答案给回避了过去。

“那容我插一句吧，孙教授，还有没有一种可能的原因是，您潜意识里害怕再从事生物学的研究，因为那会让您再一次想起某些不愿回忆起来的人和事物？”身为女人，斯蓝似乎要更懂女人一些。

“呵呵，小姑娘，你真是想多了。”孙敏脸上的表情没有太大的变化，心底的情感却又翻涌了上来，暗道这小妮子的直觉还真挺准，再和她多说几句，自己的心说不定就要全部被她看穿。

和刘庄晨的过往是她极不愿意去回忆的，三年前，他不见了踪影，她花了很多力气追寻他，可自那之后的半年时间里，她终于弄清楚了是怎么一回事，未免绝望——首先是刘庄晨失踪的两个礼拜后，林德介打来了电话，告知了他的死讯，他并不讳言他已经被协会给蒸发处理掉的信息。之后，她想更进一步地探究，活要见人，死要见尸，却连林德介都杳无音信了。孙敏在接下来的半年里，根据之前脑中百里笙给她的信息，加上找到的林德介故友罗杰的介绍，才知道，协会在猎物出现之后开始了全面的自毁。然后，她就委托罗杰代她向小矮人询问起，关于刘庄晨和协会其他数学家的情况，小矮人告诉他，这些人全部都人间蒸发了，否则，以它的手段，若他还活着，不可能找不出来，所以她不得不认下这个结果。

然而，她根本无法接受这个结局。于是，她选择了和过去告别，仿佛它们原本就不存在，仿佛刘庄晨也原本就不存在。

这会儿，孙敏继续回应道：“事实上，我前半段人生基本都扑在了科研上，现在则都在教书，都还挺简单的，和大多数平凡人相比，也没什么两样。大概让你们失望了？呵呵，我能说的也就这些了，不然就先这样吧？”

她的样子，并不想让访谈继续下去。

“您谦虚了，内容不少了。”周栋通过和这个人的交谈，一点都不难推断出来，她目前还是单身，他并不想深问，怕因此导致她对他的印象糟糕。而通过这两个小时的接触，他已在心底暗暗冒出来了一个大胆的想法，于是诚恳地看着她，眼神一动不动，又不乏柔和地说：“孙教授，现在也到午饭时间了，说来耽误您这么长时间，如果您不嫌弃的话，中午我想请您一起吃顿饭，希望您不要拒绝。”

一旁的斯蓝一听，脸上有几丝的不悦，这可就意味着自己又少了一次单独和他共进午餐的机会，也意味着可能错过一次一个不小心向他告白，或者他一个不小心就向自己告白的机会。于是，她带上了几分不易察觉到的刻薄，看上去只是在表达自己对电视台的不满，说道：“对啊，您就答应了吧，反正台里出钱的。只是你都不知道我们台里有多抠门，一顿饭只给十块钱。”

“是的，台里报销确实吃不了什么好东西。不过，中午我请的可是大餐，希望孙教授能赏个脸。”周栋热情邀请，又转向斯蓝，开玩笑似的说：“斯蓝，你要不要也跟着蹭饭去？”

“狗嘴里吐不出来象牙了是吧？我哪里看起来像是个蹭饭的人了？”

2

打从结识了周栋这个人，孙敏每天的生活就变得不再那样单调。周栋开始像个影子一样，隔三差五地就来向她发出邀约，邀请她一道去吃饭，或者提出和她一起去看个电影，还经常在她下班等公交车的时候，像个幽灵一样突然冒出来，然后丝毫不显害羞地提出和她顺路，可以搭载她一道回家去，让她很难拒绝。

早年的阅历让她历经多少风浪，她哪能不知对方的心思。对于他，她也确实动了一些爱情上的想法。因为这个男人的眼睛，不知为何，给她的感觉，有那么几分像是刘庄晨。她同样清楚他和刘庄晨并非同一人，她也明白自己心间这些时日里出现的几丝对他的想法，并不是对刘庄晨的——这和当年的刘庄晨与百里笙不一样，他们实在太相像，以至于当时自己难以做出判断，但这次对周栋的那几许若有若无的情意，真正是对这个人的。

在他们认识的最初一个月里，她对他指向明确，却不言不语的举动显得不冷不热，后来他竟大胆地前来向她直接表白，她只是推搡着对他说道："年龄不合适，我比你大了将近十岁，你找别人去吧。"

"女大三，抱金砖，你就大了我九岁，算下来，那刚好就是三块金砖了。"周栋暗道自己不愧为记者，巧舌如簧，见她似乎不大抗拒，又继续开足了马力，在接下来的两个月里，焦头烂额地想出各种花言巧语，费尽各式心思去准备了各种礼物，只为营造出来各样浪漫的场合，使她开心。

孙敏看到了他的努力与真心，于是同意了先和他交往，再看看合适不合适。

见她并非顽石不化，周栋心花怒放，更把握住了机会，继续去关心她，让她过得开心。等到和她在一起了，他觉得自己是这个世界上最幸福的人，每次和她在一起，他甚至不需要和她说话，只要感受着她真切的存在，就能浑身充满力量地生活，仿佛身体里凭空多出来了个人似的。

他决心和她白头到老，走到生命的最后，以度过茫茫人生旅途中的无数个寒夜。可是，他却没能明白孙敏的心思。她的心中一直都住着已经不存在于这个时空的刘庄晨，渐渐地对曾有些许心动过的周栋，失去了喜欢的感觉，直到一丁点儿的感情都不剩下，然后，她便冷淡地对他提出了分手。

因为长得像刘庄晨，周栋走入了她的心，可又因为忘不掉刘庄晨，所以，他很快地失去了她。

正式分手的那一天，秋高气爽，他却黯然神伤。夜晚，一个人在街边的露天小酒馆喝了很长时间的酒，直到让酒精彻底地麻痹了已经痛彻的心扉。而后，在那将睡未睡、将醉未醉之际，他的眼中陡地冒出来了一股坚定而可怕的怒火，他做出了一个超出所有人意料的疯狂决定。

3

七年以后，一个骤雨初歇的早晨，孙敏从睡梦中一下子惊醒了过来。躺在床上，素面朝天，不知是天气潮湿的缘故，还是她最近刚刚结束了一段维持了半年之久的感情，她忽然觉得自己身心俱疲，一下子老了十几岁。于是，她快速起身，来到靠近窗户边的那张书桌前，拿起镜子，打量起眼角的鱼尾纹。她发现，相比于两天以前，脸上原本就有的三两道纹痕，倒是没有任何的增多或者加长加深，应该是自己的心理作用。可是，不知为何，她却还是觉得自己真的已经老了，就像数千年前一夜之间就变老的伍子胥。

“老了也好，如果这个世上真的还有什么东西能够让我忘掉庄晨，我想那一定是时间了。爱情这个东西，怎么经得住地老天荒？怎么敌得过无情上苍？在一个人年富力壮的时候，它总归还是更容易产生一些，而随着年纪渐长，精力渐退，虽然也还会在心间时常产生，但总会变得越来越淡，越来越少的，直到再也不会产生这种情感。而等到我的心间再也产生不了这种情感，想必再想起他来，我也不会那样地伤心了。”孙敏这样想着，“只是，等到我已老得不成样，相信，我也很快就可以去找他了。不管怎么说，越老，应该是越好的。”

年过四十的她，追求者依然络绎不绝，甚至比她年轻的时候还要多出不少。都是因为七年前周栋对她的那一场采访，采访视频播出去后，节目的收视率持续走高。于是又有更多媒体想要来采访她，她不大愿意被打扰，总是拒绝，但这反而更增添了她自身的魅力，成了不追名逐利，活得安静而美好的女子。外界评论总说，她就是这个时代里，能够跟着自己的心，活出精彩人生来的极具魅力的女子，这股风气愈演愈烈，经久不衰，到了后来，她更一度被认为是当代居里夫人，当代张爱玲、林徽因的那种女子，说她才貌双绝，是这个时代少有的奇女子。所以，这么些年里，她一直都名声在外，她尽管拒绝了好些慕名而来的人，花费在这上头的心力却也不少。“人红是非多，当年要是不接受周栋的采访，我也就不会老处于舆论的风口浪尖上，也不用去接触那些我根本不想接触的人。当然，凡事总归是利弊共存的，要不是当年周栋的采访，这些年，我也不可能认识那样的几个男子，虽然和他们到最后都无疾而终，却总归曾经产生过怦然心动的感觉，也有在一起的美好，虽然都那样的短暂。”

这七年，慕名而来追求孙敏的不少，他们之中不乏优秀的青年才俊，不乏和她年纪相仿的富豪政要，也不乏各种出类拔萃的学者歌星，但她只是选了那些自己有感觉的，心底真正有了触动的，对方也真心诚意孜孜以求的。“算了算，每一年自己都能去谈一场恋爱，只是，每一段感情维持的时间却都并不长。和他们从互不相识到走进彼此的心间，再到最终没有任何感情的分手。”

此时，在家里卧室的书桌前，把镜子移开，孙敏暗自思忖道：“他们对我都还有着浓厚的感情，想必分开了都会很受伤。但爱情倘若不是相互的，勉强在一起，不但是对我，对他们更会是一种伤害，所以早早地跟他们说拜拜对彼此无疑最好。”

4

周栋的家隐没在这个城市一套百平米不到的房间里，和这座城市的其他房子一样，两室一厅，不论从外表还是里头看，除了名字地址不同，几乎都没有什么两样，大多数人过的也正是这样相似的生活。不免让人感叹，在物质上比过去一切时间段都更要富足得多的本世纪，人们所拥有的土地和属于个人的阳光却无疑要少得多，工业化让人们的生活质量一连上了好几个档次，却也同时夺走了大多数人可以自由呼吸的时间。

周栋的一个房间被他专门改造，用以放置当年柏拉图协会的负责人林德介留给他的各种“化妆”用具——

当年，刘庄晨被林德介带走，进行记忆的删除。而那种删除的力度，比一开始林德介提到的要深入彻底得多。他除了数学才能、正常的认知都还完整地被维持着以外，已经基本忘记了自己是谁，以及过往那些曾经发生在自己身上的事、自己认识的人。他们的那种删除，效果有点像是人类社会里的解离性失忆症，人如果得上这种失忆症，常会离开自己原来的家庭或工作，旅行到另一个陌生的地方，建立另一个家庭。而当他们被寻获后，通常已经有了一个新的“自己”。人类对这种病症的机理至今完全无法理解，而患上这种病症的人，一般又会出现新的记忆、情绪、行为模式，即广为人知的多重人格，就仿佛有多个灵魂栖息于同一个人的身体之上。同时，一种病症之所以称之为病症，是因为它会给人带来痛苦，这种病症的患者经常会感觉很不舒服，时有那种迷失了自己，人格剥离的恍惚失落。只不过，林德介凭借着柏拉图协会在心理学上的高超造诣，让刘庄晨仅仅忘掉了自我，却没有出现一个全新的自己，也没有任何不舒适，让他就像一张白纸一样地重新开始了生活。

当时，刘庄晨苏醒过来之后，林德介简要地对他说了一番协会和小矮人势同水火的关系，紧接着，又提了下他的数学才能是母星的智慧生命们所欣赏的，他们过些时日有可能会来带他去母星，所以他可以继续活下去，不必如他们一样前去销毁。然后，等到了母星，他们就会帮他找回丢失的记忆，找回自我。但目前为了避免不必要的麻烦，为了避免他落到了小矮人的手中，说出一些他们不愿意让那头猎物知道的事情，就选择用这种方法让他忘掉自己。

接着，在当年那间实行记忆删除的实验单间，也就是如今这套两室一厅房子的所在地，林德介又给了他好些柏拉图协会的金属机器人所使用的“化妆”材料，同时还有一副可调节长度大小的四肢形状的支架，一个变声器，可以让他模拟出大概两三百种人声。然后，他终于可以在失去双手双脚的许多年后，重新站立而起了。

刘庄晨的外表看起来和常人并无二致，而他的肌肤皮肉，缝合的地方精确到了纳米级别，所以即使他裸露示人，也看不出来有什么猫腻。只不过，他每隔三天就要重新换一副装饰，花上一两个小时去

“化妆”一番，但倒像洗澡一般，并不怎么耽误工夫。而那副不需要拆卸的支架，还有着先进的传感器，让他有一些简单的感知能力，所以这些年，他可以完全正常地活在人类社会里。

那大概已是十年前了，全无记忆的刘庄晨，看着林德介展示出来的近乎神迹一般的尖端科技，内心当下就受到了巨大冲击，他很难不去相信。而后，隐没在拥挤都市的方格单间一角，林德介又给了他一本设备的详细说明书，一些必要的钱财，这一套百平米不到的普通房子，更着重交代了一番，他日后该怎么通过变换身份来隐藏自己。之后，林德介便大踏步走了出去，自此杳无踪迹。刘庄晨蜗居了一个月，了解了人类社会的基本情况，熟悉了隐藏自己的设备的使用方法，然后，一个月后一个寒冷的清晨，他裹着件棉袄，瑟瑟缩缩地混在人群里，正式融入到了人类社会。

这些年，刘庄晨以自己所喜欢的身份，在这个没有夜晚的繁华城市里隐匿着，开始了自己全新的生活。直到七年前以一名小记者的身份，第一次在采访中遇见了孙敏，内心不知为何“咯噔”了一下，竟一下子对她产生了十分强烈的爱意。再然后，他花了好些气力追到她，让她对自己也心存怦然而动的情愫，而在那时，自己就像法国作家雨果曾经说过的——人生最大的幸福就是确信有人在爱着你——当他确信她也对自己产生了感情，他过起了之前想都不敢想的快乐日子。

可是，不知是什么缘故，也许不爱一个人和爱一个人一样，根本不需要理由，更或许是其中的理由极其的微妙复杂，以至于人类的智力尚无法理解，孙敏在不久以后就对他失去了爱情的感觉，开始变得格外的冷冰冰。没几天，她果断地前来提出分手，他好一通的伤心，试图挽留，却无比清楚地看到了，孙敏在面向自己的时候，眼中的坚决，料想再怎么挽留也无济于事，于是只对她说，自己依然深爱着她，希望继续走下去，果然不见什么效果，也就没有多做其他努力。但他依然喜欢着她，他依然不能离开她，他依然想继续和她在一起，但他又不想失去一个男人的尊严去哀求她，他很是清楚，那只会把事情搞得更糟，让她更加讨厌自己。

于是，他就借助林德介给自己留下来的那些“颜料”，化出各种各样的样子，前去找她。其中定然有着许许多多的失败者，但最后他总能用自己的真心实意，用那千奇百怪身份中的其中一个去打开她的心扉，没有任何勉强地，使她接受了他。

这些年，孙敏能够感到追求她的人的数量之多，却并没有产生过其他的怀疑。孙敏一直都不那么容易就会对一个人产生爱情上的感觉，但这七年来，连同周栋在内，他倒有六个都成功了。他们都足够地努力，足够地用心，也大多有着类似一将功成万骨枯的壮烈，所以一次次地能够打开她的心扉。

可是，因为使用过于频繁，那些能够让刘庄晨绰绰有余地使用一辈子的“颜料”，在短短的七年间，用得差不多了，因为每次他去找孙敏时都化得格外精致，一丝不苟，有不少新的面孔，更是需要反反复复地试验才能最终成型。

此时，在这间专门被改造来放置颜料的卧室里，看着那些所剩无几的“颜料”，刘庄晨掂量起来，道：“这些大概仅仅能够再容我化妆个十几次，每次也都仅仅能坚持个两三天，也就是说，我能以完整的人形面目存在于人前，大概还能有一个月左右的时间吧。我现在需要做也仅仅能做的就是，利用最后剩下的‘颜料’，在最后一次去追求她的时候，牵上她的手，然后消失在她的面前，也消失在那些四肢健全的人们的面前，把自己给宅起来，或者是，关起来，不让这个世界的人们瞧见我身上那些空空荡荡的阴影。”

刘庄晨暗暗下定了决心，随后，就犯愁起来，“该设计一副怎样的皮囊，最后去找她，最后能牵上她的手才好呢？”

以前，他通常都要换上不下十种不同的样貌，才能让他喜欢上自己，才能在第一次见面的时候，在她的眼中看到那种淡淡的喜欢，那种忽然眼前一亮的神采。可现在，他迫切地希望能够以一副样貌一下子搞定，一下子能让她对自己一见钟情。

没有头绪，刘庄晨先走出了这间卧室，来到大厅的沙发上静坐起来。可安静的环境却没能让他冷静下来，他反而更加焦躁难遣，便拿起遥控器，打开了电视，没两分钟就换一个台，看上头的男男女女，能否给自己带来些灵感。

大约半个小时以后，他的目光停留在一台综艺节目上，那上头正在进行一个智力挑战的游戏。挑战者挑战的项目，是先观察一千张有一定相似度的头像，然后，出题人再将这些头像平均分成一百组，每组十张地叠加到一起，成为一张新的头像。紧接着，出题人再随机去挑选一千张头像中的任意一张，让挑战者看一下，挑战者再在一个小时里，从这一百组里找出那一张来。

难度不低，挑战者虽是有备而来，也找得满头大汗。刘庄晨看到这个项目，陡地来了兴致，“这种节目，我小的时候也经常看到，挑战的选手是有一些个人能力比较突出，但还没有节目组夸的那么厉害，有一定的技巧在内。这个识脸的项目，倒是给了我目前的难题一点提示，想来，我何不把这些年孙敏真心产生过感觉的人的照片叠加起来，成为一张新的照片，然后我再按照这最后一张照片的人的样子，修饰出来一个人，让这个人去找她？”

为自己的这一设想，刘庄晨好一阵的欢快，当下浑身充满劲儿，立刻到电脑前动手制作起来。前几年，在电视台的工作经验使得他对图像的处理驾轻就熟，这会儿，三下五除二地，他把这些年来所有曾经走入孙敏心扉的人的画像全部拿了出来，再进行简单的透视处理，然后让那八张照片叠加到了一处，形成一张新的照片。

这张照片方一成型，刘庄晨的眼睛就动不了了，他的嘴巴更是微张起来，手不自主地抬了一下，差点让自己失声尖叫而出。

只见，那上头的人的样貌，赫然就是他自己的样貌。

5

十几年前在国外丢掉了双手双脚，一向自命不凡的刘庄晨，开始就对自己身上的一切没有什么信心，其中自然包括样貌。他不敢面对自己，总是刻意躲着自己。加之林德介后来删除了他的记忆，要他尽量去隐藏自身，否则便可能会有大危险，所以，他更是刻意地在远离自己，只是把那些设计出来的形象当成自己，并乐在其中，以此和过去的自己彻底地决裂。

但那些由着他自己设计出来的样貌，毕竟由他亲手设计而出，多多少少带上了几分他自己的影子。

“那好吧，既然是上天注定，我也就做一回自己。而且，‘颜料’也快用完了，这一次去找她，就索性不用吧。”刘庄晨带着孤注一掷却也释然舒坦的笑，对自己说道。这会儿，他仿佛已经看到，孙敏连见都不见自己一面，就让人把自己轰走的情形，便兀自在心间道：“说来，追过她那么多次，这一次才能算是我，真的我去追她了。如果能成功就太好了，哪怕，这一次牵上她的手，而后就迅速分开，我也认，也能感到此生没有虚度；而如果失败，也不用太沮丧，毕竟努力过了。若这一次前去，成功了，被媒体曝光了，自己暴露了身份，被那猎物带去研究，严刑逼供，倒也没什么可后悔的了。因为，虽然那协会说我有数学才能，才要带我去他们的母星，谁知道他们是不是要拿我去做什么解剖。”

任思绪弥漫，而刘庄晨决定最后一次去找孙敏，孙敏却已在酝酿一个全新的计划。

此刻，她暗道自己这些年来追求者甚众，自己虽然也爱过几个人，但到了最后，终究都会伤了对方的心。她现在算是琢磨过来了，之所以这样，是因为自己还忘不掉刘庄晨。

而她知道，要忘掉刘庄晨基本不可能，她也不想那么自私了，于是决定不再接受任何人的追求，不再频频地出现在公众媒体的面前。

这会儿，她在心中酝酿了一条可以帮助她挡住那些追求者的计策。她觉得，如果真还有谁想和她在一起，应当先去把那道黎曼猜想给证明出来了再说。等到了那时，她甚至不会去管对方的家世，长相，都会毫无条件地选择嫁给那个人。

孙敏决定让媒体爆出自己的择偶标准，然后从此就更名改姓，到一个不会引起任何人关注的地方度过余生。她相信，以那道题的艰深，当世肯定没有人能够解出来，如果真的有的话，也只能是刘庄晨了，或者，是如刘庄晨一般的人。

两个月以后，经过反复酝酿的刘庄晨在去找她之前，首先看到了这条新闻，他顿觉自己不该那么贸然地前去找她，应该换另外一种更加有把握的方式。他感到老天对自己真是太好了，自己的春天很快就要到来。

第五部
天才心理机关

真正危险的并不是失去理智的人，

而是失去了理智之外所有感情的人。

——《神探伽利略》

第十七章　残次品人生

1

银河深处，一颗外表和寻常行星区别不大的椭圆体行星绕着恒星周而复始地转动。

这个恒星系统的环境极其恶劣，非常不适合生命的生存。所有置身其中的十颗行星内部早已被挖空，表面看来一片死寂，内部却一派盎然生机，欣欣向荣。

“我实在想不明白，”说话的声音诡异，若非它们自己的种族听去，噪音无疑，“宇宙的各个文明科技发展到了最后，都会碰到难以突破的瓶颈，陷入停滞。各个文明水平都差不多的，相互制衡，相安无事，不会互相攻击，不是很好吗？为什么我们要尝试冲破这种限制，而去发展各种科技，并最终来打破这种平衡？”

“听他们大人说，随着时间的推移，我们这个宇宙，定会碰上很多我们目前无法料想的危机，大人们希望通过发展先进的科技，来让我们这一整个宇宙，共同应对那些极致的难以度过的危险。要知道，生存是宇宙间所有文明的第一需要，倘若宇宙都不复存在了，那再谈任何其他都没有什么意义。还有啊，越是先进的科技，越可以使我们过得舒适、快乐、幸福、安稳。”他发出了这个物种独有的声音，为他年少无知的妹妹解释着。

“可是爸妈去发展科技了，我既不舒适快乐，也不幸福安稳。我只想着他们能够早点回来。”年纪相对较小，表情上更还带着几分稚嫩的小姑娘，想到远离了他们的父母，似已快要哭出声来了——她的脆弱敏感总让她和这个星球上的其他个体显得格格不入，周遭的一切都很容易使她大受触动。她的哥哥听了她焦虑伤感的话，宽慰道：“等他们工作忙完了，自然会回来的，你不用着急。我听一道前去的几位叔叔说了，他们实际上早就忙完了，但是，又去了其他星球给我们买好玩的玩具，这才耽搁了。”

“原来这样，我一直惦记着他们，怎么离开了那么久，都杳无音信。”小女孩看到希望，心情略微晴朗起来。

少年不想在这个话题上和她探讨得太过深入，他伸出自己种族独有的手，牵上她的手，从房间里走了出去，带着她散步。而这会儿，他的心中却还在回想着自己刚刚撒下的谎，他真的希望自己的父母是给他们买玩具去了。

生而为这个星球食物链的最高一级，他很清楚，随着成长，自己对父母的这种抛开儿女、常年奔波在外的行径会越来越能理解，并且会逐渐地从带有怨气变为欣赏。因为自己终将变得和他们一样，像他们一样无可救药地喜欢上那样的工作，哪怕是抛开生命中其他一切重要的东西，也要去做那件事。

少年已经在这个星球上生活了二十来年（这个种族所在的行星绕恒星公转一周的时间是一年，一年大概就相当于 1.2 个地球年），他对自己种族的历史有着相当的了解。

他们的种族在原始的社会初期，就已经表现出了相较于其他文明的种族对科技更为强烈的热衷。当他们的科技文明发展到无比先进的时候，又可以利用科技，把星球上的每一个个体改造得更加热爱科技，让每一个个体的一生都再也离不开对那尖端科技的热爱与追求。

“父母虽也爱我们，但我们在他们心目中的地位，绝对比不上那些新奇的科学技术。”少年比小女孩年长许多，知道得也就更多。但他并没有对她说太多，仅在心中兀自酸楚道。

既是散步，他们的脚步迈得就不算快，从家中出来，悠悠然不知不觉地，花了大概十分钟，散步到了小区附近两千米处的一个热闹的公园。这里，不时地会有体积和他们相仿的同类生命路过，他们大多都尚未算得正式长大成人，有专门的金属机器人陪伴在左右照看着，他们一个个正欢快地玩耍着——星球里的少年和小孩大多交由这种金属机器专门照料。不过，让少年大感不解的是，他的妹妹很是反感由那些金属机器人来照料，仿佛会对金属机器产生过敏反应似的，非要他或者父母亲自照料才不会哭得死去活来。年长的他打小就非常地宠她，于是代替起了金属机器，在父母远离的时候照看她。

这一整个星球的内部实则已经被挖空了，因而留存于这其中的一切人和事物，都是靠着星球本身自转所产生的离心力固定在球体的内壳之上。而在那中空的椭圆体星球的正中心，正放置着一件巨大的机器，它永久地被放置着，不知疲倦地工作。此时，这件居中的机器正如一颗恒星一样，在发射着强烈耀眼的光芒，照亮着这一整个和地球体积不相上下的星球，它炽烈的光芒显示着此刻恰好是白天。

“会有一天，到我长大，肯定会和他们一样，放不开对科技的热爱和执著，离你而去。”本是出来散心，看着一向娇小的妹妹，做哥哥的却不知为何，心底竟像是有什么东西堵得难受，“到那时，你可要自己照顾自己了。”

少年抑制住心底泛涌的情感，陪妹妹玩耍起来，就像公园里那些陪着各自主人玩乐的金属机器人。

2

这一日的夜深人静，妹妹早早地就入了睡。少年则像往常一样，独自一人走出了家门，向着小区内的一处名为太空观望站的地方走去。

他的家和太空观望站距离约有三四百米。路上，整个星球正中心的那件机器，虽然没有发出如白天一样的耀眼光芒，却变幻出了一整幅宇宙星辰的图景。那图景上淡黄色的星光映现出少年此时形单影只的身影，他循着道路上专门供人行走的一侧，匆匆地走着。

到达目的地，他停住了脚步，扫视了一下门前“太空观望站”的匾牌，那硕大的墨绿色字体醒目俊秀，给人以艺术的美感。他只驻足稍微欣赏了一下，就不再多做停留，径自驱步去往了观望站中，一个可以获取外部世界信息的地方——位于太空观望站的正中心，摆放着一块巨大的长方体透明镜，它能使外部的光芒透射进来，又能隔绝掉外部太空环境的恶劣。

太空观望站是专门建造在星球的各个小区里，一个可以用来观察外部宇宙的建筑，它的存在，是为了让这一整个封闭星球上的人们不至于和宇宙彻底地隔绝。不过，通过那一处透镜，外部宇宙的图景尽管惊险奇妙，却容易给人单调重复的感觉，所以，它对星球上的人们的吸引力并不大，来到这里观看的人也并不多。

少年刚在透镜前站定，就如同往日一样习惯性地环视了下四周。他依然可以发现，除了有三两个金属机器人正悠闲工作着，观望站里再无其他人了——星球上的青少年们，此时要么由各自家里的护理机器看护着，香香甜甜地睡着，要不就是去了小区里另外一处更加具有吸引力的科技情感转化中心。

“没有什么人才好，这样，这一整个观望站仿佛就是为我一个人设置的，而像此处这样恢宏的建筑，我一个人享用，真是堪比星球上的最高管理者了。”他确定不会有人打扰到自己，才把目光收回，观看起那被透明镜隔绝住的外部世界。

那一幅幅惊险的画面，虽然几万年来都那样的相似，那样的千篇一律。但在他看来，它们却似乎变幻无穷，触目惊心。

当然，他总喜欢在夜深人静的时候，一个人来到此处默默地注视透镜之外，一方深不可测的世界，还有一个更为重要的原因，那就是他深知这些景象的背面有他十分牵挂的人。

“最危险的地方就是最安全的地方，正是这些恶劣的环境保证了星球的安全，使潜在的敌人不敢入侵，成年人也就能够放心大胆地出门去追求科技的提升，无忌于家里会被外族入侵。可是，它们不但隔绝了外部宇宙的恶劣，也在我和爸妈之间架起了一道难以逾越的鸿沟。”

在这些险恶之地的背面，正是他父母的所在。这会儿，他凝望着，视觉器官仿佛可以洞穿这些惊心动魄的场面，直看到父母的脸庞；倾听着，听觉器官又像是已经听到了他们匆匆赶回来的脚步声。

他一动不动地站立，渐渐堕入到那纷繁无边的思绪里。

身为这个星球上的一分子，他很清楚，他们每一个人都终将会拥有对一切先进科学技术难以割舍的情感。不过在他们成年以前，对科技的情感却还不是生命中最为主要的。

星球上对个体的改造有两条途径。其一是对个体自身热爱科技的基因进行最精细的修饰，这一点决定了他们一生对科技热爱成分的百分之十；其二就要靠外部机器去转化那些贮存在星球上，每一个个体心间的各种情感——从个体出生开始，借助于尖端的转化设备，可以一步步地把个体成长过程中，会出现的各种情感转化成对科技的热爱。直到这种热爱在心间累积起来，达到极高的水平，远远盖过了其他任何的一切情感才罢休，也才算得上成年。

少年距离成年这一步还有一段不算长的距离，此时他回想着课本上关于他们这一物种的介绍，神色间竟然带上了几分阅尽了人间百态的沧桑，说道："据说，在很遥远的过去，我们的种族对于各样东西都怀着极其热爱的情感，无论是对待科技，还是对待父母兄妹，亲朋好友或陌生人，自然而然地就会有各种各样异常丰富深厚的情感在心间产生。但自从能够进行科技情感转化的机器被发明出来，对待科技的情感便主导了我们的这一生。对于我们这样的物种来说，究竟是好是坏？

"说起来，早在很久很久，具体也不知多久以前，祖先们就已经格外明白各种尖端科技的重要性了，它几乎能够帮助我们取得我们想要的一切，应对一切会对我们自身构成威胁的危险灾难。而要发展出先进的科技，热爱无疑是第一位的，有着决定性的作用。因为热爱，我们才可以学得下去那些庞杂艰奥得叫人感到绝望的科学技术知识；因为热爱，我们才不会在科技发展的道途中，受到星球内部那科技厌恶者的干扰。要知道，倘若没有各种科技情感转化的机器，星球上的每一个智慧个体的心间，会不时地产生出对于科技的憎恶之情，它们同样会累积起来，在心间和那一股对于科学技术的热爱交织着，使得做起发展科技的决定时踌躇不已，甚至毁掉一些先进的、却一时看起来没那么有用的科技。”

少年用手掌擦了擦被夜晚太过浓重的水汽蒙上的模糊透明镜，以让外部宇宙星空的光芒能够更好地透射进来。顿了顿，他才继续让星球的各种往事，填充上自己因为思念父母而过于寂寥空虚的脑海，兀自在心间道：“犹记得星球上许多年前那个极其惨痛的教训，那个对于我们整个种族的任何一个人来说，都绝对不能忘记的教训。在很遥远的过去，大概是二十万年以前，在我们文明发展的原始早期，曾经有一个对一切先进科技都嗤之以鼻的独裁者上台了，在一开始，他对科学技术的发展持相对中立的态度，一再强调科学技术本身是有利有弊的，我们在注重利的同时，一定要严防死守其中的弊端，不能太盲目冒进，看起来要多理性客观就有多理性客观。可等到他执政的时日变久，站稳了脚跟之后，他便把自己内心深处对于科技发展的真实态度抛了出来，开始严格地去控制星球上一切发展科学技术的经费支出，他不管不顾许多在建或者已建的高新科学技术基地，放任它们在星球的各地生锈腐烂。更加恶劣的是，他还秘密地销毁篡改了长期以来由星球上无数杰出科学家费尽心血好不容易探索出来的一大批高精尖的科学技术知识。最终的结果是，星球的科学技术在他当政的不到五十年期间，直接倒退了数万年。只是当时星球上的人们，生活方面对科学技术的要求并不尖端，这些知识更是只有专门地去学习才会知晓，所以，只有很少的一部分人对这一切知情，绝大多数的人们依然安逸地生活着。

“最让人感到无法忍受的是，这个独裁者还非常懂得制造舆论。他经常公开或暗地里支持一些反智反尖端科学技术的同道中人，一再让他们在媒体上强调科学技术对人的异化和伤害，说它们在冥冥之中会影响到他们这个种族的延续——譬如总是让他们说那些运用了高科技手段生产出来的食物，有可能会让整个种族的体质大幅度下降，哪怕那些食物已经经过了几十年的检验，而被证明没有问题，但他们又立马会说，起码得要等上万年才能看得出来这个副作用，因为这个副作用太厉害了，厉害的东西都是潜移默化的。而那些厉害的威力巨大的科技更有可能会使得我们这个种族赖以生存的星球一个不小心地就毁之于一旦，甚至他们还臆想出，这些先进的科技有一天会出现自我意识，进而自我毁灭式地攻击我们星球上的一切。总之，理由比天上的星辰还要多，糟糕的是，这些人大多能言善辩，在那些埋头研究、不善言辞的科学家面前显得十分厉害，经常说得科学家们哑口无言，一愣一怔的。而他们的种种反科学技术发展的理由，归纳起来却无非一点，智慧生命们到最后会驾驭不了那些科学技术，会反过来为它们所制，所以科技的发展维持在一个适当的水平就可以了。这是一个极难反驳，甚至是无法反驳的观点，这种观点在独裁者的影响之下越来越占上风。同时，他也会支持一帮科幻作家在各种科幻小说里一再强调科技的弊端，让他们在潜移默化之中竭尽所能地妖魔化科学技术，让反科学成为一种常态，一种人们推崇备至的社会文化。久而久之，整个星球的社会风气就在他执政六十年以后，全面地走向了对于科学技术的极度排斥，科学家更是成了最没人愿意从事、最被瞧不上、最娶不到老婆、最嫁不出去的工种。而这一切中所潜藏着的巨大危险，竟然没有多少人能够意识警觉到，就算是有意识到了的，敢出去说的也变得越来越少。

“直到有一天，这个人们自认为无比安全、无比优越，永远都不会出任何问题的星球，遇到了三千年都不会遇上的自然灾难，正当星球上的人们在奋力救灾抢险的时候，一个以前被星球的军队打得毫无还手之力，不见了踪影的外星物种却趁此时机悍然入侵了。各种高新科技匮乏，直接导致尖端武器缺乏的星球，遭遇了近乎毁灭性的打击，他们难以抵抗那些来势汹汹的外族入侵，军队节节败退，星球上的人们只能用原始的人海战术对抗科技水平已经更加厉害的入侵者。这一战，天灾人祸，星球上的人们死伤无数，最终好歹靠着那些几乎已经消失殆尽了的科学家，靠着他们抓紧一切时间不休不眠地研究探索，竭尽所能地研制出的一种科技含量极高的武器——中子弹，一种以前他们觉得很普通的武器，方在千钧一发之际击退了外星入侵者。

“唉，这个教训太深刻了。自那以后，星球上的各种科技情感转化器件就被源源不断地发明了出来，运用到了每一个个体的生命之上。哪怕到如今，整个星球早就取得了比过去更加繁盛的科技成就，早就不用害怕宇宙间任何强大的文明来进攻，因为破坏总要比建设容易。”

紧盯着透明镜老半天，任凭思绪漫无边际，直到夜色中一阵凛冽的寒风吹过，少年方才哆嗦了一下，没有再任由自己陷在关于星球上的各种往事里。这时，他才意识到，父母今天是不会回来了，自己不用再继续等下去了。于是，他抬起了脚，从这修建得辉煌气派，却处处都有些冷清的太空观望站走了出去。

到了门口，大门边有两个仿照他们的形状建造出来的金属机器人，笑脸吟吟地目送着他拖着沉重的步伐走了出去，道：“您慢走，欢迎光临。”

他心事重重，仿佛没有听到他们的言语，头也不抬一下地走了出去。到了外面，一阵清新的人造空气扑面而至，他才抬起眼，脸上带着几分少年鲜有的忧心神色，望向了这一整颗星球的正中心。那里有一幅幅通过各种程序变幻出来的宇宙星空图景，他情知都是造出来的，但还是多注视了好一会儿，心中叹道："宇宙的星空本身是如此的广阔，又怎么可能是一架机器用几幅画像就可以生生制造出来？唉，星球上的人们看着这些被造的东西，是不是就正如那井底之蛙在看着广阔的天空？"

感慨一番，而后，他垂下了头，踏着步，来到小区的一角，那是科技情感转化中心的所在。

夜已深，人未静，他的脚步舒缓，径自走了进去，却有机器工作者前来热情地接待，他们十分殷勤地将他引到了一个封闭的单间。

少年驾轻就熟地，和昨天一样，没有多说，在金属机器的帮助下，躺到了这间科技水平足以代表整个星球科技发展的单间里，安静地接受起情感的转化。

他们这个种族，生活中产生的一切情感，总会以各种各样的形式在心间有意无意地累积。而像他这样成长中的少年，每隔些时日，就要到科技情感转化中心将那些情感转化成对科技的纯粹的热爱。

"这样下去，迟早有一天，我就会因为太热爱科学技术，如父母一般，离开妹妹，为求科技的发展，奔向远方。"此时，整个儿地躺在单间的那个盒子里，他的内心有好一阵的伤感飘过，他暗暗道："不过，我也不能太宠着她了。等她再稍微长大一点，金属机器人就能很好地照顾她了，相信她到时不会再有那么多的抗拒。她自己必须要学会长大。虽然，她的身体出了点小问题。"

小的时候，他的妹妹在一次科技情感的转化中，机器不慎出了故障，心灵就对科技情感转化机器产生了免疫力，从此星球上任何转化设备，都再无法将她心底的情感转换成对科技的热爱了。

她的心灵因而自然地生长，实属星球上罕有。而由于她对父母和自己唯一的哥哥的情感，也无法转变成对科技的热爱，它们因而始终都在她的心间淤积着，生长着，叫她无法割舍，发展到最后，各种各样累积起来的情感竟时常牵制着她，使她对机器人来照顾自己表现得很是抗拒，非得让家人亲自来照顾才不会成日郁郁寡欢地。

如今，她已变得比这个星球上的所有人都希望得到家人的关爱，这原本就是他们星球上早期的人都会有的自然诉求。但在如今的人看来，她的这一种诉求却是极端的不正常。

少年怜惜着自己唯一的妹妹，怜惜着她的不能转化。在这样的时代，这是一种异类，他们大人总是评论说她这叫残次品儿童，每每都叫他好一阵难过。

此时，在科技情感转化中心无聊的单间里，他回想着这些事，怜惜、酸楚频频涌上心头。可随着科技情感转化机器功率的加强，这种怜惜，这种酸楚，旋即就被消除得一干二净。

大约过了一盏茶的工夫，他这一天的转化才算完毕。他因而神清气爽起来，好似刚洗完了澡般的舒爽。紧接着，他从单间里走了出来，一到大厅，就注意到，这里和太空观望站的冷清比不得，络绎不绝的少年来到此处进行转化，机器人协助着他们把情感的杂质转化掉，就像是在洗去他们几天累积下来的疲惫。

“我们这个种族，究竟在为什么而活？为科技？为自己？”用了他们这个物种独有的声音在心间自问了一句，没有答案，他把目光移开，也不再多停留，向着只有妹妹一人在的家中快步走去。

3

大概二十天以后，少年的家中来了两个人，不是他们的父母，不是金属机器人，是这个星球的管理者。

“我们来是想要通知你，该和我们一起走了。明天，你就正式长大成人，可以去干大事业了。”其中一个皮肤已起了褶皱，年纪较老的肥胖管理者面带几分笑容说道。

“怎么这样的突然？”少年错愕，尽管如今的他，心间对于科技的情感远远地超越了对他妹妹的，可他依然不时地会在心间产生诸多兄妹之情来，它们都会在心间停留好一阵子。即使随后不久，都会被科技情感转化中心的机器给转化掉，但他依然能够感受到。而就因为这些零零落落的情感，他还想继续和尚且年幼的妹妹呆在一起，哪怕它们在他的对于科技的情感面前，少得可怜。

“本来已经挺慢的了，”一旁偏年轻，也更显消瘦的管理者回应道。随后，他又以一副不容争辩的口吻说起来：“你必须跟我们走了。我们知道你舍不得她，但我们会安排性能好一点的机器人去照顾她，你大可以放心。”

“可是，”少年清楚管理者的厉害，没有谁能够抵挡得住他们做事的意志，尤其是在有关科技发展的事情上，更是不容争辩，不容反抗。但他们如此突然的前来，让他觉得太过突兀，自己都还没有做好准备，没能好好地和妹妹道个别，叮嘱她一些要注意的事项，他道：“你们来得这样的突然，不是说会提前几日通知的吗？能不能容我一两天，我好做一些安排。”

“你从哪里听说会提前通知的？我们都是直接找人直接走的。你这请求行不通，一天都不能耽搁了。至于她的情况，我们都有一定的了解，你也不能太惯着她，人总归是要学会长大。再说了，我们会有专门的金属机器人负责照料她，你完全没有必要太担心她。”较为年轻的管理者断然道。

“可我妹妹的情况偏偏比较特殊，她不要金属机器人看管。你们来一趟又不是太难，这点我还是知道的。一个晚上吧，晚上我和她好好说说，明天我就跟你们走了。你们也可以先在我家住下，我做好东西招待你们啊。”少年软硬兼施，又要辩解，年轻管理者却冷冷打断道：“不行，那是她个人的事，我们没空在这种事上再和你多计较。你要溺爱她，那也是你个人的事，但就此影响了科技大业，我们绝对不能坐视不理。你现在就得和我们走了。你拾掇拾掇吧，别浪费大家时间。”

“这么没有人情味的，我还就不跟你们走了，能把我怎么样？”看到妹妹就在一旁，听着他们强硬刻板的话语，将哭未哭，少年的语气里竟然带上了几分怒气，道：“难道你们还能把我绑了去为你们服务吗？”

“我要再重申一句，你不是在为我们服务，而是在为伟大而神圣的科学技术事业服务。”较年长的管理者纠正道，字正腔圆，“我们都是那样过来的，你没得选择，走吧。”

“反正我怎么都必须过完今夜，你们要是等不及，尽管绑了我，看我会不会为了那什么科技的发展而竭尽心力。”少年依然不服输，因为他并不想走得如此突然，他觉得前头教给妹妹的那些生存技能，其中有一些复杂的关键点，他还想利用今晚再跟她好好说上一说，于是坚持道：“哪怕我再爱科技，也不会为了它贡献自己的半分力气。到时你们还得找个人押着我，逼着我为你们、为科技的发展做事，效率就可想而知了。真的，隔个晚上，会死？”

听了他的话，稍微年轻的管理者那张严正的脸上露出了几分微笑。他上前一步，拿出一串五颜六色的环状物，用他一如既往的漠然的口吻道：“成年之前，你每隔数日都要去科技情感转化中心，将淤积着的所有情感转化成对科技的热爱，从小到大，情感的转化循序渐进，转化的频率一直都在加剧着。事到如今，我们终于有权对你使用这效率最高、性能最佳的科技情感转化器了。”

“那是什么东西？你们要干嘛？”少年惊恐地看着更显消瘦，却更为严厉的那名管理者手中的环状物。

瘦管理者听得他的质询，神色间便有了几分得意之色。当下，他换掉了一脸的严肃，如同个广告机器人一样，激情洋溢地介绍起了他手中的那款产品，说：“以前你还小，所使用的那些转化机器虽然性能优越，但转化的效率实际上都不算高，主要是怕功率过高对你心灵世界的稳健成长不好。不过，现如今你的心成长得已经成熟，已经能够适应咱们星球上这最尖端的科技产品——科技情感转化器了。它的转化效率之高集中体现在，它可以将你自身产生的一切情感，无论何时、何地、何种，都能在第一时间急速地转化成对科技的热爱。”

“你的意思是，”少年又惊又喜又怨，惊的是按照这管理者的说法，这种名为科技情感转化器的尖端科技，将让他彻底失去对人对事正常的爱恨情仇；怨的是看这架势，他是打算强行把这件机器加诸己身了；而喜的则是，在其他情感都转化成对科技的热爱的过程中，将会把自己因为现实而带来的一切负担都给卸掉，自己的心间就只会剩下对科技的纯粹热爱了，而这将是一种令人轻松舒服的体验。“戴上它后，我以后除了科技，就真的再也不会有各种情感互相牵制带来的烦恼了吗？”

“没错。”较年长的管理者接过话头，说：“怎么，看起来你还不怎么乐意呀？应该不会吧！”

少年成长的过程中，带给他最多快乐的，不就是一次次进入科技情感转化中心，将自己累积起来的复杂情感，转化成简单的对科技的兴趣爱好？有多少像他一样的少年求着能多多进行这样的转化，却受到了严格的次数限制，说是不能纵欲过度，实是为了心灵的稳健生长，为了今天用上这极端的科技情感转化器做准备。

“这套机器不会一辈子都死跟我到底，至死都拆不下来吧，它会一直作用下去的吗？”少年言语间带着几分警惕。

“是的。一旦它起作用，就再也解不开了。你只要以后都能去做自己喜欢的事，一直去做有利于科技发展的事，一生都不会再有烦扰和痛苦了。”他希望说完这些话，少年会垂下他高傲抗拒着的头颅，满脸迎合他，如同之前他所碰过的那些人。不过，他错了。

少年并没有如他所料的被一下子地给诱惑进去。此时，各种复杂的情绪在他的内心底汹涌起来，它们纠缠着，他费了好大劲儿才让自己平复下来，道：“可是，我自己总该可以调节什么时候进行科技情感的转化吧？它总得有个开关的？”

“呵，你太天真了。它分秒必争地工作，直到你生命的气息停止，它才会停下来的。相信你是清楚的，我们星球曾经出现过个极度排斥科技的家伙，险些让我们从这个宇宙消失，我们几乎在流干了一整个种族的鲜血后，才击退那些虎视眈眈的入侵者，才好不容易活了下来。而之所以出现那个对一切先进的科技都感到十分憎恶的独裁者，这和很多表面中立、实则内心底反智反科学的家伙把他给推选上去有着很直接的关系。你知道的，我们星球的每一个人的心如果任由其自然生长的话，不喜欢科学技术一直发展下去的人的比例大概会和喜欢科学技术一直发展下去的人的比例相当，两股势力势均力敌。所以无论如何，我们都必须给每一个星球上的公民都用上这样极致的先进科技来，很遗憾的是，这种科技目前没有办法准确而具体地判断，在个体心间产生的各种情感，仅仅选择去转化那些不利于科技发展的情感，它直接一刀切了，以确保我们的心间不会有其他情感杂质的存在。事实证明，只有一种情感，我们也可以活得很好。”瘦管理者斩钉截铁，对于少年没有表现出来的迎合神态，竟似有些不悦。

“他说得很对，一个更加重要的原因是，没有对科技的强大热爱，是无法学得下去如今那些已经发展到登峰造极，却又极其复杂、极其艰深的科学技术的知识，所以，那种情感多多益善。”肥胖管理者在一旁做了点补充。

少年的心思一向极快，通过他们的话，已迅速权衡此中利弊，料想今天不跟他们走是不成了。但他仍然不乏顾虑，暗道：“妹妹显然已经听懂了来人的话语，弄明白了父母肯定早就戴上了这种环状物了，因而他们才会狠心地长年累月地对他们不管不顾。而现在，她唯一的哥哥又要抛弃她，用上那种极致的科技情感转化器，从此心间对她不会再有兄妹之情。这样一来，她幼小的心灵一时之间可该如何承受得住。这瘦管理者也真是不懂得照顾人的感受，都不晓得找个地方避开。”想到这里，他竟然对两个管理者有些许的埋怨，心道：律法应该有规定不能这样的吧，为什么他们当着她的面说这些呢？难道就因为她不能为科技的发展贡献自己的力量？难道就不能让她以为，这个世界上，其实还是有人会关心她，有人会喜爱她？好了，经这瘦管理者的话语，她如今是明白了这世上原来竟然无一人在牵挂着她，原来父母曾经口口声声地说着爱她，只不过是个谎言。接下来的生活，她得怎样孤寂地活着？

不过他是何等聪明的人，当下就想到了条小计策，打肿脸充胖子道："我才不信你的鬼话呢，世上真有那样厉害的科技情感转化器？我不信！不然，你们倒是将那套东西给我戴上试试。"

"这可是你说的。"较为年老的管理者明白他的用心，拿着环状物上前。迅速把它们一个个地戴到了他的手臂各处。当下，他并无什么太大异样，等到戴好，年老的管理者又拿出一个小盒子，按动上面的一颗按钮。旋即，那些环状物光芒乍起，没入他的皮肉。

少年顿感一阵盖过一阵的刺痛传向自己的心间，过了好一阵子，那刺痛才消失。这时，他才发现，一起不见的还有他对来人的怨恨，以及对身为残次品妹妹的不舍。而他对科技的热爱却在一时间火速地增长起来。

"呵呵，科技情感转化器对我一点效果都没有。老实说，我依然看你们挺不爽的，我依然放不下我的妹妹，我依然充满着对她的关心。"少年口是心非，他的心里还在产生哥哥对妹妹的关怀之情，可是这种情感没能等到他自己感知，就立马被转化干净。

"难道是机器出了故障？"肥胖管理者上前来左摸右探，一通检查，不解道。

"是的，这机器确实对我没有半点效果。额，你别摸我，一不小心对你产生感情，那麻烦可大了，年龄倒还在其次，更重要的是。"少年故意这样说着，事实上他知道自己以后只会对科技有感情了，什么亲情、朋友情、兄弟情、战友情、恋情，根本再也感知不到，再也不会拥有了。

“怎么可能，是不是拿错机器了。”一直比较刻薄的较为消瘦的管理者也意识到了自己刚刚的错误，竟换上了一副面孔，瞪大了眼睛，不敢置信地上前来检查，说：“一万个人里面都找不到对科技情感转化器有免疫力的了，怎么可能同时出现在你们兄妹中？”

“遗传吧应该。不然，我可以跟你们一道前去，用你们那些更加先进的机器来检查检查。”少年回应道。

“此事事关重大，的确应该好好查一查。”肥胖管理者应道。

少年这才回过身，看着素来机灵，却一向被认为是残次品的年幼的妹妹，潇洒道：“哥这就去证明给他们看。”

然后，他跟着来人走了出去。

4

“我们错了，不该在你的妹妹面前泄露科技情感转化器的秘密，律法严格规定只有成年人才能知道真相的。未成年们还是要活在充满爱与被爱的社会里才好的，毕竟我们的种族长期以来都处于各种情感互相牵制的生活里。”年长的管理者到了外头才检讨他们刚刚犯下的错误。“尽管你的妹妹是个残次品儿童，我们依然不该叫她知道还有科技情感转化器这种高端产品，那是我们这个星球最大的秘密了。唉，真不好意思。”

虽然科技情感转化中心的单间，在他们年纪不大的时候，也会将各种沉淀下来的情感转化，可说到底，在他们年纪不大的时候，心底终究还是要怀有着其他，诸如对父母、对兄弟的情感，他们也一直都以为，父母兄妹彼此间都是有感情的，并不清楚父母原来早已戴上了科技情感转化器。

“小女孩而已，即使她说出去，也没有几个小伙伴会相信，最多当童话听了。再说了，你妹妹不能将情感转化成对科技的情感，实属异类，我估计小伙伴也不会多，基本没啥影响力，随她说去吧，只要大人们守口如瓶就可以了。当然，我们怎么说都还是违反了程序，要跟你说声道歉。说到这个，我也有义务向你科普下，之所以那样，一是为了日后他们适应科技情感转化器，另外也是为了一定程度上关照小孩少年们。”偏瘦的管理者言语间同样有对自己刚刚疏忽的自责。

肥胖管理者跟着说道：“我倒是觉得，应该是星球上的最高管理者，还不想完全消灭掉那些情感，想让它们在我们这个种族的血液里继续流淌。要知道，以前那些情感可是被认为极其宝贵的，我们种族里曾有多少才思敏捷的诗人，洒尽一生的天才与汗水去书写它们，又曾有多少极富才情的歌唱家，曾经用他们的天籁之音发自内心地去歌颂它们。”

听了他们的对话，少年的心间竟然又有了丝丝对科技的热爱，他想这些热爱有可能是对妹妹的种种不舍，以及对这两个管理者的埋怨所带来的，当然，也有可能是对自己种族早就已经彻底失去了那些情感的伤感。猛地，他又想起了自己那唯一的妹妹的死活，纯理智，不带丝毫感情地说道：“不管怎么说，我妹妹还是太年幼了，不能适应金属机器，我不能放任她一个人在家，我要先回去。再怎么说，也要跟她道别一下。”

“那好吧，可我们现在要去参观一些尖端的科技，那些东西你以前肯定没见过，错过了这次机会，以后再看就要等很长时间了。而照顾你妹妹这种残次品儿童可没有什么科技含量，于科技的发展也没有什么裨益。不过，你完全不用害怕，我们前脚刚出，专门配备的机器人就已经进去照料她了。你妹妹不喜欢金属机器人，这会儿又是一个人，估计得哭个死去活来，但撑过去了，一切都会好起来的。凡事，习惯了就好嘛。”

“那你们怎么就不习惯让我再待一个晚上再走呢？要知道，她有可能因为我的突然远离而哭晕过去，你们怎么可以这样？”少年的嘴上埋怨着，内心底真正想着念着的，却是去见证他们刚刚口中简单提到的那些新奇科技。而且，他此时对妹妹越是上心，兄妹之间的情感越是激烈，对科技的感情也就越是源源不断了。“反正耽搁不了多长时间的……”

两人听着他语带几分火气的话语，完了后，才幽幽然道：“说完了吧？好了，我们现在就要去参观那些高科技新奇玩意儿了。母星目前有一种可以通过空间折叠的方式进行超光速旅行的飞船发明了出来，那东西简直太神奇了，不要说是亲自乘坐，就是看上一眼都很让人心旌摇曳。”

“我不去。”

“那我们先走了。”说着，他们转身就走。

少年看着他们兀自离开，好像是回到了幼年时分，有一次和爸妈走失，四野无人，自己在那漫山遍野里，快速跑着搜寻他们的踪迹，那时的他惊慌失措，觉得自己真正是被整个世界给抛弃了，恰如此刻他的心情。

他到底是情感控制的动物，终于动了一下，打破久久的愣怔，赶了上去，道：“你们确定金属机器人真能照顾好她？要是真如你们所说，那我就跟你们走啦。”

“要是没有呢？”

“那我们就再回去看看，律法规定对他人的生死不能置之不理。”少年嘴上不情不愿，而步伐紧跟着他们俩。

他感到自己应该是无能为力，欲哭无泪的，否则，此时对科技热爱的增长又怎会如此的迅速，比脚步还要急切。

第十八章　局中有局

1

两千多个日子以后。

少年踽踽独行在返家的路上，打那次和管理者离开了以后，他就再也没有回去过了，只是偶尔用无线电通信设备和妹妹取得联系，但每次没讲几句就挂掉了。

他太沉浸于对科学技术的学习，而对生活中的其他一切，全然没有任何真切的情感。所以，即使这么多年没有再回过家一次，从事着自己最喜爱的工作，学习着自己最喜欢的科学技术知识，也让他每天（星球自转一周的时间，约等于 1.5 个地球日）都充满快乐地活着。

这两千多个日子以来，除了孜孜以求地投入到对各种科学技术的学习之中，他同样不时地会想起自己的父母和妹妹。不过，自己的这种念想却不带任何感情色彩，和想起一个陌生人并没有太大的区别。

物是人非，如今他身强体壮，已经长大，印象中的妹妹却依然弱小。

在那过去的两千多个日子里，他同样非常清楚，父母仍然沉浸于追求科技提升的工作中，从未回过家，如他一样。而妹妹努力地长大，一开始很抗拒让金属机器人照顾，为此身心俱伤，本该是快乐健康成长的好儿童，却从此憔悴不已。直到后来在她自己的努力下，才和金属机器人的关系有了较大的改善，情况才有所好转。

他对她已无任何兄妹情感了，这些年，却仍旧要挤出些时间打电话用所谓的爱去关怀她，他很清楚只是理智在支撑着自己做出这些举动而已。而每当那样做之后，自己就会感到做得实在是毫无意义，竟然把时间浪费在这种无聊的事情上。随即，内心更会好一通的不快，也会开始去反思自己怎么不多多在科学上花费心思，打什么电话呢。

此时，踽踽走在返家的街道上，幼年时熟悉的风景都显出了它们陈旧的模样，不少已蒙上了一层怎么也洗不掉的油污，不少建筑物更是糊上了一层久经岁月后留下的淡淡沧桑。而这一切的变化都止不住地牵引起他的思绪，让他意识到自己如今也已经变了模样。这会儿，他把目光聚焦在自己的身上，在心间默默地说道："戴上这尖端的科技情感转化器，已经有两千多个日子了，这个器件通过改变由各种意识物质构成的情感的形态，以将各种情感修饰成对科学技术的特殊感情，它随时随地转化的只是情感，而像感觉则无法转化。感觉活着是否有意义，感觉是否快乐，是否烦躁，是好是坏，包括触觉、视觉、嗅觉，都没法由它进行转化。以目前星球的科技实力，科学家们如果倾尽全力的话，倒还勉强能够生产出一两台连感觉都可以进行转化的机器，但他们并不想将它们施加于自己的公民身上。因为一旦这样做，将使人彻底地失去正常生活的能力，更别谈让他们去为科学技术的发展进步尽心出力了。"

他把思维转移到了科技的本身，心间又有了几丝快乐。而他的潜意识里，其实是希望可以转移，从回家看妹妹这种无任何意义的事所带来的不舒服转移到思维的乐趣中，暗暗道："情感之间的转化较之情感和感觉之间的转化要容易不少，对于个体生命的日常活动，也不会造成太大的影响，因而得以在整个星球进行推广。而向来，做自己热爱的事，再怎么艰难都会快乐；而做自己没有感情的东西，则会感觉极其糟糕，往往事倍功半，半途而废。科技情感转化器之所以能给人带来一生的幸福快乐，不就正基于此点？"

尽管他步伐缓慢，几个回想，还是到了家门。

妹妹早已得到了他要回来的消息，一大早就放下了手头的事儿，专门忙活起来，做了一桌子的饭菜，要为他接风洗尘。一见到哥哥进了门，她别提有多欢快高兴，招呼了下，就又下厨做一样新的菜式去了。

他用理智控制着，表面上回了家，喜悦非常，尽量叫她看不出自己对她的真正感觉。就像小时候，爹妈每次出现在他们的面前，看起来都是一副对他们关怀备至的样子，实则心中根本没有半分对他们的情感了。

"父亲、母亲他们以前每次照顾我们，自然是希望我们成长为，能够为科技发展做贡献的人。照顾我们，本也是为科技做贡献的一种，是在做有意义的事，是在做自己心中热爱的事。而我这样做，根本完全没有任何意义的，妹妹她就是个残次品儿童，照顾她对科技的发展完全没有帮助。"他坐在客厅里，喝着水补充水分，心里却在嘀咕着。而他没有料想到自己已经完全忘记了，小的时候，有一次邻居家的孩子喊他的妹妹残次品儿童，他拿起拳头和他们战斗的情形，当时他和他们打得浑身都是伤。而自从那次以后，就再没有谁敢光明正大地喊她残次品儿童。

他不记得了，只是听着厨房里锅碗瓢盆的声响。他能够感受得到，妹妹对自己还是怀有那种可以被称之为杂质的亲情，一时之间，他竟显得有些恍惚，心中更喃喃起来，道："不过我不得不在她的面前，表现出一副关心她在乎她的样子，哪怕这样做会叫我感到尤其的不自在，尤其的虚伪。因为我知道，我的内心深处一定对她有着很浓厚的兄妹之情，只是我大概永远不可能感受到了。"

在客厅收拾着这一趟回来的各种疲惫，过了一盏茶的功夫，歇息完毕。他自觉已经准备好了，晚说不如早提，于是站起了身，走向厨房，把回来真正要做的事——那可能是永久的分别，对她说起来："你知道吗，你哥我就要离开星球前去执行任务了。"他轻描淡写，因为他怕自己表现得太过高兴，而没有一点离愁别绪的样子，又道："我也不知道多少年后才会再回来，执行那种任务很耗时间。你不必太想哥，也不用等我。"

他妹妹并没有如他所料，表现出如何的不舍，只听得她欢快地说道："那真是挺快的，要恭喜了。"

"已经算是慢的了，没办法，你哥哥我和其他人相比，太过愚钝了，和我同期去培训的，都是两千来天便学完了所有必备的科技知识，通过了考核，然后早早地就去执行任务了。我整整用了将近两千三百天才做到，智力是硬伤，呵呵。"他见妹妹没有表现出一腔离愁别绪的挽留，暗道她如今果真是长大了，不会再因为一点儿小事就哭鼻子，甚至不用大人的照顾，反而已经学会了照顾人。即使，在他看来，自己要离开这颗星球，其实并不能算作是一件小事，他有可能再也不会回来见她。而他说自己愚笨，倒更显谦逊了，只因他理智上对妹妹、对父母还有所牵挂，因而求学期间，不能全力以赴地学习那些高深的知识，不时地有所懈怠罢了。

“不算慢了。额，我要和你一起去执行任务。”她回过身，楚楚可怜地望着他。

“我知道你想哥，可你要懂事，执行任务需要通过专业知识和技术的考核，否则简直是去胡闹。星球的管理者也不可能让你我同行的，除非你也能通过考核。但那些艰深晦涩无比难懂的科技知识，那些枯燥无味又复杂到顶点的设备操作，没有对科技的强烈的兴趣爱好，是根本学不下去的，也根本掌握不了。”少年的脸上已经没有了半分稚气，讲起话来中气十足，在培训机构学习的这些年，他的思想和身体都已经强壮成熟起来，他已经是个正儿八经的年轻人了。

“你好好地在星球上呆着，好好地生活下去，我会经常让人捎带信件回来的，会经常想你，还有爸妈的。”他的眼中闪过一幅幼年时分，一家人幸福生活在一起的画面，而嘴上不带任何感情色彩地说着。

“嘿嘿，这个你就不知道了吧。在你离家后不久，”少女抑制住满心的高兴，刻意让自己的语气显得平静，以让自己可以把接下来的话语清楚地说完，“我去和那些严厉的管理者谈了，他们说只要通过科技知识和设备操作的技术考核，就可以和正常成年人一样地去接受任务了。然后，我就申请加入学习，说想掌握完那些知识和技术，然后和你一道去执行任务。他们一开始根本没有同意，板着面孔说我胡闹。不过眼见我又哭又闹，宁肯死掉也不肯金属机器人来照顾，他们让步了，同意教我知识和技术。”

“怎么？你过了？”少年一时不知他妹妹要说些什么，有些错愕地盯着。

“像你妹妹我这样的残次品儿童，打小对科技的热爱就显得严重不足，学起那些东西来感觉极其的不好，很是要命。但说到底我还是忍受住了，硬着头皮学了下去。和哥你一样，我也是刚刚这一批通过的考核。管理者们原想着我会知难而退，到时候再派个金属机器人前来照顾我，让我一生就这样虚度下去，但他们没承想我真有一天能通过，他们履行了诺言，答应让我和你一道去执行任务了。现在我需要再征求一下你的意见，要不要让我和你一道前往呢？”她说得尽量轻巧，因为她怕自己的言语会淹没在心间各种各样汹涌的情感里。

少年不敢相信，一下子震撼而住。

“可是，你为什么都没告诉我？”

“呵，应该是怕你担心我受不了那些科技知识，然后啰里吧嗦地要来劝阻吧。哥，你还没回答我呢，要不要我和你一道去执行任务？”

“你说呢？”他的感觉前所未有。

2

不久之后，兄妹二人领了任务，驾驶着一辆精致的飞船，来到银河系猎户臂上的一颗蓝色星球。

和他们一块到来的，只有一台贮存着各种高新科技知识的计算机，和一个金属机器人，他们此行真可谓轻装上阵。不过，好在有丰厚的知识和技术做储备，他们刚一到此，就孜孜不倦，取材、运用那些从母星带来的科学知识，迅速在这颗生机盎然的星球上建造起了他们完成各项任务所需要的各式各样，或大型或精致小巧的设备。

热火朝天地在这颗蓝色的星球上干开，没多久，他们就将能够满足各种工种需要的金属机器人的数量发展到了上千头。在它们的帮助之下，他们建造起了各种各样宏伟且精致的工程，他们将这个庞杂而深远的计划一步步实施起来。

万事开头难，等一切上了轨道，他们就把全部事务都交到金属机器人的手中。而他们如此万里迢迢地前来忙活，却只是为了一个宏伟而隐秘的目的——引导这颗星球上的一种两足、浑身毛发的猿猴的精神世界生长，使其看起来自然普通，是天然的生长，却又犹如布满机关陷阱的迷宫，一旦目标猎物踏入，就休想再走出来。

把各种具体详细的操作工作交给了金属机器人，然后，他兄妹二人就像那钓鱼的人一般等候起来。只不过钓鱼者通常就在一旁静静地等待，而他们却是血肉之躯，目标猎物上钩的时间更遥遥无期，他们不得不加速离开地球，不得不进入那种类似于时间分区的机器之内，再返回，再不时地从那机器之内出来，以此来和时间赛跑。

如同那个流传甚广的双生子理论一样，地球上的一对双胞胎兄弟，当哥哥以非常快的速度乘坐飞船离开地球，再回来之时，地球已经过去了数十年，弟弟已经老得不成样，哥哥却依然年轻；又如同阿尔伯特·爱因斯坦在他那影响深远的广义相对论中所阐述的，具备不同引力的时空，时间流速在各自时空里的人看来不一样。他们以更加快的速度离开了这颗蓝色的星球；并且将自身藏到了飞船里那种原理和时间分区相当，广义相对论效应的强度却又远远胜之的机器里。重回之日，他们不过才历经了半年，而地球竟然已经过去了数万年的光阴。

兄妹俩负责着这颗星球，数十个来回之间，这颗名为“地球”的行星竟已过去了将近三百万年。

在这悠悠岁月里，金属机器人们费去了无数的心血，不着痕迹地让最初那个简单的人猿心灵，根据自身的需要生长成为了一个天然的陷阱。若非被困住了，不要说是猎物，就是他们自己，他们星球之中最为厉害的科学家，都甄别不出这些心灵世界里有任何受到外来力量影响的痕迹。

三百万年的光阴稀释了一切的痕迹，人类的精神世界，更像是一个天然生长而出的机关陷阱。

而当他们在幽黑寂静的太空中发现了猎物的踪迹，就立马匆匆地赶到了地球的附近，躲藏在地球唯一的一颗天然卫星——月球之上的某个极其隐蔽的角落里，不动声色地观察起了这一整个事态的发展。

“我们的目标是捕获猎物。可现在人类的心灵却尚有漏洞，万一它上钩了，还能逃脱掉，我们这么多年来的努力岂不就要白费？”在月球之上，那已经长大，不再对任何事物都容易敏感、脆弱的小女孩，提出了她的困惑。

“不用太担心的啦，金属机器人们正加紧在人群中培养那种完美陷阱。那种生物，一次猎食可都不小，它的胃口很大，只要我们拥有一定的完美陷阱，它就有不小的几率会栽进去。”他看起来充满自信，实则心里也没多少底气，转而道：“其实早在我们接受任务以前，母星就已经捕捉过一些纯意识的生物了，却都没有找到合适的改造之法。这种猎物很不听话，我们虽然能够用高能中微子束一定程度上威胁影响到它们，不过要使桀骜不驯的它们乖乖地屈服于我们，从始至终地配合我们，却仍旧无法做到。这些绝不低头的家伙，总会在关键时刻反水使坏，母星为此损失巨大。而我们这次到了此地，不再是带它回母星去了，而仅仅是要困住它，然后再给它营造出一种大难将至的气息，为的是给它充足的时间和空间，以发展出足够尖端厉害的科技来对付我们。”

“是的，这个计划我知道。不过我不解的是，那样一来，我们、我们的母星岂不是会很危险？我们难道不是在玩火吗？”

少年一听她的疑惑，算是涉及了自己最擅长的领域，他来了兴致，道："你呀，是永远无法理解，我们这种受到科技情感转化器影响的人，见到科技发展之时的那种心满意足的幸福感受。这么说吧，就像他们地球上的某些人类，肯为了他们心中的某个理念，或者热爱的人事物付出自己的一切，甚至包括生命。这些地球人类心中的情感就相当于我们成年以前的人，有各种情感的冲突和牵制，一种情感会受到另外的一种，或者多种情感的羁绊，做起决定来不会那样的干脆利索。但他们尚且能够做到，为了心中热爱的人和事物不惜自身的性命，更何况是我们这些被科技情感转化器改造过的人？对于我们来说，有那种精妙绝伦的科学技术被发明生产出来，哪怕不是由我们的种族自己生产而出，哪怕这科技是要来对付我们，我们也会感到非常的开心愉快。我们的这种对于科技的热爱，也不是一蹴而就，而是在种族漫长的发展过程中，跟随着我们自身对科技的情感的逐步加强，导致我们的文化最终走向了这种对科技的极致崇拜。"

她摇了摇头，依然不太能够理解。

"好吧，那我就再跟你说个在我看来更加重要的东西，相信你自然能够理解了。首先，依据目前的情况来看，就像光速是有限制的，宇宙中，任何物体的运动速度都绝对无法超越光速，在我们所生存的这个宇宙里，每单位立方的三维空间所能够容纳的物理定律同样是有上限的。宇宙间，几乎所有文明科技发展到了最后，势必都将陷入到停滞，整个宇宙于是陷入了一片死气沉沉。可按照目前我们的观测，宇宙遇到了巨大的问题，它一步步地走到最后，并不会因为自身的引力而全面坍缩，而是会继续膨胀下去，一直走向一片虚无、一片冰冷的热寂——根据热力学第二定律（指：不可能把热从低温物体传到高温物体而不产生其他影响，比如一杯拥有六十摄氏度的水，不可能向一杯拥有九十摄氏度的水传送热能）所推断出来的一个宇宙的结局：我们的宇宙作为一个孤立或大致孤立的系统，其熵（用来描述一个独立的系统混乱程度的值，系统越混乱，表示熵值越大）值会随着时间的流逝而逐步地增加，整个宇宙的一切物事终将由有序全面走向极端的无序，当宇宙的熵趋近于无穷大时，宇宙中一切有效的能量就会只剩下最纯粹的热能了。这样的宇宙将会是一个死气沉沉的宇宙，其中再也没有任何可以用来维持运动或是生命存在的能量，甚至就连一个电子都不复存在了。这样的宇宙将会是一片虚无，期间宇宙中所有曾经存在过的一切，包括生命都将会变成一抹微不足道的热。这样一来，你是不是觉得很可怕？甚至比坍缩回去，又形成一个全新的宇宙的可能更加可怕？”他看着妹妹专注倾听的神情，感到自己的讲解还颇有点水平，心间顿时涌上了几分自豪。

“确实很可怕，假如宇宙本身是没有任何意识的，而身为智慧生命的我们，是应该去阻止这种情况的发生，那样一个没有任何生命的宇宙，和死了也差不多了；而假如宇宙本身是有意识的，它又希望通过这种限制光速和空间容纳物理定律的方式，来减缓自己早日走向热寂，更让人感到毛骨悚然的其实是，它实际上更有可能是在通过这样的两条基本限制确保自己可以最终走向热寂的结局，并最终使得自己在热寂中实现永生，我们就更应该阻止这样的情况发生。因为那样一个看起来好像只有热寂本身是活着的宇宙，非常的邪恶冰冷恐怖黑暗。”她一口气说完，紧接着，屏住呼吸。

她的哥哥接上话，说道：“是的，无论发生哪一种情况，无论宇宙本身是否有意识，无疑，我们选择去发展科技都是最正确的。因为，先进的科技无疑已经解决了我们曾经遭遇过的一切问题、一切灾难、一切敌人。我们这个目前看来注定会走向一片虚无的宇宙，母星认为，依然是可以通过发展先进的科技来应对，而不是靠其他诸如发展宗教信仰，诸如其他选择掩耳盗铃般的无视等方式来求得解决。”

“所以，就为了阻止我们的宇宙终将走向这种一派死寂，我们竟然冒着不惜毁灭自己的巨大风险？”

“是其中一个十分重要的原因吧。还有一个原因自然是，经过了那一代一代的漫长岁月里科技情感转化器的改造，我们这个种族的文化，已经变成了喜欢一切先进科技。我们不会去管那些科技是掌握在谁的手中，都会喜闻乐见地看到它们被发明出来。这也许在你这种无法被改造的人听起来，可能有点疯狂、有点奇怪，但对于我们的种族来说就是如此，在我看来是很正常的。我想，哪怕到了最后，这些文明的科技发展起来了，掉过头来首先对付起我们，我们哪怕是牺牲了自己，也在所不惜。因为，我们的宇宙到底是不会走向什么都没有，而只有纯粹的一抹热存在的结局了。我想，等到了那时，等到了几百亿年以后的那时，宇宙间必定还会有生命可以留存下去，而他们终将能够铭记我们，我们这一整个种族曾经的存在与辉煌，毁灭和荣耀也就可以一直地存在下去了，哪怕仅仅存在于那最后的宇宙云游诗人的口中，也不会成了什么都没有，只是一抹轻微的热。”停了停，见她一副茫然的模样，不知是因为过于惊讶，还是依旧不太能够理解，他换了一种口吻，又道：“如果你还是无法理解，我打个比方吧，就像地球如果会在公元2100年灭亡，你认为中国和美国现在干仗还有意思吗？如果还没有足够尖端的科技被发明出来，阻挡我们整个宇宙最终走向一派极冷一派虚无一派漆黑的结局，战争就根本没有丝毫的意义。而等到我们有了足以阻挡整个宇宙走向热寂的科技出现，我相信，如果我们这个文明能够留存到那时的话，那些超级文明是不会选择来对付我们的，就像人类也不会大动干戈地想要去对付一群蚂蚁一样。更何况，我们这群蚂蚁还曾经为了这一整个宇宙更好的延续，做出了巨大的贡献。还有，我们的文明，已经不是当年那个一不小心就会被入侵的文明了，我们没有那么弱。我们发展到了这种地步，我们很强，在整个宇宙里已经算得没有对手，拔剑四顾心茫然，我们已经不会在自身种族命运的小问题上斤斤计较。我们，已经将整个宇宙的热寂当成了对手。”

“唉，你说的好像还挺有道理的样子。但我还是觉得，我们的宇宙不会先死于热寂，而更有可能会先死于各种宇宙文明之间的战争。我想，假如宇宙本身是有意识的话，文明之间的战争也许就是它消灭各种各样会加快它死亡的生命的一种手段。因为我现在到底是琢磨出来了，生命的出现，本身就也是个高度逆熵高度耗能的过程，它的熵值很低，而要维持低熵值，是要耗费高能量的，我们作为生命，极其有可能就是宇宙自身的一个高度耗能的 Bug，就像一辆车漏了油的油箱。宇宙很可能就是以战争的方式在消灭我们。要知道，各种战争背后的本质原因，我们到目前都还不太清楚。一切有一定自我意识的生命，似乎天生就都带着好战的基因，这种好战的基因究竟源自何方？我们却是一无所知。”她说到最后，语气里不由自主地颤抖了一下，竟然隐隐地觉察到，背后那幽幽不见底的宇宙似乎正在注视着她，便停住了话。只在心底道：“你们理所当然地认为我是残次品，可有时候我觉得自己才是母星里最正常的。固然，科技可以解决我们碰到的几乎所有问题，但你们难道真的以为，自己能是那一整个永无止境的宇宙的对手？我们本身只不过是宇宙很小的一部分。”

“战争的本质确实很值得玩味。你的考虑——文明首先毁灭于自我的战争，当然也有可能发生，不过你所提到的那一切情况，其实在你哥我看来，都是可以避开的，而且概率还都不小，哪怕战争的本质，有可能就是源自于我们这个深不可测的宇宙，它通过那样的方式消灭我们这些高度耗能的生命。但宇宙终将会走向冰冷的热寂，走向虚无的这一点，目前来看却是没有任何一种行之有效的方法可以避免，哪怕是理论上的。所以，解决这个热寂问题，让整个宇宙间的科技发展起来，哪怕不惜运用让整个宇宙级别的各种大战发生的方式，哪怕不惜以毁灭掉我们自身的文明作为代价。总之，这一次，我们要的是困住猎物，让猎物为了对付我们，而选择去帮助地球人类发展出足够强大的、极致美妙的科技，来对付躲于暗处的我们，这是首要目标。接下来，母星甚至想借助它去深入银河系那些更加难以预测的地方，去捕捉更多的纯意识的生物，并最终靠它们，在地球上发展出前所未有的，我们所无法想象的科技来，而这种不同星球物种之间科学技术的不对等，势必又最终能够引爆整个死气沉沉而又安于现状的各个宇宙文明，让他们都来一道发展提升他们自身的科技文明——他们大概不太会去抗衡，宇宙终将会走向热寂的这种极其难以抗衡的问题，但却会十分认真地去思考，自己的物种会被其他科技文明稍稍领先的物种消灭的问题。大多数生命都是这样，不会为了长远的死亡的问题思考，却会为了每天的柴米油盐、眼下的难题斤斤计较。死亡是生命过程中极其重要的问题，它需要我们严格正视。然后，就这样地，整个宇宙的科学技术就能不可遏制地一步步向前发展而去了，相信，等到了最后，宇宙本身的那种热寂、那种寒夜就能够得到杜绝，更或者，即使它最终还是完蛋了，说不定我们的物种，我们所发展出来的文明有一天能够移居到另外一个新的宇宙去，不管它自身有无意识，没有最好。”已经长大成人的少年，对自己母星这一天才般的手腕佩服之至，说到最后，他的语气里已有了一股不由自主的兴奋。

“好吧，”她较少的对科技的兴趣，这会儿也被调动了起来，“可万一，猎物发展出足够先进的科技来，直接破解了我们所设下的那个机关陷阱，不就不能如预期一样了？”

“那它至少得拥有远远超出我们的科学技术才成！但那明显不可能啊，我们的科学技术知识的储备，即使它再去猎食成百上千个宇宙间文明登峰造极的文明知识，估计也还赶不上，更何况，人心这道题近乎无解，这个看起来十分简洁的心理机关，就连我们文明倾尽所有的科技手段，都还解不开。我想，除非，它能解开我们这个广奥的宇宙之所以存在的奥秘，我们这种有意识的生物又何以存在的终极奥义，才能逃出来吧。但事实上，它连自己的来历都还搞不清楚，当然，这也是我们母星现在一直在寻找，而具体又无法得知的答案。”他对那个完美陷阱不乏信心，问题只在于猎物上钩与否，“话说回来，只要它上钩了，我敢保证，它的每一步至少都会有七成能够按照我们设想的走，我在这里先来做个大致的预判。我认为，猎物最终会带着一整个地球，流浪到宇宙各处，去捕猎像它那样的纯意识生物，全力发展出先进的科技来。”一想到整个死气沉沉的宇宙将从此生机焕发——即使那很有可能带来宇宙尺度的战争，这个目前预估必然灭亡的宇宙，却很有可能将得到拯救，他坚毅的脸上就两眼放光。

她定了定，应道：“好吧好吧，你说的都对。不过，我们创造的那最后一个金属机器人，在发现猎物被完美的心理机关给困住以后，我们让它选择去启动灭世的按钮毁灭整个地球，那可就有点冒险了。”

“确认上钩后，毁灭地球的行为，是为了给它制造出一种危机感。当然，我们的意图，还是不要被猎物洞察到的好，这种生物，一旦弄明白我们的意思，嘿嘿，要让它再按照我们的想法去发展先进的科技，让它再去深入宇宙可能就会有点困难。据我所知，目前母星上没有谁能走到那最后的一步，要是我们成功了，当真是意义非凡呐。我现在都已经能够勾勒出那样的一幕来了，当多年以后，宇宙的生命们因为我们的操作，成功地阻止了整个宇宙走向热寂的最终结局，一定会有人给我们立下一块丰碑的。不，应该是两块。”

“你想得还挺美的。”

“当然了，话说回来。即使那个猎物真嗅出了点什么来，我们也完全没有必要太过在意，因为它如今已别无选择。想来，即使把我们这样的一番话放在它的面前，而没有更多的实据，它也很难判断我们说的究竟是真是假。猎物只会把所有的可能都考虑进去，我们的意图，它无法准确地得知。要知道，宇宙是个相当残酷的地方，一切有自我意识的生命一旦置身险地，为了生存下去，就都很容易掉入无休无止的猜疑，而越是深陷到猜疑之中，它们就越是会有不由自主的紧张感，智慧生命们通常会作出对己有利的选择，它当然也不例外。”他缓了缓，换上一副更加自信的口吻，兴致盎然道：“说来，就目前我去人类世界里所了解到的一些情况，他们人类世界的文艺作品可真是浩若繁星，每时每刻都在产生着数量极为庞大的文字，其中有一些，好像还瞎猫撞上死耗子般，把我们的意图给附会了出去，但那又如何？只要我们听之任之，附会的也只会被认为是附会的罢了。猎物自身是难以确信，那些由某个人类个体所虚构出来的东西，究竟是真是假。”

“可不知为何，听了你这个自信满满的说法，我却有些担忧了。”她谨慎地分析着，“它要是上钩了还好。可我们的陷阱并不是特别成熟，万一那正在赶来的家伙首先选择了精细地研究那些人类的信息，它必定就能够推断出有我们的存在。要不，我们先把人类世界里，那些曾经臆想过我们存在的东西给消除掉吧？这对我们倒还不太难。”

“我想大可以不必，因为我们设下的这个心理机关，本身就非常的不成熟，再给我们一万年，我们都未必能够完善，人类的爱情所带来的漏洞，真是非常奇怪。我想，也许生存是他们的第一需要，而繁衍又是物种生存的第一需要。爱情这种东西和他们的繁衍生息紧密相关，相对于其他的情感来说，就更加难以受到改造了。所以呢，只要猎物在吞食之前，稍微地去人类社会里调查一番，稍微吞食了其中一两个有破绽的心灵陷阱，不用去寻找人类社会里曾经臆想过我们存在的信息，它都能够很快地发现心理机关。所以，只要它能稍微地留个心眼，我们都将功亏一篑了，所以我们完全没有必要去处理，只盼着一向自负没有什么可以困得住它的猎物，依然认为没有什么东西困得住它。在我看来，你我兄妹二人远离了母星，如此孤寂地来到此地，从事如此不易的工作，人类世界里恰好就有个人，有个孤独的小说家，他忍受住了长期的、可怕的孤独与寂寞，为我们立下了一个传，就好比有不少人类好不容易来到这个世上走一遭，老了后都会请个人，或者自己去写本传记，地球人类这种渴望获得惦记的心情，跟我们这种渴望有人知道的心情还有点像，不愧是受到我们的影响才发展出来的物种。虽然说，这个孤独的小说家所描述的我们，多为他个人的臆想推测，但从另外一个角度来看，也还怪有意思的。要不，趁着目标猎物尚未到此，我们再多去给他透露些信息，以让他把自己那些好不容易才写出来的东西完善完善，似你哥哥我这般英俊潇洒，天赋过人，可不想在人类社会里被矮化，哈哈。”

“呵呵。”

他讲着这些和科技提升有关的事，眼睛里大放异彩，快乐可见一斑。

原来他是不会跟她谈及这些的，因为觉得对一个丝毫无利于科技发展的人讲这一切，无疑是在浪费时间，但他的妹妹如今也是过了考核的人，也在负责这一个影响到整个宇宙最终方向的项目，他就觉得再多的口舌也是在为科技的发展做贡献，因而竟然不厌其烦。

她何尝看不出这一点，想到父母曾经的关爱，不过是因为科技，她立刻感到一通悲凉。

“哥，你说，为什么捕获那种纯意识的生物能够提升空间容纳物理定律的能力呢?”她的心底其实早就已经有了答案，但看着哥哥讲解起科学问题的时候，那种指点江山、挥斥方遒的欢乐，就忍不住又问道。

“你到底是怎么通过考核的，不会是靠作弊吧?”他快速地回了一句，紧接着，又做起了自己最热爱的事，滔滔不绝起来：“三维空间里，所有我们知道的定律，都是一种统计学上的定律，人们所能想到的任何其他种类的规律性和秩序性，总是被微粒的不停运动所扰乱，或是被搞得不起作用。这种统计学上的定律具体体现在，参与的粒子越多，这一条定律则表现得越稳定，这一种物理现象越是明显。比如，一滴正在下落的雨水，如果我们单看这个雨水的其中一小份，就会发现它实际上一直都是在做无规则的运动，它一直在受到来自周围不计其数的另外一小份水滴的冲击，因而我们发现不了那一小份水滴是否受到了重力作用，甚至，以我们母星的科学家的推断，这一份很细小的水滴事实上很有可能就是没有受到重力作用，尽管这在逻辑上听起来很吊诡，但确实只有把雨水当整体看的时候，我们才能发现它受到了重力的作用。再比如，将一滴黑色墨水滴到一瓶没有杂质的清水里，这滴墨水就会发生扩散的物理现象，那是构成墨水的不可计数的分子，会向着周围的空间高速运动造成的物理现象，可如果我们只选取构成这滴墨水的极少部分‘墨水’分子进行观察，这极少部分的分子同样只会进行凌乱的运动，和它一般情况下极其混乱的运行轨迹毫无差别。这是一种统计学上的定律，宇宙间一切地方一切物体正遵循的一切物理规律，都是如此。这一点，就是地球人类都明白的，在他们的一个叫薛定谔的物理学家的代表作《生命是什么》里有过如上的阐述。

“而我们母星的科学家实际上早就已经发现，实际上是有一种极其微妙的能量在维持着这些粒子彼此间的相互联系，使得为数众多的粒子能够体现出物理定律的规律性和秩序性。这一种可以提升空间容载物理定律能力的能量，却和量子纠缠，即物理学上两个粒子在经过短暂时间彼此的耦合之后，单独干扰这两个粒子其中的任何一个，会不可避免地影响到另外一个粒子的性质，尽管两个粒子距离相当远，也会发生那种奇妙的量子纠缠现象，这其中所要用的能量其实是同一种能量。我们这一趟机关算尽，所要逮捕的纯意识生物正可以随心所欲地创造这种能量……”

荒凉的月球上，在那间修建得和周围各式岩石融为一体的陋室里，侃侃而谈的两人遥望着蓝色的地球，那上面数十亿年来无时无刻不在涌动的蓝色液体，宛如两个人的鲜血。

而此时，程学南带着那篇自鸣得意的论文，兴致勃勃地走向导师的办公室。他的头上，那束鲜红色的月光正在群星的注视下，不知疲倦地流淌，竟也仿佛他的鲜血。